D1023077

Las Cortes de los naufragios

Las Cortes de los naufragios

Eduardo Garrigues

Grijalbo

Las cortes de los naufragios

Primera edición: agosto, 2015

www.megustaleer.com.mx

Comentarios sobre la edición y el contenido de este libro a:
megustaleer@penguinrandomhouse.com

ISBN 978-607-313-255-8

Impreso en México/*Printed in Mexico*

Siempre he sabido que hay espíritus serenos que pueblan las espumas de las olas. Espíritus libres que vivieron del mar y lo surcaron atravesando millas de agua salada e infinita. Almas inmortales que se alejan en las profundidades oscuras y turbulentas del océano. (...)

Lo he sabido siempre. Lo intuí al menos al pasear por las sinuosas estelas que en la arena deja las olas. Una llamada precisa que invita al diálogo con aquellos marinos que ya habitan por siempre la profundidad de las aguas.

Libro de las mareas (Historias de náufragos)
HILDA MARTIN

Señor,

No hai que buscar en todo el contenido de esta Exposición ni la elocuencia ni los grandes conocimientos de la estadística. De uno y otro carecemos los hijos de aquella provincia, por motivos que V.M verá en este papel. Se hallarán, si, verdades desnudas, descubiertas por la práctica, a la que deberá atribuirse al cual acierto que se advierta en las materias que trate.

Con estas palabras se dirigía al inicio de su informe a las cortes de Cádiz el diputado de Nuevo México, Pedro Baptista Pino, que llegó a Cádiz meses después de que hubiera sido redactada y promulgada la constitución de 1812, por lo que quiso dejar por escrito ante la digna asamblea los problemas que aquejaban a la provincia y sus posibles soluciones.

Siendo ya de avanzada edad, don Pedro se atrevió a cruzar los inmensos secarrales desde Santa Fe a Chihuahua y luego a Veracruz por un territorio amenazado tanto por tribus de indios hostiles como por las tropas revolucionarias que se habían alzado en las mismas fechas en que se recibió en Nuevo México la convocatoria a Cortes.

Quiero dedicar a ese anciano admirable esta narración, en parte inspirada en la obra de Pino, pero completada con los espejismos y sortilegios que con frecuencia se producen en los despoblados del sudoeste. Y tomar ejemplo de su modestia advirtiendo al lector que no espere encontrar en este papel grandes dotes literarias, pero sí acontecimientos reales, aunque puedan parecer fantásticos, porque las alucinaciones forman parte de la realidad.

Y no lo digo de broma, pues como advertía el autor de *El Quijote* en el prólogo de sus maravillosas Novelas Ejemplares *mi edad no está ya para burlarse con la otra vida, que al cincuenta y cinco de los años gano por nueve mas y por la mano.*

El autor

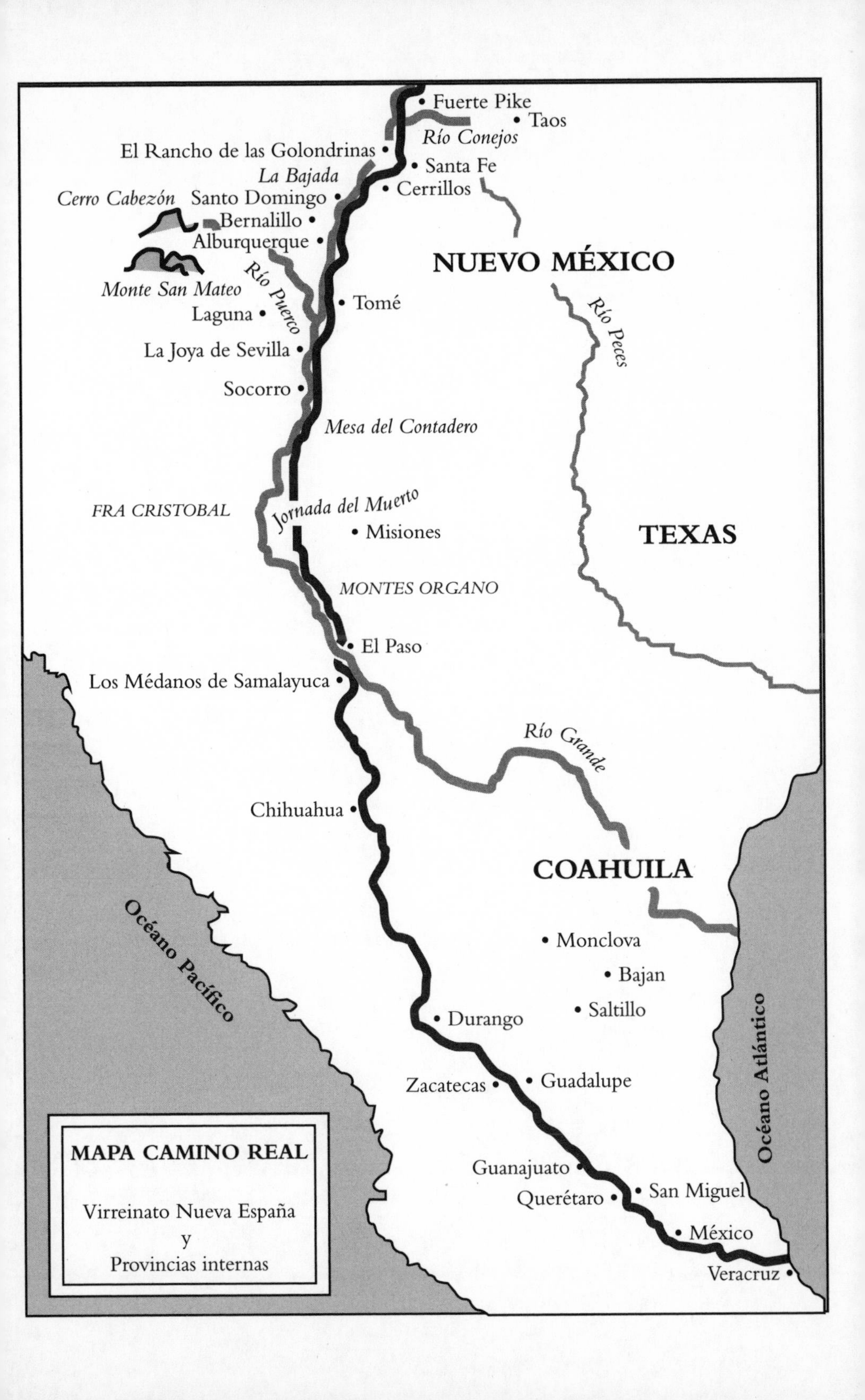
Fuerte Pike
Taos
Río Conejos
El Rancho de las Golondrinas
Santa Fe
La Bajada
Cerrillos
Cerro Cabezón
Santo Domingo
Bernalillo
Alburquerque
NUEVO MÉXICO
Río Puerco
Monte San Mateo
Tomé
Laguna
Río Peces
La Joya de Sevilla
Socorro
Mesa del Contadero
FRA CRISTOBAL
Jornada del Muerto
Misiones
TEXAS
MONTES ORGANO
El Paso
Los Médanos de Samalayuca
Río Grande
Chihuahua
COAHUILA
Océano Pacífico
Monclova
Bajan
Saltillo
Durango
Océano Atlántico
Zacatecas
Guadalupe
MAPA CAMINO REAL
Virreinato Nueva España
y
Provincias internas
Guanajuato
San Miguel
Querétaro
México
Veracruz

Preludio

A diferencia de otros acontecimientos que han dejado una honda huella en la memoria colectiva, el arresto y destitución del virrey de la Nueva España en la noche del 16 de septiembre de 1808, no fue precedido por ninguna perturbación atmosférica ni otro fenómeno que pudiera interpretarse como augurio de un suceso que tendría graves repercusiones en la historia de todo el continente americano.

En la tarde del 15 de septiembre, don José de Iturrigaray había estado pescando con caña en la acequia de Chapultepec, y la virreina doña María Francisca Inés de Jáuregui y Aróstegui había ido con sus hijos al teatro. Cuando, a la vuelta de la función, la virreina se asomó a uno de los balcones del palacio que daban a la plaza de la Catedral, le pareció observar una reunión considerable de gente, lo que advirtió a su marido sin que éste diese importancia al asunto. Pero desde su balcón la virreina no podía ver al principal grupo de los sediciosos, ocultos en la penumbra de los soportales, que sumaba unos trescientos comerciantes, dependientes y cajeros de las mismas tiendas de la plaza.

A las doce cuarenta y cinco de la noche, armados con fusiles, sables y bayonetas, los conjurados cruzaron la plaza, pasando junto a la estatua ecuestre del soberano Carlos IV, cuya efigie en bronce tenía el ademán victorioso de un tribuno romano, aunque el monarca allí representado era por aquellas fechas ya prisionero —junto con su hijo Fernando— del emperador de los franceses. Los miembros de la conspiración habían aprovechado la circunstancia de que el destacamento encargado de la custodia del palacio virreinal fueran soldados de infantería pagados por los mismos comerciantes peninsulares de la capital, que estaban preocupados por la influencia creciente que el partido criollo tenía sobre el virrey. El piquete de caballería que se hallaba de guardia esa noche también estaba prevenido para que no obstaculizase la entrada de los sediciosos a los aposentos del virrey. Sólo se produjo una pequeña refriega cuando uno de los centinelas, Miguel Garrido, que no había sido prevenido por sus compañeros de lo que iba a ocurrir, al ver el tumulto acercarse a la puerta principal del palacio dio el "quién vive", y al no recibir contestación disparó un par de tiros, para ser pronto abatido por los sediciosos.

El ataque tomó al virrey completamente por sorpresa, y no tenía en la habitación ni una escopeta de las que usaba para cazar, ni una pistola, ni siquiera un espadín con el que hubiera podido defenderse. Cuando se despertó, al irrumpir los conjurados en su alcoba, preguntó quién dirigía aquel movimiento y pareció tranquilizarse cuando le dijeron que era don Gabriel Yermo. Yermo era un español natural de Vizcaya que tenía fama de generoso y filantrópico por haber dado voluntariamente la libertad a varios cientos de esclavos que trabajaban en sus extensas haciendas del valle de Cuernavaca. El vasco era al tiempo hombre enérgico y decidido, y cuando —tras el secuestro por Napoleón y la subsiguiente abdicación del rey de España— se supo que el virrey estaba dispuesto a convocar juntas populares y asumir el gobierno de Nueva España, Yermo aceptó ponerse al frente de los que proponían su destitución, aunque puso como condición que el movimiento no estuviese dirigido a satisfacer resentimientos y se hiciera en lo posible sin efusión de sangre.

Una vez que los sediciosos aseguraron la persona del virrey, al encontrar cerrada la puerta de los aposentos de la virreina la echaron abajo sin respetar el pudor de la señora, que dormía con sus hijos menores. Inmediatamente registraron su papelera y forzaron el candado de un cofre, donde encontraron joyas de valor y un espléndido collar de perlas que la virreina había comprado por encargo de la reina María Luisa. Para poder reunir a toda la familia del virrey y a sus criados en una misma habitación la obligaron a vestirse a toda prisa, por lo que la virreina se presentó en la sala en pernetas y envuelta en un capotón, en marcado contraste con la vestimenta de delicadas sedas y elaborados miriñaques, y el peinado adornado con redecillas de perlas que en ella eran habituales.

Las ordenanzas reales preveían que, en caso de muerte o incapacitación del virrey, se abriesen unos pliegos de mortaja donde aparecería el nombre de quien de forma provisional ejercería ese cargo; pero los conspiradores hicieron caso omiso de esta formalidad y nombraron en sustitución de Iturrigaray al mariscal de campo don Pedro Garibay, un anciano achacoso que fue sacado de su lecho a las tres de la mañana para tomar posesión. Para evitar cualquier reacción del partido criollo, los peninsulares mandaron a Iturrigaray a Veracruz, donde fue encerrado en el fuerte de San Juan de Ulúa a la espera de que un navío de la Armada lo llevase a Cádiz para ser juzgado por cohecho e infidencia. Se cumplía así el vaticinio de don Gabriel Yermo, que, aunque sabía que aquel golpe de Estado provocaría mucha inquietud y descontento en la burguesía criolla, confiaba en que no encontraría oposición popular si el movimiento triunfaba rápidamente. Y además, el golpe de Estado se había producido con poco derramamiento de sangre.

Pero la destitución por la fuerza del principal magistrado de la nación iba a servir de ejemplo en el futuro a otras conmociones y, por alguna ironía del destino, el mismo 16 de septiembre por la noche, pero dos años después, se produciría el alzamiento de Dolores que haría tambalearse el andamiaje de la presencia española en toda aquella región.

I

LA RAYA DEL DILUVIO

La feria de Taos

Mi nombre es Juan de los Reyes Baca y Pino. O al menos así me llamaron cuando don Pedro Bautista Pino me compró a los indios apaches en la feria fronteriza de Taos y pasé a vivir con su familia al pueblo de Tomé. Yo había nacido en una ranchería de los indios navajos en las estribaciones del monte San Mateo, pero siendo aún muy niño una partida de apaches *gileños* que atacó mi aldea me llevó cautivo hacia las serranías del sur.

Durante cinco días con sus noches galopamos por trochas de la montaña que a veces bordeaban terribles precipicios. Y cuando mi caballo caía reventado, le atravesaban el corazón con una lanza y me hacían subir al lomo de una montura de refresco, con los ojos cubiertos con un trapo para que si alguna vez me escapaba no pudiese encontrar el camino de regreso a mi aldea. Durante varios años viví cautivo en una ranchería de los apaches, que me trataron como si fuera uno más de su tribu hasta el día que decidieron venderme en la feria de Taos.

Don Pedro Bautista Pino me compró a los apaches, junto con mi potro pinto, por dos *belduques* —así se le decía a un cuchillo de hoja ancha, también llamado cuchillo de cambio— y dos mantas navajo primorosamente tejidas, lo que era un precio muy alto por un muchacho que ni siquiera había llegado a la pubertad. Cuando llegamos a la aldea de Tomé, donde vivía don Pedro con su numerosa prole, el patriarca me entregó al cuidado de su hija doña Eremitas, que antes de enviudar de don Benigno Baca había tenido cuatro vástagos varones, el último de mi misma edad. Doña Eremitas me trató desde ese momento como a un hijo más, tanto a la hora de repartir tortas de maíz como a la hora de repartir pescozones. Sin embargo, en algunos momentos notaba cierta diferencia en la forma en que los aldeanos de la región del "río abajo" trataban a los indios cristianizados —a los que llamaban *genízaros*— y a los descendientes de los antiguos pobladores españoles, que se denominaban a sí mismos *gente de razón*.

Yo me adapté rápidamente al modo de vida y a las costumbres de mi familia adoptiva, pero en mi fuero interno seguía sintiendo como un navajo: para borrar de mi piel el aroma a savia de cedro con que me había embadurnado mi madre al nacer hubieran debido echarme por el cogote un chorro de aguarrás en vez del agua lodosa con que me bautizaron.

Antes de bautizarnos en la capilla de adobe de Tomé, el fraile don Celedonio Ramírez nos leyó de un grueso volumen con tapas de cuero —a mí y a otros muchachos de mi misma edad— historias antiguas que a veces me resultaban familiares, como la del Diluvio Universal. Según la tradición navo, aquella catástrofe se había producido cuando el taimado Coyote le robó su vástago al Monstruo del Agua, que para vengarse inundó todo el Tercer Mundo. Y, para evitar perecer, los hombres primitivos tuvieron que ascender del Tercer al Cuarto Mundo por el tallo de una caña hueca. Sólo quedó en seco la cresta de una cordillera que, al bajar la crecida, conservó la marca horizontal del nivel que había alcanzado el agua, señal que los indios llamaron "la Raya del Diluvio".

Aunque no figuraba en sus augurios, muchos años después del primero los pobladores de la cuenca del río Grande tuvieron que soportar un segundo diluvio, cuando una riada de soldados de petos relucientes subieron desde el Viejo México a lomos de briosos corceles, atraídos por la leyenda de "las Siete Ciudades de Cíbola", cuyas paredes estarían recubiertas de oro y pedrería, como creyó vislumbrar desde lejos un fraile llamado fray Marcos de Niza que se aventuró por el despoblado.

En busca de aquellas fabulosas ciudades, don Francisco Vázquez de Coronado y sus cohortes cruzaron las inmensas praderas del norte del Nuevo México pero, cuando llegó a los confines del desierto, el adelantado tuvo que reconocer su fracaso: "Tengo el deber de informar a V. M. —le decía en una carta al virrey Mendoza de México— que lo que nos había dicho el padre [fray Marcos] no sólo es absolutamente falso, sino que todo aquí ha resultado exactamente lo contrario de como nos lo había contado". En vez de ricos palacios, lo único que habían encontrado eran unos poblados indios miserables y rebaños de cuadrúpedos lanudos que los españoles llamaron *cíbolos*, en recuerdo de su quimera.

Una vez que lograron borrar el espejismo de Cíbola de su mente, los forasteros adoptaron una actitud más realista con respecto a las posibilidades de colonización de aquel territorio. Y los indios del desierto, por su parte, se percataron de que las bestias que montaban los españoles eran capaces de atajar a la carrera a los cíbolos —que eran su principal fuente de sustento—, y que los rebaños de ovejas que traían los intrusos podían proporcionar carne y lana en abundancia. Acostumbrados a subsistir en un territorio inhóspito, los indígenas pronto incorporaron a su cultura aquellos elementos, consiguiendo más movilidad y capacidad guerrera.

Evidentemente, navajos, apaches, pueblos y las otras naciones indígenas hubiéramos preferido vivir como antes de que llegase la invasión procedente del sur; sin embargo podría uno preguntarse cómo habría evolucionado una tribu guerrera como la de los apaches sin el caballo, el arma de fuego y la pólvora que trajeron los españoles. O qué habría sido de los navajos sin la lana que les permitió tejer túnicas y frazadas para protegerse del relente nocturno de las altas montañas. Pero seguramente no sea yo la persona más indicada para responder a esas preguntas, al ser yo mismo producto de ese mestizaje cultural.

Algunas de las cosas que contaba don Celedonio me dieron que pensar, como la historia de lo que le ocurrió al indio Guichí en la misión de Pecos, no lejos de Taos. Dado lo alejado que estaba ese lugar de la sede del obispado, en Durango, cuando se hacían las visitas pastorales éstas revestían gran solemnidad, como la que realizó el obispo Tamarón y Romeral allá por el año de gracia de 1760. Quizá celoso del animado recibimiento que le habían ofrecido al obispo los catecúmenos de la misión, un sacerdote indio llamado Guichí se disfrazó de obispo, con su tiara y su báculo, y se presentó en Pecos en un carromato que quería imitar el lujoso carruaje donde había viajado el prelado. En ausencia de los padres de la misión, los catecúmenos dieron por bueno el disfraz de Guichí, que llevó la superchería hasta celebrar la eucaristía, dando de comulgar a los que se acercaron al improvisado altar con tortillas de maíz. Pero la historia acabó mal porque, cuando se cansó de la charada y se quitó los ropajes de obispo, el indio Guichí estaba contemplando su milpa a la sombra de una gran encina cuando bajó un oso del monte y lo atacó ferozmente, consecuencia de las heridas.

Debido a que en circunstancias normales los osos no suelen atacar a un ser humano, el fraile de Tomé interpretaba aquella tragedia como un castigo divino por haber usurpado el indio la personalidad del obispo y haber oficiado una misa sacrílega.

La incursión de los angloamericanos

Guardo un buen recuerdo de los años que pasé en Tomé, antes de que don Pedro se mudase a Santa Fe. No había trascurrido mucho desde que don Pedro me rescató de los apaches cuando pasó por Tomé un destacamento de soldados norteamericanos que venían custodiados por un pelotón de "soldados de cuera" que tenían la misión de acompañarlos hasta Chihuahua para ser interrogados por el comandante general de las Provincias Internas, don Nemesio Salcedo y Salcedo. El contingente angloamericano —cuyo jefe era el teniente Zebulón M. Pike, que cabalgaba muy erguido en la silla y con el sable sujeto displicentemente bajo el brazo—, había sido sorprendido por los soldados españoles tras haberse extraviado en las serranías al norte de Santa Fe y refugiado en el pequeño fuerte de troncos de pino que habían construido en la inmediaciones del río Conejos, un afluente del río Grande.

Según había contado el propio Pike, habían partido de la junta de los ríos Misuri y Misisipi para explorar sus fuentes y establecer contactos con los indios de la región. Pero una vez que cumplieron esta parte de su misión e intercambiaron banderas y medallas con los indios de las praderas, cruzaron los llanos hacia las Montañas Rocosas, donde los sorprendió el crudo invierno sin que estuviesen preparados con ropa de abrigo ni con los bastimentos necesarios para sobrevivir en esas latitudes. Los caballos escarbaban desesperadamente con sus cascos en la superficie helada buscando briznas de pasto y lanzaban coces al aire para sacudirse los cuervos y urracas que intentaban cebarse en las mataduras de sus lomos.

Al enterarse de que un contingente del ejército de los Estados Unidos había cruzado la frontera y andaba merodeando en territorio español, el gobernador de Nuevo México había mandado en su busca al alférez Facundo Melgares, y cuando éste los encontró en su campamento a orillas del río Conejos e informó al oficial angloamericano que se hallaba en territorio español, el teniente Pike fingió sorprenderse y aseguró al oficial que en ningún momento se había percatado de que había cruzado la frontera de Nuevo México.

Tanto el teniente Pike como un tal doctor John Robinson que lo acompañaba en su periplo hubieran podido ser pasados por las armas como espías, pero los españoles se limitaron a pedir cortésmente al oficial angloamericano y a sus hombres que los acompañasen a Santa Fe para entrevistarse con el gobernador de Nuevo México, que a su vez dispuso que fueran interrogados por el comandante general en Chihuahua. En el largo trayecto que tuvieron que recorrer, a los soldados angloamericanos les sorprendió la hospitalidad con que los trataban en las aldeas donde iban pernoctando, disputándose la gente el honor de recibirlos en sus casas y brindándoles sus camas para descansar y su modesto condumio, como si aquellos intrusos fueran habitantes de otros planetas. Y hasta cierto punto lo eran.

Aparte de las diferencias morfológicas, pues los forasteros eran por lo general de talla más alta y de piel más blanca que los hispanos del norte de Nuevo México, que se habían mezclado con los indios, existía un profundo abismo cultural entre la población hispana y los visitantes. Como el oficial angloamericano no podía entender la hospitalidad de los aldeanos, escribió en su diario que esa generosidad en el trato de los forasteros respondía a la pervivencia en esa región de unas costumbres arcaicas que habían desaparecido en las sociedades más evolucionadas.

Cuando, al bajar por el Camino Real desde Santa Fe, el destacamento de Pike desfiló por la calle principal de Tomé bajo la custodia de los soldados españoles todos los vecinos del poblado salimos de las casas para contemplar la comitiva. Aquélla era la primera vez que yo veía de cerca seres humanos con la piel tan blanca y los ojos de un color azul casi transparente, que era como los navajos nos imaginábamos a los seres de ultratumba. El teniente Pike tenía además una cabellera rojiza, por lo que cuando echó pie a tierra y me miró con sus ojos fríos como canicas salí corriendo a esconderme entre las faldas de mi madrastra, como si estuviese en presencia de un súcubo infernal.

Todos se rieron al ver mi reacción, aunque con el paso del tiempo resultó que mi intuición infantil no andaba descaminada. Al cabo de un tiempo llegó a saberse que Pike, traicionando la confianza de las autoridades españolas, había ido tomando notas sobre la situación militar de la provincia, notas que había ido escondiendo en el cañón de los fusiles de sus hombres para elaborar un informe que podría resultar de gran utilidad si la joven nación estadounidense iniciaba su expansión hacia el oeste a costa de los territorios colindantes españoles.

El galpón de la sabiduría

Don Pedro Pino se había percatado de lo útil que podía resultar llevarme como ayudante en sus expediciones comerciales con las tribus gentiles, pues no había olvidado ni mi lengua materna ni el lenguaje de los apaches, que se parecía al navajo por ser ambas tribus de origen común. Por ello, cuando don Pedro fue nombrado alcalde de segundo voto de la capital me llevó a vivir con él a Santa Fe, dejando parte de la familia en Tomé.

La primera vez que, ascendiendo por el valle del río Grande, divisé Santa Fe colgada en la ladera del monte, me recordó el perfil de una nave que hubiera quedado varada allí, como quedó el Arca de Noé cuando bajaron las aguas del Diluvio. Pero, por estar situado en el extremo norte del Camino Real, el reflujo de otros diluvios que ya se estaban gestando en la capital virreinal tardó en llegar a Nuevo México. Hasta muchos meses después de que ocurriera no nos enteramos de la destitución del virrey de Nueva España, don José de Iturrigaray, que a su vez era una consecuencia de las turbulencias provocadas en la metrópoli por la invasión de Napoleón.

Para los que vivíamos en Santa Fe, la consecuencia más inmediata de aquellas turbulencias fue la llegada —pocos meses después del golpe de Estado en México— de un viajero que había cruzado el despoblado en una mula que se abalanzó a beber al pilón del centro de la plaza como si fuera la última vez que iba a beber agua en su desafortunada existencia.

Antes de exhalar su último suspiro, la mula del escribano lanzó al cielo un par de coces catapultando de su grupa un arcón de cuero cuyo contenido —una valiosa colección de impresos y manuscritos— quedó desparramado sobre la tierra batida de la plaza. La pandilla de ociosos que solía deambular por los soportales del palacio no supo apreciar el valor simbólico de aquel chaparrón de cultura sobre el árido solar de una ciudad que por entonces carecía tanto de seminario o escuela como de biblioteca pública.

A pesar del atuendo desaliñado del forastero, los anteojos de montura metálica y los parches en los codos de su casaca permitían identificarlo como escribano de profesión. Don Pedro pensó que en aquella corte de analfabetos se podía sacar partido de un hombre de letras, y cuando don Bartolomé Fernández —que así se hacía llamar el viajero— se presentó en las oficinas de palacio para inscribirse como nuevo vecino, no le hizo demasiadas preguntas. Y como el forastero no tenía dónde alojarse, le ofreció que fuera a vivir al galpón que servía como almacén de frutas y legumbres cerca de la acequia con la que regaba el huerto familiar, en las afueras de la villa. El piso inferior del cobertizo era utilizado para almacenar los útiles de labranza y como secadero de los productos del huerto; en el piso superior, al que se accedía por una escalera de mano, había una boardilla bastante espaciosa donde don Bartolomé colocó sobre una mesa de pino la escribanía de plata que daba testimonio de su categoría profesional.

Como contraprestación por el uso y disfrute de aquel barracón, don Pedro le pidió al escribano que me enseñase a leer y a escribir, y me diese algunos rudimentos de gramática y cultura general. Con gran paciencia y agotadora insistencia don

Bartolomé me reveló los secretos de la escritura según el afamado manual "El arte de escribir" de don Torcuato Toribio, dándome consejos prácticos sobre el manejo de la pluma, pautas, cisqueros y otros instrumentos necesarios, así como las indicaciones pertinentes sobre el uso del papel y de las tintas, y la postura del cuerpo y la forma de tomar la pluma, una vez cortada.

Mis manos empezaron a perder las callosidades que se me habían formado de alisar las pieles de cíbolo con la hoja del belduque. Y mi espíritu empezó a ensancharse cuando don Bartolomé, aburrido de la caligrafía, empezó a enseñarme otras materias, que mi mente ávida de conocimientos sorbía como la tierra del huerto cuando se abrían las compuertas de la acequia. Cada vez que ascendía por la escalera de crujientes peldaños que llevaba al altillo del galpón, tenía la sensación de que estaba dejando abajo el mundo de la mediocridad y la ignorancia y ascendiendo al mundo de la sabiduría, como hicieron los primeros hombres subiendo del Tercer al Cuarto Mundo para escapar del Diluvio, según la leyenda de los orígenes del pueblo navajo.

Don Bartolomé se había comprometido también a administrar los derechos de agua que la parcela de don Pedro tenía asignados en la acequia comunitaria. Pero como el escribano andaba siempre absorto en sus lecturas y cavilaciones, en más de una ocasión la acequia se había desbordado, inundando los huertos colindantes, a cuyos propietarios fue necesario indemnizar. Pero don Pedro nunca le echó en cara al escribano aquellos descuidos; al contrario, en más de una ocasión le oí celebrar el estropicio en los huertos de los vecinos con unas sonoras risotadas de sus grandes mandíbulas pobladas con una barba blanca florida.

Las rancias familias de Santa Fe, que ya habían refunfuñado porque hubieran nombrado a don Pedro alcalde de segundo voto, por considerar que el comercio no era una profesión noble, adecuada para un magistrado, se escandalizaron de que el abuelo hubiese dado cobijo a un forastero de dudoso origen y procedencia. La llegada a Santa Fe de don Bartolomé poco después de producirse la destitución del virrey Iturrigaray había suscitado sospechas de que pudiera ser representante del partido criollo, que había intentado proclamar la independencia de la Nueva España con el beneplácito del virrey. Pero don Pedro no le daba importancia a aquellas comidillas, sabiendo que aquel forastero no sería el primero ni el último que hubiese querido poner tierra de por medio con los corchetes del Santo Oficio, que no llevaban su celo apostólico hasta adentrarse en el pavoroso desierto que había que cruzar para llegar al extremo norte del Camino Real.

Y menos aún entendían aquellos chismosos que, teniendo ya una numerosa familia de su propia sangre, don Pedro quisiera malgastar su tiempo y su hacienda en la educación de un indio genízaro; cuando, para mayor inri, lo cierto era que —o por falta de oportunidad o de inclinación o por la combinación de ambos factores— muchos de los que se autodenominaban "gente de razón" eran incapaces de hacer la "o" con un canuto.

Don Pedro no era de los que se laceraban la espalda con disciplinas en las procesiones de Penitentes que durante la época de Cuaresma recorrían la ciudad, pero obedecía el mandato que don Celedonio consideraba como el principal de la religión: "Amarás a tu prójimo como a ti mismo". Y por ello solía acoger en el seno familiar a los náufragos que los pleamares de la vida habían ido depositando en su orilla. De hecho, la casa de don Pedro, que quedaba cerca de la fonda, era frecuentada por numerosos forasteros, como el trampero de origen francés Jean-Baptiste Lalande y el comerciante angloamericano James Purdley, de quienes aprendí a chapurrear sus respectivas lenguas, lo que me resultó muy útil en las expediciones a la frontera a las que me llevaba el abuelo.

La convocatoria a Cortes

Un par de años después de la llegada del escribano a Santa Fe, una tarde calurosa del verano la pandilla de muchachos que jugábamos a las tabas en los soportales del palacio del gobernador vimos venir por el Camino Real una partida de jinetes, cuya polvareda se fundió con la nube de calima anaranjada que flotaba sobre el llano. El eco de la galopada retumbó en el empedrado de la cuesta de Los Corrales, haciendo abrir un ojo curioso a las acémilas que sesteaban en los cercados.

Cuando aquel piquete descabalgó frente al portón del palacio, en seguida pudimos apreciar la diferencia en los uniformes de aquellos alabarderos con los de las tropas locales, llamados *soldados de cuera*, cuyas toscas túnicas de ese material mostraban costurones causados por las flechas durante sus escaramuzas con los indios. Hasta el polvo del camino parecía haber respetado la indumentaria de aquellos esbeltos lanceros, que habían cruzado las cuatrocientas leguas de despoblado desde Chihuahua sin que se les hubiesen desplazado siquiera las plumas del morrión.

La conmoción provocada por su llegada a la plaza se propagó hasta los más remotos rincones de la ciudad, como cuando se arroja una piedra al centro de un estanque y las ondas concéntricas llegan pronto hasta el borde del charco. Apenas el mensajero hubo entregado al gobernador el pliego del comandante general, por las calles de Santa Fe corrió la noticia: "¡El gobierno de España ha pedido que nuestra provincia mande un diputado para las Cortes que se reunirán en Cádiz!"

Aunque yo no pudiese aquilatar el significado de ese mensaje, intuía la importancia de un asunto que había motivado el desplazamiento de una partida de alabarderos desde la sede de la Comandancia General, capitaneados por un alférez real. Así que, guardándome en la faltriquera los huesos de taba con los que había estado jugando con los otros muchachos y ajustándome sobre la frente la *bandana* de cuero que me recogía la melena azabache, me uní al grupo de vecinos que se congregaban ante el portón del palacio para satisfacer su curiosidad.

Curiosidad no exenta de recelo, porque otros mensajes procedentes de la Comandancia General habían resultado gravosos para los bolsillos de los ciudadanos en un pasado reciente. Tras producirse el secuestro del soberano Fernando VII por Napoleón, cuando el pueblo se había alzado en armas contra las tropas del invasor, las autoridades virreinales habían pedido a los ciudadanos que realizasen un sacrificio pecuniario para ayudar a comprar las armas y bastimentos de unos patriotas que tenían que enfrentarse al ejército más poderoso y mejor armado del mundo.

Y cuando los vecinos de Santa Fe se enteraron de que en esa ocasión la metrópoli no se dirigía a sus ciudadanos para pedirles nuevos tributos, sino que, por el contrario, les estaba ofreciendo la oportunidad de participar en el gobierno de la nación, entre los corrillos reunidos en la plaza cundió un murmullo de alegría que más bien sonaba como un suspiro de alivio.

Y las campanas de las tres iglesias de Santa Fe se pusieron a repicar al unísono para celebrar la buena nueva.

Consulta al escribano

Como mi abuelo adoptivo había salido de la ciudad en una expedición comercial hacia el río Puerco, pensé que debía informar a don Bartolomé Fernández de lo que estaba ocurriendo en la plaza mayor. Sin pensarlo dos veces salí corriendo por un atajo a través del monte, subí las escaleras del galpón donde solía trabajar don Bartolomé. Encontré a mi maestro sentado en su mesa dándome la espalda y estaba tan absorto en la lectura que no me oyó llegar. Pensando que nadie lo estaba escuchando, lo oí refunfuñar algo sobre lo que estaba leyendo en la

Gazeta de México, que le llegaba por cauces misteriosos desde la capital.

Aunque no quería interrumpir aquella absorbente lectura, finalmente solté la frase que había venido rumiando desde la plaza:

—¡Don Bartolomé, ha llegado un emisario del comandante general con un mensaje muy importante! Parece que el gobierno de España ha pedido que Nuevo México elija a un diputado para que participe en una reunión que se celebrará en Cádiz.

Antes de volverse, noté que don Bartolomé volvía hacia abajo la página del periódico que había estado leyendo, y cuando reconoció mi silueta en el contraluz del altillo su voz sonó suave pero con un tono de reproche:

—¿Juan, no le había explicado que las exclamaciones producen una vibración en la atmósfera que aumenta la sensación de calor? ¿Cuántas veces le tengo dicho que en días de bochorno no es conveniente alzar la voz?

Don Bartolomé pensaba que una persona educada debe observar en todo momento una actitud ecuánime y desapasionada, y él daba ejemplo de ello manteniendo en toda circunstancia una expresión imperturbable; sin duda contribuían a darle a mi maestro un aspecto flemático su tez muy pálida y el pelo de un color rubio pajizo recogido en la nuca con un simple lazo negro. Sólo destacaban en aquel semblante desvaído las patillas de un rojo encendido, como un brote de rebelión interna ante tanta ecuanimidad física y mental. Posiblemente ese equilibrio interior era lo que le permitía a don Bartolomé copiar páginas y páginas en una caligrafía pareja y elegante sin echar un solo borrón.

Sin embargo, aquella tarde, a la vacilante claridad del candil noté un ligero arrebol en las pálidas mejillas del escribano que me hizo pensar que la noticia que habían traído de Chihuahua no lo había dejado indiferente. Me quedé un rato sin atreverme a continuar, pero mi maestro hizo un gesto con la mano para que me aproximase a su escritorio:

—No se quede ahí, Juan, póngase donde pueda verlo a la luz del candil y haga el favor de repetir lo que ha dicho usted hace un momento, pero un poco más bajo y sobre todo más despacio.

—Me perdonará si no he sabido explicarle exactamente en qué consiste, pero debe de ser una noticia de gran relevancia porque el gobernador ha convocado a los notables de Santa Fe y de las poblaciones vecinas, y han hecho repicar las campanas de las iglesias, que usted hubiera podido oír si no soplase el viento en dirección contraria. Como don Pedro Pino no está en la ciudad, pensé que quizás usted debería ir a enterarse de lo que está ocurriendo.

Apenas había acabado de hablar cuando vi que el escribano se levantaba de la mesa y se metía detrás de la cortinilla que separaba el despacho de la alcoba donde dormía. Yo aproveché aquel descuido para volver la página del periódico que don Bartolomé había puesto boca abajo sobre el escritorio. La *Gazeta de México* recogía en su primera página la noticia de la convocatoria a Cortes que acababa de conocerse en Santa Fe; me fijé que el diario estaba fechado el 17 de mayo y, como estábamos ya en agosto, pude deducir que había tardado casi tres meses en llegar a Nuevo México.

Reunión de pastores

Al llegar ante el portón de palacio, donde se había congregado una multitud de curiosos, el guardia dejó pasar a don Bartolomé pues, al no estar dotada la villa de escribano oficial, mi maestro hacía las veces de tal. Y con la agilidad de una sabandija yo me colé en la sala de juntas bajo el vuelo de la casaca del escribano; los prohombres de Santa Fe estaban demasiado absortos en los documentos que había empezado a leer en voz alta el gobernador para fijarse en aquel polizón, lo que aproveché para agazaparme bajo la gran mesa de roble, con la cabeza reclinada en las rodillas huesudas de mi maestro.

"Desde este momento, españoles americanos, os veis elevados a la dignidad de hombres libres: no sois ya los mismos que antes, encorvados bajo un yugo mucho más duro mientras más distantes estabais del centro de poder; mirados con indiferencia, vejados por la codicia y destruidos por la ignorancia. Tened presente que al pronunciar o al escribir el nombre del que ha de venir a representaros en el Congreso nacional, vuestros destinos ya no dependen ni de los ministros, ni de los virreyes, ni de los gobernadores: están en vuestras manos."

Sin tener que asomar la cabeza por encima del tablero, creí percibir un deje de disgusto en el tono del gobernador, que seguramente no sabía antes de empezar a leerlo que el escrito que acababa de recibir ponía en tela de juicio su autoridad. Y me pareció que a los otros próceres allí reunidos, acostumbrados a que siempre mandasen los de siempre, tampoco les gustaba el contenido de aquella declaración. El desasosiego de los notables se exteriorizaba bajo el tablero de la mesa por la forma enérgica de recolocarse los atributos masculinos de un lado al otro de la entrepierna y por los efluvios pestilentes con que aliviaban los nervios que agarrotaban sus intestinos.

Desde mi escondite alcanzaba a ver el cuadro que colgaba de la pared con un gran mapa de Nuevo México diseñado por el famoso cartógrafo don Bernardo Miera y Pacheco y que yo ya conocía de otras visitas al palacio, acompañando a don Pedro o al escribano. En la parte superior del mapa había un medallón que representaba un carruaje tirado por dos leones —con sus soberbias melenas coronadas con el escudo de Castilla—, y en los ejes de las ruedas aparecían los rayos de un sol resplandeciente. Cómodamente repantigado en la parte posterior del carruaje el artista había representado a un personaje vestido con túnica pluvial, tocado con una tiara de obispo y un báculo pontificio.

Don Bartolomé me había comentado que aquel medallón probablemente se había inspirado más bien en la visita a Pecos del indio Guichí que en la visita pastoral del obispo Tamarón, aunque la fecha de esta última coincidía con el año en el que estaba fechado el mapa.

El gobernador leyó a continuación la forma en que se realizaría la elección de los diputados según el texto del decreto: "Por el Ayuntamiento de cada capital, nombrándose a tres individuos naturales de la provincia, dotados de probidad, talento e instrucción, y exentos de toda nota; y sorteándose después uno de los tres, el que salga a primera suerte será diputado".

Por el murmullo de desaprobación con el que los notables acogieron la lectura de esta frase pude comprender que el procedimiento de elección, donde se combinaban los méritos del candidato con un sistema aleatorio de imprevisibles consecuencias, no era del agrado de la concurrencia; y aún se hizo más irrespirable la atmósfera de debajo de la mesa cuando los notables se dieron cuenta de que en la provincia de Nuevo México no había un ayuntamiento propiamente constituido, ya que los cargos de alcalde de primer y segundo voto eran de designación gubernamental y actuaban como jueces de paz.

Al ver el revuelo que se había producido sobre la incógnita de qué organismo debía encargarse de la elección a diputado, para tranquilizar los ánimos de los presentes tomó la palabra don Bartolomé:

—Aunque según la letra del decreto correspondería elegir a los candidatos a Cortes de esta provincia al ayuntamiento de la ciudad —dijo el escribano con su voz suave y bien templada—, es de suponer que quienes redactaron la convocatoria estarán dispuestos a reconocer a un representante elegido por una junta de notables como la que está reunida en torno de esta mesa.

Noté que esa intervención fue recibida con un murmullo de alivio por encima del tablero, mientras que por debajo los notables sacudían suavemente sus paquetes genitales, señal de que la luz de la esperanza había renacido en su interior. El gobernador aprovechó la reacción positiva de los notables a la intervención del escribano para levantarse de la mesa y acercarse al mapa que colgaba de la pared armado de su bastón de mando, con el que fue señalando el larguísimo trayecto que el diputado tendría que recorrer para llegar primero a Chihuahua y de allí hasta Veracruz, para embarcarse en ese puerto hacia Cádiz.

—Para que nadie se llame a engaño, me parece oportuno prevenir que el que sea elegido diputado a Cortes tendrá que estar preparado para afrontar los peligros y penurias de una larga travesía por el despoblado —y con un amplio gesto de su puntero, el gobernador abarcó la gran extensión de terreno que recogía el mapa—. La persona elegida deberá estar preparada para recorrer el Camino Real hasta el Paso del Norte y Chihuahua, hasta alcanzar la costa de Veracruz, donde emprenderá una larga travesía por mar.

—Me parece sumamente oportuna esa observación del señor gobernador —dijo entonces el escribano—, y en ese tenor yo me atrevería a recomendar a quien no esté acostumbrado a recorrer esos caminos infestados de obstáculos de toda índole que se abstenga de presentar su candidatura a este honroso cargo.

Noté que, al oír aquel comentario, tras un momento pasajero de euforia se producían de nuevo bajo el tablero los mismos gestos de impaciencia genital, lo que el escribano aprovechó para añadir:

—Debo decir que en esta distinguida concurrencia echo de menos a algunos de los ciudadanos de esta provincia que, por su conocimiento de los caminos, podrían ser buenos candidatos para emprender ese largo viaje, por ejemplo, el alcalde de segundo voto de esta capital don Pedro Pino, que está acostumbrado a recorrer el despoblado en sus tratos con los gentiles.

Fue tal la emoción que me produjo oír nombrar a mi abuelo adoptivo como posible candidato a tan honroso cargo, que cuando el gobernador preguntó si alguien conocía el paradero de don Pedro Pino, me olvidé por completo de que yo me había colado en aquella reunión como gallina en corral ajeno:

—Yo sé dónde está don Pedro: ¡salió hace un par de días hacia la feria de Laguna! —exclamé voz en grito desde debajo de la mesa.

Cuando noté el pellizco que me daba don Bartolomé, invitándome a guardar silencio, era demasiado tarde: todas las miradas de los presentes se volvieron en mi dirección, y al ver mi mata de pelo negro emergiendo entre las rodillas del escribano como un parto prodigioso, se produjo una reacción de sorpresa que pronto dio paso a un sentimiento de indignación.

—¿Desde cuándo un mozalbete genízaro puede participar en las reuniones de la gente de razón? —preguntó uno.

—A este indito que don Pedro Pino tiene prohijado le sobra mucha osadía pero le falta vergüenza —comentó otro.

—Merecería recibir una buena azotaina, por desvergonzado —propuso un tercero.

Me vino entonces a la memoria lo caro que había pagado el indio Guichí meterse donde no debía, y aunque mi acción no era merecedora de un castigo divino, sí podía caerme una tunda por haberme colado de polizón en aquella reunión.

—Ya tendremos tiempo de castigar al muchacho por su atrevimiento —dijo el propio gobernador, para calmar los ánimos—, pero ahora lo que nos interesa saber es dónde se encuentra don Pedro, y si Juan de los Reyes Baca lo sabe, debemos escucharlo.

Al percibir una claridad entre los negros nubarrones que se cernían sobre mi futuro, me apresuré a decir:

—Don Pedro salió anteayer de Santa Fe, y sé que se dirigía a la feria que por estas fechas se está celebrando en el pueblo de

Laguna. Si salieran pronto en su busca, podrían alcanzarlo antes de que cruce el río a la altura de Bernalillo.

Dicho y hecho, el gobernador decidió enviarme en busca de don Pedro, encargando mi custodia a un indio navajo llamado Hilario Padilla, soldado auxiliar en el presidio, que conocía bien la región por la que teníamos que viajar por haber nacido, como yo, en una ranchería del monte San Mateo. Mientras don Bartolomé volvía al galpón para sacar la copia del texto de la convocatoria que yo entregaría a don Pedro Pino, me fui a casa del abuelo a prepararme para el viaje.

Las dudas del escribano

Cuando, esa misma noche, llegué al galpón y ascendí por las escaleras que llevaban al piso superior, me sorprendió un olor que cuadraba más con el tufillo que emanaba de la fonda cercana a la plaza que con aquel templo de la sabiduría. Y cuando asomé la cabeza por la trampilla noté que el suelo del altillo estaba sembrado de folios de papel engurruñados y con manchas de tinta. Yo sabía que en circunstancias normales don Bartolomé copiaba los decretos con gran diligencia y sin echar un solo borrón, pero pronto pude darme cuenta de que las circunstancias no eran las normales.

Aparte de las plumas y el tintero, don Bartolomé tenía sobre el escritorio una garrafilla de aguardiente ya mediada, y cuando se volvió hacia mí, noté que en el fulgor de los ojos azules había un destello acuoso que no podía atribuirse al reflejo de la luz del candil.

—Ah, Juan, está usted ya aquí, no lo esperaba tan temprano —don Bartolomé consultó furtivamente el reloj de plata que colgaba de su leontina—. Bueno, lo cierto es que me he entretenido más de lo que pensaba en copiar el texto del decreto…

El escribano estiró la mano trémula para rellenar la copa de licor y durante unos instantes la luz del candil proyectó sobre el entarimado y las paredes del altillo la oscilación del líquido ambarino, como si el galpón fuese un frágil esquife a merced de la tempestad. Pronto pude barruntar que la tormenta que se cernía en la conciencia de don Bartolomé era más intensa que la simple marejada provocada por el alcohol.

—Juan, no querría decepcionarlo, pues noté la ilusión que sintió esta tarde al saber que su abuelo adoptivo podría participar en las elecciones a diputado, pero lo cierto es que cuando he tenido tiempo para reflexionar me he dado cuenta de que esta convocatoria a Cortes es en realidad una farsa monumental —la mirada del escribano planeó unos instantes sobre los papeles desperdigados por el suelo como aves abatidas por un cazador, y luego continuó—: y si me ha temblado el pulso al ir a copiar el texto del decreto es porque en el fondo de mi conciencia me repugna ser parte de esta patraña.

Se me quedó mirando un momento, y al no ver ninguna reacción por mi parte se encogió de hombros y prosiguió:

—Aunque quizás usted no alcance a comprenderlo, lo cierto es que el gesto aparentemente generoso de invitar a los ciudadanos americanos a participar en las Cortes es sólo una argucia por parte del gobierno de la península para contrarrestar los movimientos revolucionarios que se están gestando en varios lugares de América. Pero quizá lo más grave es que los miembros de la Junta de Regencia que han firmado esa convocatoria carecen de la legitimidad necesaria para realizarla, pues es una prerrogativa que corresponde sólo al soberano, que en estos momentos sigue secuestrado por Napoleón... —y, acompañándose con un gesto brusco que casi le hizo derramar el contenido de la copa, se preguntó a sí mismo—: ¿Acaso hemos olvidado ya que por haber convocado las juntas locales en México en ausencia del soberano, el virrey Iturrigaray fue depuesto y mandado a Cádiz bajo registro de navío como si se tratase de un vulgar criminal?

Aquello me hizo recordar los rumores que habían circulado por Santa Fe sobre la posible relación de don Bartolomé con el partido criollo que apoyaba al virrey Iturrigaray, pero mi maestro no había acabado:

—Mire, Juan, tome este papel y haga el favor de leer en voz alta los nombres de los que forman el Consejo de Regencia —me dijo don Bartolomé al tiempo que me tendía el texto del decreto.

Casi no me atrevía a tocar aquel folio que había pasado por manos tan ilustres pero, asiéndolo en la punta de los dedos, busqué en la parte inferior los nombres de los firmantes de la convocatoria a Cortes:

—Xavier de Castaños, Francisco de Saavedra, Antonio Escaño, Miguel de Lardizábal y Uribe...

Antes de que pudiera acabar de leer los apellidos de los firmantes, don Bartolomé me quitó el papel de las manos.

—No se esfuerce, yo mismo le voy a decir quiénes son los miembros de ese gabinete, empezando por el general Castaños, que fue el comandante en jefe en la primera y única batalla en la que los españoles vencieron a las tropas de Napoleón, pues desde entonces las fuerzas regulares españolas sólo han cosechado derrotas frente al ejército francés.

Don Bartolomé continuó repasando los nombres de los otros firmantes del decreto:

—Veamos otro... don Francisco Saavedra sin duda puede presumir de importantes servicios a la patria: en la guerra que mantuvo España a favor de los colonos rebeldes contra los ingleses, pero de eso hace ya tanto tiempo que pocos lo recuerdan.

Me impresionó todo lo que sabía el escribano sobre la vida y milagros de los miembros de la Regencia.

—¿Qué decir de don Antonio Escaño, ilustre oficial de la

Armada española cuyo mayor timbre de gloria es haber participado en la desastrosa batalla de Trafalgar? Pero quizá lo más indignante es que entre los firmantes del decreto figure en calidad de representante americano ese criollo de pacotilla llamado Miguel de Lardizábal, que se fue de muy joven a vivir a España y desde entonces no ha vuelto a poner los pies en este continente.

Cuando finalmente don Bartolomé se percató de que estaba malgastando su oratoria conmigo, se encogió de hombros y, sentándose ante el escritorio, mojó la pluma en el tintero y se puso a copiar el escrito, esta vez de corrido y sin borrones; y tras espolvorear la copia con arenilla secante me entregó el papel con el brazo bien estirado, como si el mero contacto le produjese repugnancia.

—Juan, aquí tiene usted el escrito que ha venido a recoger; sólo me queda desearle que encuentre usted a don Pedro a tiempo de participar en la elección a diputado en Santa Fe. ¡Que tenga usted buen viaje!

El indio Padilla

Al llegar a casa de don Pedro, no quise subir al cuarto donde ya roncaban mis hermanastros por miedo de no oír llegar al indio Padilla cuando pasara a buscarme. Con la punta del belduque que suelo llevar al cinto abrí el cerrojo de la despensa, de donde saqué varias tiras de carne seca y dos bolsitas de maíz tostado. Después bajé al patio y rellené con el agua del pozo la cantimplora forrada de piel de venado y descolgué del clavo de la pared el arco de rama de cedro con flechas de plumas de águila: eran los únicos objetos que había conservado del tiempo que viví con los apaches.

Había dejado el potro ensillado, solo a falta de apretarle la cincha, y en cuanto oí los cascos sin herrar del caballo que traía

Padilla salí del portón y me encaramé en la silla agarrando con una mano el arzón y con la otra la brida, sujetando entre los dientes el cordel de la cantimplora. Era noche cerrada, pero el caballo de Padilla relinchó en la oscuridad cuando olfateó al mío.

Padilla hincó los talones en los ijares de su caballo y, sin mirar una sola vez hacia atrás, cabalgamos varias horas en el más completo silencio y en la más absoluta penumbra. La cabalgata a través del llano se me hizo interminable, y de pronto me asaltó el temor de que la batalla cuotidiana entre las fuerzas de la luz y las de las tinieblas quedara ese día en tablas, como nos había contado fray Celedonio: "Al principio la oscuridad cubría la tierra y el espíritu de la divinidad flotaba sobre la superficie de las aguas..."

Pero cuando finalmente la bola roja del sol se elevó en un firmamento limpio de nubes, al fondo del horizonte se formaron ondas de calima y los tallos de los arbustos espinosos parecían oscilar como si los moviese una mano invisible. Al mediodía llegamos al borde de una quebrada, desde donde se veía el cauce del río Grande fluyendo hacia el sur haciendo grandes meandros. Los arrieros llamaban a aquella pendiente La Bajada, y sabían que allí era necesario refrenar el paso de las bestias para que las carretas no fueran a parar al fondo del barranco.

Y cuando Padilla hizo un gesto para que me bajase del caballo, amarré al pinto a un arbusto con cuerda suficiente para que pudiese alcanzar los brotes de hierba agostada que crecían junto al camino. Me dirigía hacia una vaguada con vegetación por cuyo fondo corría un hilillo de agua cuando, al pasar junto a Padilla, el indio alargó el brazo y me sujetó con unos dedos que parecían garfios de hierro.

—¿Adónde vas, muchacho? —cuando me habló en español me percaté de que Padilla me consideraba un alevín de los blancos, y no un miembro de su tribu.

—Iba a ponerme a la sombra de aquellos arbustos para tomar un bocado y rellenar la cantimplora de agua en el manantial.

El indio sacudió la cabeza, y en sus labios finos se dibujó una mueca que quizás hubiera podido interpretarse como una sonrisa de no ser por el destello malicioso que brilló en sus pupilas.

—Un guerrero apache nunca se acerca a un bosquecillo con agua en plena luz del día, pues sabe que un enemigo o una fiera podrían estar acechando en la maleza y espera que llegue la noche para calmar su sed —y, con una chispa de ironía en sus ojos hundidos entre los párpados, añadió—: Me extraña que no aprendieses eso mientras vivías con los apaches.

—Los apaches me enseñaron muchas cosas, pero ha pasado ya mucho tiempo desde entonces, y seguramente he olvidado algunas.

Cuando, a la caída de la tarde, llegamos a Bernalillo, nos dijeron que don Pedro había pasado por allí un par de días antes y que había adquirido frazadas, tela de bayeta y otros artículos para venderlos en la feria de Laguna. Después de tomar un bocado en la fonda, aprovechamos que había salido una luna anaranjada sobre los álamos del río Grande para continuar cabalgando sobre un altiplano llamado Mesa Prieta, por una trocha de arena que iba en dirección sudoeste.

Como solía hacer cuando acompañaba a don Pedro en sus correrías, soltando las riendas al potro sobre el pescuezo, me repantigué en el lomo para descabezar un sueño; al despertar vi que habíamos llegado al borde de un barranco al fondo del cual corría un riachuelo de aguas turbulentas encajonadas en una zanja profunda. En un recodo del arroyo se alzaba un gran promontorio rocoso, envuelto por el halo espectral de la luna.

—Ése es el río Puerco, y ahí tienes el famoso cerro Cabezón —dijo Padilla, señalando el risco con el brazo extendido.

—¿Por qué es famoso ese cerro? —le pregunté.

—¿No notas que esa roca tiene una forma especial?

En la parte superior de la roca la luna marcaba caudales de sombra, como si fueran las arrugas de una faz monstruosa; y el pie del promontorio estaba anegado de neblina, dando la sensación de que el inmenso monolito levitaba sobre el valle.

—El cerro me recuerda la cabeza de un gigante.

—Pues eso es exactamente lo que es: la cabeza petrificada del gigante Yeit-só, que vino a parar al valle después de que los Gemelos Guerreros lo degollasen en la cima de la sierra —y al notar mi expresión de sorpresa me preguntó—: ¿Nunca te han contado la historia del combate del monte San Mateo?

Padilla echó pie a tierra y extendió sobre el suelo arenoso la manta que iba enrollada a la grupa de su caballo. Yo también me bajé del pinto, y para demostrarle al indio que yo no era un alevín del hombre blanco hice girar entre mis dedos la vara de una de mis flechas con punta de pedernal sobre un tronco de sabino seco hasta que brotó una chispa.

—Veo que no se te ha olvidado todo lo que te enseñaron los apaches… —dijo el indio, y por primera vez creí percibir un amago de sonrisa en sus labios.

Y, sentándose en la arena con las piernas cruzadas, se puso a contar la historia de la batalla del monte San Mateo.

El combate del monte San Mateo

"Unos años después de que la humanidad se salvase del Gran Diluvio, empezaron a proliferar por la tierra unos grandes monstruos que amenazaban con devorar a todo ser viviente. Pero por ese mismo tiempo, una doncella llamada 'la Mujer del Blanco Abalorio' dio a luz a dos hermanos que con el tiempo fueron llamados 'los Gemelos Guerreros', que se iban a encargar de destruir a los monstruos para evitar que aniquilasen a la raza humana que se había salvado de las aguas.

"Al mayor de los hermanos lo llamaron Nayénézgani (Matador de Dioses Extraños) y al menor Tobadzístsíni (Nacido de las

Aguas), porque decían que la madre había quedado preñada por un rayo de sol mientras se bañaba en un manantial.

"Una vez que crecieron, los Gemelos Guerreros se acercaron al monte San Mateo, donde sabían que el gigante Yeit-só bajaba a beber en un pequeño lago cercano a la cima, llamado Tósato. Pronto oyeron el sonido de pasos poderosos y vieron la cabeza del gigante asomarse sobre una colina hacia el este. Después, el monstruo sacó la cabeza y el pecho sobre una colina hacia el sur, y más tarde mostró su cuerpo hasta la cintura sobre una colina que caía hacia el oeste, y finalmente se mostró, hasta las rodillas, sobre un promontorio hacia el norte.

"El gigante se acercó al borde del lago y se puso a beber, sin percatarse de que los gemelos lo estaban observando. Al absorber el agua con su inmensa bocaza el gigante hacía mucho ruido: 'K-ol, k-ol, k-ol', así sonaba, y pronto el nivel del lago empezó a bajar rápidamente. Cuando el gigante levantó la cabeza del agua y vio que los gemelos estaban de pie en la misma orilla, se irguió sobre sus piernas en toda su altura, diciendo: '¡Vaya qué cosa más bonita viene andando por aquí! ¡Me pregunto por dónde habré estado yo cazando!'

"Entonces el hermano más joven, Tobadzístsíni, le dijo al mayor: '¡Contéstale en seguida de la misma manera, que se trague sus palabras!' Y el mayor respondió inmediatamente: '¡Vaya qué cosa más inmensa y repugnante se arrastra por aquí! ¡Me pregunto por dónde habré estado yo cazando!'

"Apenas había terminado de hablar cuando un mazo de guerra incandescente pasó silbando sobre las cabezas de los gemelos. Con la velocidad del rayo, el gigante lanzó cuatro proyectiles luminosos, pero los cuates pudieron esquivarlos saltando sobre una pluma mágica que les había dado la 'Mujer Araña' durante su jornada hacia el Sol.

"Una vez que el gigante Yeit-só hubo lanzado el cuarto proyectil, se quedó sin armas y a merced de sus rivales. El mayor disparó entonces su flecha zigzagueante, con el arco que le había regalado el Sol, y el gigante recibió el impacto en el empeine del pie y se tambaleó pero consiguió mantenerse erguido. Entonces disparó su flecha recta incandescente apuntando a la cintura, donde la coraza dejaba un resquicio sobre el ombligo del gigante; el monstruo acusó el impacto en el abdomen y casi se cae de rodillas; entonces Nayénézgani disparó su flecha apuntando a la nuca y el gigante se desplomó con la cara sobre la tierra, estiró los miembros hasta el borde del agua y ya no se movió.

"Tobadzístsíni, el hermano menor, se acercó al enemigo caído y le cercenó el pescuezo. Hasta entonces lo llamaban Nacido de las Aguas, pero a partir de aquel momento lo llamaron Naidikísi (El-Que-Corta-Alrededor). Después ambos arrojaron la cabeza del gigante Yeit-só por la ladera este de la montaña, por donde rodó hasta el valle del Puerco, donde se quedó convertida en el monolito de piedra que puedes ver del otro lado del río."

Tras acabar la historia, Padilla se quedó en silencio y con los párpados cerrados, pero al rato se restregó los ojos y señaló de nuevo hacia el cerro Cabezón.

—Dicen que en noches de tormenta el espíritu del gigante despierta y se le puede ver sacudir la cabeza y abrir las fauces de piedra. Y que en esas noches el cauce del río Puerco lleva un flujo sanguinolento.

Tardé mucho en conciliar el sueño y cuando finalmente me venció el cansancio, soñé que un ejército estaba bombardeando una ciudad amurallada cuyo perfil recordaba el del cerro Cabezón. La cabeza del monstruo emergía del envoltorio de roca como sale la cabeza de una tortuga de su caparazón y de sus ojos brotaban chispas que fundían los cañones; estirando los poderosos antebrazos, el gigante arrancaba a los jinetes de la caballería atacante de sus monturas y los trituraba como si fueran soldaditos de plomo. Me desperté con un sudor frío, pero no supe interpretar si lo que había soñado representaba el triunfo de la ciudad amurallada, que debía de ser Cádiz, sobre las tropas invasoras o más bien que el coloso triunfador era Napoleón, lo que hubiera supuesto un augurio nefasto. No tuve mucho tiempo para cavilar, pues Padilla había ya recogido los escuetos bártulos del campamento y nos pusimos de nuevo en camino, bajando el valle hacia el monte San Mateo.

Nada más cruzar las aguas turbulentas del río Puerco, al verlo cabalgar frente a mí noté que Padilla no parecía el mismo anciano que iba la víspera encorvado sobre la silla; ahora el indio iba muy erguido y la brisa de la sierra hacía aletear su manteo como si fueran las alas de un ave de presa. Ascendimos con la claridad lechosa del amanecer por una trocha empinada y, al coronar el collado, vimos a nuestros pies dos regueros de piedra volcánica que bajo el resplandor del sol naciente tenían destellos rojizos.

—Esos ríos de lava son la sangre petrificada que brotó del cuello de Yeit-só cuando Naidikísi le separó la cabeza del tronco en la cima del monte. Los gemelos sabían que si los dos regueros de sangre se juntaban al llegar al valle, el monstruo volvería a revivir. Pero Nayénézgani salió corriendo monte abajo y con su espada de pedernal marcó una raya en zigzag, dividiendo los dos regueros; el hermano menor también se precipitó hacia el manantial de sangre y con su machete trazó un surco recto que separaba los dos chorros. Entonces el líquido quedó convertido en piedra, como puede verse ahora.

Tuvimos que dar un rodeo para evitar el laberinto de aristas y hoyos traicioneros —al que los lugareños llamaban el malpaís— por miedo a que un caballo se quebrase la pata, y cuando estuvimos del otro lado Padilla detuvo un momento su caballo y me comentó:

—Es extraño que los apaches nunca te contasen la historia de los Gemelos Guerreros, porque el relato de sus hazañas forma parte de la preparación de los jóvenes guerreros.

—Los apaches me enseñaron a seguir el rastro de los animales en la maleza y a borrar el rastro de mis propias huellas, para que no pudieran encontrarme si me perseguían, pero mi preparación como novicio de guerra se interrumpió cuando decidieron venderme en la feria de Taos.

—¿Entonces tampoco te enseñaron el sortilegio que usaron los Gemelos Guerreros para evitar que le diesen alcance los enemigos que venían en su persecución? —sin esperar mi respuesta, Padilla se bajó del caballo y sacando el cuchillo cortó una vara de cedro larga y fina, que dejó completamente limpia de hojas—. Cuando una partida de enemigos te vaya a la zaga, sólo tienes que recitar el conjuro que pronunciaron los Gemelos Guerreros para que no se juntasen los dos regueros de sangre del gigante al tiempo que haces las mismas marcas que hicieron ellos en la cima del monte San Mateo.

Con sus palmas callosas el indio alisó la gravilla del sendero y con la punta de la vara trazó en el centro del parche arenoso primero una raya recta y luego una raya en zigzag. Después repitió cuatro veces el mismo signo hasta que el camino quedó cruzado por varias rayas rectas y en zigzag. Mientras marcaba esas líneas, el indio iba canturreando pausadamente esta canción:

Haré una marca que no cruzarán.
Soy Nayénézgani, y no la cruzarán.
Con mis mocasines de obsidiana negra, no la cruzarán.
Con mis polainas de obsidiana negra, no la cruzarán.
Con mi túnica de obsidiana negra no la cruzarán.
Yo soy Tobascitiní, y haré una marca que no cruzarán.
Por los costados me cuelgan cuatro capas de obsidiana negra.
Mi penacho es de obsidiana negra.
Cuatro relámpagos de obsidiana negra brotan de mí.
Allí donde lleguen, diseminarán mortíferos proyectiles.

Cuando acabó de recitar la salmodia, borró completamente con la palma de la mano las marcas que había hecho sobre la arena del sendero hasta que la trocha quedó como estaba antes.

La feria de Laguna

Aunque no estaba convencido de que aquel sortilegio pudiera librarme de la persecución de mis enemigos, pronto pude comprobar que el conjuro me había traído buena suerte. Cuando llegamos a la feria de Laguna y le entregué a don Pedro la copia del decreto de convocatoria a Cortes que me había dado don Bartolomé, el abuelo se puso tan contento que me prometió que si salía elegido diputado me llevaría con él a Cádiz.

La feria de Laguna no era tan concurrida como las ferias fronterizas del norte, donde se vendían de contrabando armas y municiones que colaban los tratantes angloamericanos de la Luisiana, pero los comerciantes hispanos ofrecían a los indios bolsas de gutapercha, anqueras, hachuelas, tijeras, espejos, piloncillos y otras baratijas. Los indios pueblo de Laguna ofrecían pieles de bisonte curtidas y gamuzas de carnero cimarrón bordadas con púas de puercoespín que habían comprado anteriormente a los indios de las praderas. También bajaban de las rancherías del monte San Mateo mujeres navajo que vendían mantas tejidas en telares de madera, teñidas con colores muy vivos y que no se deslucían con el sol ni con el agua.

Don Pedro quiso celebrar la noticia que había recibido invitando un trago de aguardiente y un pedazo de tasajo de cíbolo a todos los que quisieran visitarlo en la amplia tienda de piel de venado que usaba para viajar. La carpa pronto se llenó de un enjambre de tratantes, mayormente del sexo femenino, que se disputaban las atenciones de aquel hombre que sabía hacerlas reír con su caudal inagotable de cuentos y chascarrillos y que les ofrecía su garrafa de aguardiente con liberalidad. Las mujeres indias admiraban el brillo de sus ojos claros, la melena plateada y abundante de don Pedro, y especialmente su barba florida, pues los varones indios no tenían aquel atributo facial, ya que los pelos que les brotaban del mentón eran ralos y de poca consistencia.

Una de las matronas navajo, que había bebido más de la cuenta, se atrevió a deslizar sus dedos por la entrepierna del pantalón de don Pedro al tiempo que le preguntaba al abuelo si su vello íntimo era tan blanco y tan bonito como el pelo de la barba, ocurrencia que las otras comadres corearon con grandes risotadas, que desvelaban encías donde faltaban varios dientes.

Antes de que aquella francachela se saliera de madre, le advertí al abuelo sobre la conveniencia de volver lo antes posible a Santa Fe, si quería llegar a tiempo para participar en la elección de diputado a Cortes. Y en cuanto conseguí arrancarlo de las zarpas de las mujeres y sacarlo de la tienda, el viento fresco de la sierra lo espabiló, y se acercó al grupo de arrieros reunidos en torno de la hoguera ordenándoles que estuviese todo listo para salir antes de romper el día.

Al enterarse que don Pedro se volvía hacia Santa Fe, varios de los tratantes procedentes de la zona del "río arriba" le pidieron permiso para unirse a nuestra comitiva, lo que el abuelo aceptó, sabiendo que cuantos más hombres armados integrasen una caravana, era menos probable que las bandas de indios que merodeaban por la sierra se atreviesen a atacar.

En cambio, no aceptó con el mismo entusiasmo que se unieran a nuestra caravana un grupo de tratantes procedentes del vecino pueblo de Ceboyeta, aunque no pudo rehusar. Aquella plaza, que quedaba al norte de Laguna, había sido anteriormente un baluarte español en territorio navajo y se había convertido después en refugio de maleantes y contrabandistas, que aprovechaban su proximidad con las rancherías del monte San Mateo para secuestrar allí jóvenes de ambos sexos que después vendían como esclavos. Entre las familias pudientes de Alburquerque todavía se practicaba la costumbre de que el novio le ofreciese como regalo de boda a su prometida un par de cautivas navajo, para que después le sirviesen de criadas. Y cuando el propio galán no tenía las agallas suficientes para ir a buscar a las jóvenes al territorio indio y arrancarlas por fuerza de su ranchería, encargaba a los tratantes de Ceboyeta que le consiguieran las esclavas, a cambio de una buena recompensa.

Ese comercio con seres humanos no estaba exento de peligros, y los mismos ceboyetanos contaron esa noche en el corrillo que se formaba en torno del fuego lo que había sucedido poco tiempo atrás a una partida de traficantes de Ceboyeta: tras haber secuestrado a algunos esclavos en una ranchería india, volvían hacia su aldea y, juzgando que estaban fuera de peligro, acamparon en una vaguada y se pusieron a jugar una partida de monte, sin tomar la precaución de poner centinelas en torno del campamento. Los guerreros navajos que los habían seguido hasta allí los sorprendieron absortos en el juego y se ensañaron de tal forma con los ceboyetanos que hasta los naipes de juego habían quedado salpicados de sangre.

La historia de esa masacre me impresionó especialmente, por haber sido yo mismo testigo de algunos actos de barbarie mientras estuve cautivo de los apaches. Cuando Padilla vio que me había quedado junto a la hoguera con los ojos abiertos como platos, se me acercó, preguntándome con aquella extraña mueca cosquilleándole en la comisura de sus labios:

—¿Qué te pasa, muchacho?, parece como si esas historias te hubiesen desvelado.

—El abuelo me ha prometido que, si es elegido diputado, me llevará con él a Cádiz, pero no me gustaría que mi viaje acabase antes de empezar, con mi cabellera colgada en la tienda de algún guerrero.

Padilla sacudió la cabeza y, con un tizón en la mano, se puso a hacer garabatos sobre las cenizas. Después afirmó con cierta solemnidad:

—Una vez que te has puesto en la senda de los Gemelos Guerreros, nada ni nadie podrá interponerse en tu camino.

Antes de quedarme dormido me fijé que lo que Padilla había pintado sobre las cenizas eran cuatro rayas rectas y cuatro en forma de zigzag.

El oso con botas

Llegamos a Santa Fe en medio de un aguacero, acompañado de rachas de viento que azotaban las casas de la ciudad de tal manera que parecía como si el Arca del Diluvio fuera a desprenderse de su soporte y a deslizarse monte abajo hasta el cauce del río Grande. Sólo un racimo de ociosos aguantaban el temporal acurrucados bajo los soportales del palacio del gobernador, como las bandas de codornices que se reúnen durante una tormenta bajo un matorral.

Al llegar a la plaza don Pedro detuvo su caballo aguantando el aguacero para permitir que los vecinos nos diesen la bienvenida y nos asaeteasen a preguntas, pues las caravanas que llegaban a la capital desde el sur solían despertar la curiosidad de los ciudadanos ávidos de noticias, y más en aquellos tiempos revueltos. Pero en esa ocasión a los vecinos no pareció interesarles lo que podíamos contarles, y al vernos llegar se escurrieron por las calles embarradas hacia sus casas como nutrias que se refugian en sus madrigueras durante una crecida. Tampoco se acercó a la caravana el grupo de chicos con quienes solía jugar a las tabas y, pensando que quizá no me habían reconocido mis amigos, me quité el sarape que me tapaba la cabeza, al tiempo que le gritaba a Donoso, hijo de don Epifanio Tafoya.

—Soy yo, Juan de los Reyes. ¿No quieres saber lo que me ha ocurrido durante el viaje a Laguna?

Antes de doblar la esquina, Donoso se detuvo un momento, y por toda respuesta sacó medio palmo de lengua de la boca y después siguió caminando.

No era fácil imaginar cuál podía ser el motivo de aquella recepción tan poco amistosa, pero lo único que se me ocurrió pensar era que podía tener que ver con el hecho de que el gobernador me hubiera mandado a buscar a don Pedro hasta Laguna para que pudiera participar en las elecciones a diputado, lo que posiblemente consideraban un trato de favor. Si ya probablemente se resentían los notables de la ciudad de que un indio genízaro pudiese actuar de mensajero para llevar una noticia de tal importancia, debía de parecerles un dislate que un comerciante como don Pedro Pino pudiese competir con personas de noble prosapia para representar a la provincia en las Cortes de Cádiz.

Y cuando al llegar a casa de don Pedro me encontré con que también mis propios hermanastros me recibían con el ceño fruncido, tras dejar mis bártulos en un rincón me fui a ver a don Bartolomé, esperando que al menos mi maestro se alegraría al verme regresar sano y salvo de aquella misión. Pero también me esperaban sorpresas en el galpón.

Estaba llegando a las inmediaciones del huerto cuando vi salir del barracón una silueta humana que en vez de tomar el sendero que llevaba a la ciudad, cruzó el campo en dirección a la sierra. Aunque la cortinilla de lluvia que aún caía sobre la ladera no me permitió identificar al individuo, pensé que tanto su forma de andar como su silueta algo rechoncha me resultaban familiares. Al acercarme al galpón, reconocí las huellas de unos tacones que las botas del visitante habían dejado marcadas en la tierra húmeda.

Iba a preguntarle a don Bartolomé quién era el hombre que acababa de salir de su casa, pero al ir a alargar la mano hacia la puerta del barracón ésta se abrió de par en par y apareció en el umbral el escribano armado de un fusil de chispa cuyo cañón apuntaba a mi pecho. Aunque yo sabía que si se disparaba aquel trabuco herrumbroso posiblemente haría más daño a quien lo tenía en las manos que a quien estaba encañonando, me apresuré a darme a conocer.

—Ah, Juan, es usted; temía que fuese el oso que ha estado merodeando por el huerto estas noches atrás; supongo que acude al olor de la fruta madura.

Los apaches me habían enseñado a reconocer los rastros de animales en los terrenos más áridos y escabrosos, pero no se necesitaba mucho entrenamiento para reconocer por las huellas de los tacones que el oso que había merodeado por allí era de los que siempre andan sobre dos patas. Sólo en los inviernos más crudos, cuando una espesa capa de nieve ocultaba las bayas y otros alimentos en la ceja del monte, bajaban los osos a merodear por los arrabales de la ciudad; nunca en el verano, cuando los arbustos de la sierra estaban cuajados de frutos silvestres. Además era sabido que los osos no suelen atacar a los humanos sin provocación, y precisamente por eso el ataque al indio Guichí había sido considerado como un castigo divino.

Al acercarme a la estufa del galpón para secar mi sarape percibí el tufillo dulzón que deja la cera al quemarse y noté sobre la hornilla los restos chamuscados del lacre y el papel de estraza con que suelen envolverse los documentos. Deduje que el mismo individuo que se había escurrido por la maleza cuando me vio llegar había querido destruir aquellos papeles en la hornilla pero que por alguna razón se había olvidado de quemar los cabos del bramante que los envolvía.

Inmediatamente se me ocurrió pensar que, aunque fuera a riesgo de haber recibido un escopetazo, había encontrado finalmente una explicación al misterio de cómo recibía don Bartolomé los periódicos y las gacetas que unas semanas antes habían visto la luz en la capital del virreinato. Sin duda el oso mensajero era el responsable de mantener informado al escribano de lo que pasaba en México, y probablemente por ese mismo conducto había conocido la noticia de la convocatoria a Cortes antes de que hubiese llegado a manos del gobernador el decreto de la Regencia.

Y tras nuestra conversación de esa misma tarde, pensé que el misterioso visitante también podía ser responsable de los cambios de opinión que a veces se producían en la mente del escribano. Apenas cruzamos unas palabras, noté que en la mente de don Bartolomé se habían esfumado las reticencias sobre el proceso de convocatoria a Cortes que tan duramente había criticado la víspera de mi partida a Laguna. Y cuando le conté que don Pedro me había prometido que si salía elegido me llevaría con él a Cádiz, don Bartolomé me puso ambas manos sobre los hombros y en tono solemne me dijo que para una mente joven y despierta como la mía, aquel viaje podía ser una ocasión irrepetible de ampliar mi formación.

Aprovechando que don Pedro estaba ya de vuelta en la ciudad y que pronto llegarían los otros notables procedentes de plazas apartadas, el gobernador procedió a convocar una reunión para elegir los tres candidatos entre los que después se echaría a suertes el puesto de diputado.

Al no estar dotada aquella plaza de escribano oficial, en aquella ocasión se acordó que don Bartolomé hiciese las veces de secretario; y yo fui esta vez admitido oficialmente al cónclave pues era costumbre que un niño se encargase de pasar la bacinilla de plata donde se depositaban las papeletas de la votación. Lo que se llamaba "una mano inocente", aunque en mi caso no resultaría tan inocente.

Una vez que se juntaron las papeletas el gobernador las volcó sobre la misma mesa bajo la cual yo había estado escondido la vez anterior y procedió a contar los votos. Como secretario en funciones, le tocó a don Bartolomé leer en voz alta los nombres de los que habían resultado elegidos en aquella primera ronda:

Don Antonio Ortiz.
Don Juan Rafael Ortiz.
El capitán don José Pino.
Don José Pascual García de la Mora.
Don Pedro Bautista Pino.
Don Bartolomé Fernández.

Cuando el escribano leyó al final de la lista su propio nombre cundió un sordo murmullo entre los asistentes, pues su candidatura no había figurado en ninguna de las listas oficiosas que en los días anteriores habían circulado por los mentideros de Santa Fe. Pero se daba la circunstancia de que en el mismo texto del decreto de convocatoria se estipulaba que los candidatos a diputado fueran naturales de la provincia respectiva, condición que no cumplía don Bartolomé, por lo que su candidatura resultó eliminada en la siguiente votación, y obtuvieron el mayor número de votos don Antonio Ortiz, don Juan Rafael Ortiz y don Pedro Bautista Pino, que por lo tanto entrarían en el sorteo final. Para dotar la ceremonia del sorteo de la mayor solemnidad y publicidad, el gobernador anunció que ese acto se celebraría en el patio interior del palacio a la mañana siguiente.

Por la senda de la hermosura

A la salida del palacio, mientras don Pedro se quedaba en la sala recibiendo parabienes, yo me puse a caminar sin rumbo fijo, pues me sentía un tanto confuso por los últimos acontecimientos y necesitaba soledad para analizar mis sentimientos encontrados.

Por un lado, estaba contento de que don Pedro hubiera quedado finalista para el sorteo, lo que también suponía para mí la posibilidad de viajar con él a Cádiz. Pero por otro me producía un profundo desasosiego pensar que don Bartolomé se hubiese presentado como candidato a una elección que pocos días antes había calificado de "mascarada". No era fácil comprender que, para salir elegido en la primera votación, algunos de los mismos notables que consideraban al escribano sospechoso de haber participado en la conspiración independentista criolla hubieran respaldado su candidatura.

Tan absorto estaba en mis cavilaciones que me adentré por un sendero que iba cruzando un bosque, y cuando quise darme cuenta había caído la noche. Si hubiera sido cierto que los osos merodeaban por los arrabales de la ciudad, aquel atajo poco frecuentado hubiera sido un lugar propicio para encontrarme con alguna fiera, por lo que me asusté cuando una silueta humana se plantó ante mí y me dio el alto con un fusil amartillado; entonces comprendí que había caminado en círculo y había ido a parar a las inmediaciones del presidio, que quedaba en la parte alta de la ciudad.

Como de otra forma no hubiera podido explicar mi presencia allí, se me ocurrió preguntar al centinela por Padilla, que formaba parte de la guarnición. El hombre señaló un bulto acurrucado junto a la hoguera, en el patio de armas de la guarnición, pero el indio ni se volvió al oír mis pasos en la gravilla.

—Cuando vi cruzar por delante de la luna dos nubarrones que se parecían a los Gemelos Guerreros en el momento de iniciar su jornada hacia el Sol supuse que vendrías a verme —dijo Padilla, sin levantar la vista del baile de las llamas.

—Si don Pedro sale elegido diputado en el sorteo que se celebrará mañana, es posible que yo mismo emprenda un largo viaje, pero precisamente lo que me preocupa es que el abuelo podría no salir elegido.

—Ya te dije el otro día que si has decidido tomar la senda de los Gemelos Guerreros, no debes preocuparte, porque tu destino se cumplirá.

—Sí, pero algo que ha pasado esta tarde me ha hecho comprender que hay fuerzas que se mueven en la oscuridad y que esas fuerzas podrían constituir un obstáculo para que se cumpla ese destino.

Los labios de Padilla se fruncieron en su mueca característica y sacudió la cabeza diciendo:

—Si en tu travesía te encuentras con algún obstáculo, puedes marcar sobre el camino los signos que te enseñé al ir hacia Laguna —Padilla se quedó un momento pensando antes de añadir—: Los navajos tenemos otra plegaria que rezamos sobre los jóvenes guerreros que van a salir en una expedición, para augurarles una feliz jornada, que llamamos "Por la senda de la hermosura".

El indio me indicó que me sentase junto al fuego con los brazos y los pies extendidos, y después sacó de su túnica una bolsita de cuero con un polvillo dorado que me espolvoreó sobre la cabeza y los hombros al tiempo que cantaba:

Pon los pies hacia abajo con el polen,
Pon tus manos abajo con el polen,
Pon tu cabeza abajo con polen,
Pues ya tus pies son de polen,
Tus manos son de polen,
Todo tu cuerpo es de polen,
Tu mente está hecha de polen,
Tu voz es de polen.
La senda es hermosa.
"Biké Hozoní,
¡Quédate en paz!"

Un mareo placentero me invadió todo el cuerpo y sentí como si estuviese flotando sobre una gran masa de agua en movimiento. Aunque nunca había estado embarcado, oía chasquear el trapo de las velas por encima de mi cabeza y notaba como si la brisa del mar me hinchase los pulmones. Aunque la alucinación pareció durar sólo unos segundos, cuando me recuperé de aquel vértigo vi que Padilla ya no estaba sentado frente a mí y la lumbre de la hoguera se había consumido y tan sólo chisporroteaban entre los rescoldos algunos tizones de cedro. Estaba amaneciendo.

La mano del destino

Bajé la cuesta hacia la casa como alma que lleva el diablo y apenas si tuve tiempo de enrollarme en mi manta antes de que mi madrastra entrase en la cocina a reavivar la lumbre. Pero doña Eremitas sospechó que me estaba haciendo el dormido.

—Juan de los Reyes, ¿qué haces tú a estas horas con un ojo abierto y otro cerrado como si fueses una liebre? —me preguntó la buena mujer, al tiempo que me propinaba un cariñoso coscorrón—. Creo que lo que te mantiene a ti despierto es la mucha picardía.

Al olor de la hogaza humeante que subía hasta el dormitorio mis hermanastros se fueron despertando y se sentaron, aún legañosos, en torno de la mesa de pino real, que tenía en el centro del tablero un grueso nudo que la cuchilla del carpintero no había conseguido domeñar. Para congraciarme con mi madrastra le ayudé a preparar la jícara de chocolate y a sacar del fogón el pan de maíz. Después me encargué de escanciar el chocolate caliente en los cubiletes de estaño, dejando solo el fondillo para mí.

En premio a mi diligencia, doña Eremitas me agarró de una oreja y me llevó casi en volandas hasta la pila del patio, propinándome una friega tan enérgica en la cara, el cuello y las manos que casi me hizo olvidar lo fría que estaba el agua. Después me hizo subir a empellones la escalera que llevaba a la boardilla y, sacando de un arcón polvoriento una camisa de lino, unos pantalones de paño y unos botines relucientes me los entregó diciéndome en un tono brusco que apenas disimulaba su intensa emoción:

—¡Esta ropa de gala pertenecía a mi difunto esposo! Ya que mi padre ha decidido que seas tú quien lo acompañe a la ceremonia del sorteo, no puedes ir al palacio del gobernador con esas trazas de indio bravo.

Aunque mi túnica de gamuza apenas salpicada con unos lamparones de grasa y los calzones de piel de venado con el fondillo remendado me sentaban a las mil maravillas, no tuve más remedio que ponerme la ropa que me daba doña Eremitas. Como era la primera vez que vestía ropa de etiqueta noté que el botón del cuello de la camisa me oprimía el gaznate, los pantalones de paño grueso me laceraban las ingles y los botines de charol me hacían ver las estrellas.

Al menos no sería yo el único condenado a sufrir los rigores de la etiqueta, y me sentí algo más reconfortado cuando don Pedro apareció en la cocina también encorsetado en su ropa de ceremonia: levita de paño oscuro, camisa de blonda, pantalones abiertos a los lados con botones de plata y botas de cabritilla. Se hizo un silencio poco habitual, porque a la hora del desayuno la cocina era el escenario de gritos y trifulcas infantiles por agarrar la sopaipilla más abultada o apurar con el dedo las últimas gotas de la jícara de chocolate. Pero todos los que nos sentábamos en torno de la mesa sabíamos que si a don Pedro le tocaba en suerte viajar a Cádiz, nada volvería a ser igual en esa casa; aunque quizá fuese yo quien saldría más beneficiado si eso sucedía.

Tan pronto como puse los pies en la calle vestido de petimetre, me di cuenta de que el camino hacia la gloria tiene los setos de espinos. Aunque intentaba ocultarme tras los faldones de la levita de don Pedro, no dejaba de escuchar las cuchufletas que proferían a mis espaldas los muchachos de la calle que hasta hacía unos días decían ser mis amigos.

Una vez que llegamos al palacio del gobernador, de nuevo me designaron para que fuese mi "mano inocente" la encargada de sacar a suertes la papeleta del que sería nombrado diputado. Cuando el gobernador me presentó la bolsa de cuero donde estaban las tres papeletas, entre el público que abarrotaba el patio se hizo un silencio sepulcral mientras yo cerraba con fuerza los párpados para demostrar que no podía ver la papeleta que iba a escoger. Es cierto que no podía verla, pero sí sentirla, porque en ese momento me invadió la misma sensación de cosquilleo que había experimentado la víspera junto a la hoguera del fuerte y noté que una de las papeletas se me pegaba a la palma de la mano como atraída por un poderoso imán. Sin dudar un instante cerré los dedos sobre esa papeleta, que saqué y tendí al gobernador, y antes de que don José Manrique desdoblase con parsimonia el papel arrugado y leyese el nombre y apellidos de quien sería el representante de Nuevo México en las Cortes de Cádiz, yo ya sabía que ese nombre era el de don Pedro Bautista Pino.

Tuve la urgente necesidad de huir de aquella aglomeración donde los mismos notables que hasta entonces habían ninguneado a don Pedro querían ser los primeros en estrecharle la mano y apretar sus cachetes sudorosos contra su barba. Una vez fuera, apoyé la espalda en el grueso muro de adobe del palacio y cerrando los párpados aspiré a pleno pulmón el aire fresco que bajaba de la sierra. Visualizando los detalles del famoso medallón, me vi a mí mismo montado en un lujoso carruaje en compañía del diputado por el Camino Real, aunque sería más probable que hiciésemos parte del trayecto en una carreta tirada por bueyes que no tendrían la Corona de Castilla sobre el testuz.

Mientras mi mente flotaba en aquellas ensoñaciones noté que unas manos asían mi cuerpo y me levantaban en vilo; enseguida comprendí que aquel fenómeno no tenía nada que ver con la sensación que había experimentado la víspera cuando Padilla me había espolvoreado de la cabeza a los pies con polen sagrado. En este caso la levitación acabó al fondo del pilón de la plaza, alimentado por un caño de agua helada que bajaba de la sierra. Mientras chapoteaba en el agua fría comprendí que mis compañeros de juegos de la plaza habían decidido demostrarme de forma tan rudimentaria su envidia por haber sido elegido ayudante del diputado. Seguramente no sabían que el atentar contra la integridad física de un delegado a Cortes podía considerarse como un delito de lesa majestad.

Al salir de la fuente, me quedé largo rato deambulando por las calles temiendo que al volver a casa mi madrastra me regañase por haber estropeado el traje de su difunto esposo. Pero cuando finalmente me escurrí bajo el portón y me presenté en la cocina noté que a doña Eremitas le preocupaba más el brillo febril de mis ojos que el que hubiera arruinado el traje de gala. Quizá por contraste con el ambiente sofocante del palacio, el agua helada del pilón me había provocado una congestión que ni las friegas de alcohol que me propinó mi madrastra ni el ponche con aguardiente que me hizo ingerir el abuelo consiguieron mitigar.

II

DELIRIOS DE LIBERTAD

La gusanera de Guanajuato

Durante varias semanas me debatí entre la vida y la muerte, con la mala fortuna de que don Cristóbal María de Larrañaga, único facultativo digno de tal nombre, se encontraba fuera de la ciudad, y los remedios para hacerme bajar la fiebre del barbero de Santa Fe sólo contribuyeron a debilitarme más. Las mujeres de la casa ya estaban sacando de los arcones sus sayas de luto y preparando torrijas con miel para el banquete fúnebre cuando acertó a pasar por allí el indio Padilla, extrañado de no haberme vuelto a ver desde la víspera del sorteo.

Cuando le dijeron lo que me había pasado, el indio salió de nuevo de la casa para volver al cabo de un rato con un manojo de hierbas que le entregó a doña Eremitas, asegurando que si bebía una infusión de esas hierbas me bajaría la fiebre. Como no había nada que perder, mi madrastra me dio a beber una poción tan oscura y pestilente como orina de burro viejo, mientras las mujeres de la casa rezaban jaculatorias para contrarrestar los efectos nocivos de unas plantas que seguramente procedían del huerto del infierno. Apenas había ingerido aquel brebaje empezó a bajarme la fiebre y noté que poco a poco iba ascendiendo del mundo sombrío de los desahuciados al mundo luminoso de los seres vivos.

En el duermevela de la larga convalecencia, me pareció escuchar una conversación entre don Bartolomé y don Pedro en la que hablaban de que el cura de la aldea de Dolores había organizado un alzamiento contra el gobierno virreinal, tomando la imagen de la Virgen de Guadalupe como estandarte y arrastrando a una horda de indios y gente de castas que, armados con azadas y palos, habían arrasado ya varias ciudades en la provincia de Guanajuato. Todo aquello sonaba tan insólito que creí por un momento que podía ser un efecto del delirio provocado por la calentura; pero cuando empecé a sentirme mejor y estiré bien las orejas comprendí que aquellas noticias no tenían nada que ver con mi estado febril.

El cabecilla de la rebelión que se había producido en la región de Guanajuato, al norte de la ciudad de México, era un cura llamado Miguel Hidalgo y Costilla, que por lo que contaba don Bartolomé se había distinguido ya desde el seminario por su interés en las lecturas de política y filosofía más que en la meditación sobre los misterios del dogma. El párroco de Dolores podía hablar y leer de corrido en francés, lo que no era muy común en un cura de aldea. Hidalgo se había hecho también famoso por ser bastante libre en el trato con las mujeres, aunque no era el único tonsurado que se permitía esa licencia. También algunos de sus feligreses lo acusaban de su pasión por el juego, y decían que la casa de Hidalgo era como una Francia chiquita, lo que en aquellos tiempos constituía una grave descalificación.

En favor del cura Hidalgo don Bartolomé argumentaba que había realizado una gran labor con sus feligreses indígenas, a quienes había enseñado artes y oficios que les permitiesen mejorar su miserable condición. Decían que la loza que se fabricaba en Dolores llegó a ser de mejor calidad que la de Puebla, y que habían perfeccionado tanto la cría de gusanos de seda que sus géneros eran los más finos de toda la región, y no necesitaban traer sedas de Oriente.

Contaban a este respecto que cuando el obispo electo de Michoacán, don Miguel Abad y Queipo, le pidió a Hidalgo que le mandase simiente de gusanos de seda, el cura de Dolores le respondió que si podía esperar unos meses le enviaría una gusanera tan copiosa que el prelado no iba a poder hacer carrera de ella. Hidalgo cumplió literalmente su promesa, pues en pocas semanas la gusanera de la revolución se había extendido por toda la provincia de Guanajuato y no tardaría en llegar a Michoacán.

El obispo Abad y Queipo —que llegaría a dictar una excomunión sobre su antiguo amigo y subordinado— diría después que para el cura de Dolores la revolución había sido como la cría de gusanos de seda: una vez que se empezaba no se sabía dónde podía acabar. La motivación que alegaban los líderes del alzamiento era acabar con el mal gobierno de los peninsulares y sustituirlos por representantes de la sociedad criolla. Por ello, las primeras consignas de los revolucionarios decían "¡Viva la religión, viva Fernando VII y muera el mal gobierno!", pero poco después esa proclama continuista sería sustituida por la de "¡Viva la Virgen de Guadalupe y mueran los gachupines!"

El método que utilizaba el cura Hidalgo para ganarse adeptos era tan simple como eficaz: tras meter en la cárcel a los españoles ricos mandaba liberar a los convictos que estaban presos en ellas, y distribuía los bienes de aquéllos entre el populacho diciendo que había que devolver al pueblo mexicano lo que los peninsulares le habían robado. El día que las huestes del cura tomaron la rica ciudad de San Miguel el Grande, desde el balcón de una de las casas principales el cura arrojaba talegas de pesos a la multitud gritando: "¡Cojan, hijos, que todo esto es suyo!"

Al principio los rebeldes respetaban las haciendas de los ricos criollos, diciendo que la revolución no iba contra ellos, pero cuando las hordas hambrientas se desparramaban por los campos pisoteaban los maizales, quebraban a hachazos las trojes para sacar el trigo, mataban todo el ganado que fuera necesario y hasta se llevaban el armazón de los edificios para aprovechar vigas y portones. Por donde pasaba la voraz gusanera, no quedaba títere con cabeza.

Una tarde en que don Pedro y don Bartolomé estaban conversando en el zaguán de la casa, llegó un minero del Real de Guanajuato que había estado presente en el sangriento ataque a la Alhóndiga de Granaditas y contó que Hidalgo estaba exterminando a todos los que consideraba un peligro para la revolución. Tras la toma de Guadalajara, usando falsas promesas, el cura había convencido a los hacendados peninsulares de la región de que le entregasen a sus hijos para encerrarlos en el seminario de esa ciudad, supuestamente para protegerlos de los excesos de la turba; pero lo que hacía en realidad era entregarlos en manos de un sicario llamado Marroquín que por la noche los llevaba a lugares solitarios, donde los degollaba sin compasión.

Mientras escuchaba aquel relato yo noté que don Bartolomé iba perdiendo gradualmente la color, hasta quedar con el semblante tan blanco como la cal de la pared. Sin esperar a que el hombre acabase de contar su historia, el escribano se levantó de su asiento y dijo que tenía que volverse al galpón; y cuando me asomé afuera, vi que iba dando tumbos de un lado al otro de la calle, como si estuviese borracho; salí corriendo detrás de él por miedo a que pudiera dar algún tropezón y hacerse daño.

—Don Bartolomé, ¿qué le ocurre, se siente mal? —le pregunté.

El escribano apenas si se volvió hacia mí, y como si estuviese hablando consigo mismo exclamó:

—Cada vez que Marroquín degüella a un inocente, esta cortando por la raíz el capullo de la revolución.

La exposición sucinta

Había pasado bastante tiempo desde que el gobernador de Nuevo México había transmitido al comandante general de Chihuahua la designación de don Pedro como diputado a Cortes, sin que se hubieran recibido en Santa Fe ni la confirmación del nombramiento ni los salvoconductos que necesitábamos para viajar a Cádiz.

El abuelo se tomaba este retraso con mucha paciencia, pero algunos de sus conciudadanos que antes de empezar la rebelión habían ofrecido voluntariamente sufragar el viaje del diputado se hacían los remolones, diciendo que para cuando llegasen los oficios del comandante general Cádiz habría caído en poder de los franceses o habrían acabado los trabajos de las Cortes. Aunque ya estaba impaciente por emprender el viaje y elevé una plegaria a los Gemelos Guerreros para que me ayudasen, intuía que no existía un conjuro suficientemente poderoso para sacudir el letargo de la burocracia colonial.

Aquel compás de espera resultó positivo al permitir reunir los datos necesarios para elaborar el informe que el abuelo quería presentar a las Cortes sobre la situación y los problemas de la provincia, que se llamaría "Exposición sucinta y sencilla de la provincia de Nuevo México". Aunque conociendo el estilo alambicado de don Bartolomé, tenía dudas de que un texto que ayudase a redactar el escribano pudiera resultar "sucinto y sencillo".

Durante mi enfermedad y larga convalecencia, entre el abuelo y el escribano habían convertido el barracón donde se alojaba este último en un verdadero gabinete de estudios. Entre los machones de pino que soportaban el altillo habían puesto tablas en sentido horizontal donde reposaban ristras de documentos y legajos perfectamente ordenados. En el centro de la habitación habían colocado la mesa de pino real que había estado en el comedor de don Pedro, que yo reconocí por el nudo en el centro del tablero que el cepillo del carpintero no había logrado avasallar, pero que ahora estaba cubierta de documentos y legajos, en vez del perol del pozole y la olla de cabrito cochifrito.

Aquella biblioteca improvisada incluía verdaderos tesoros de la historia de América, como las crónicas de *Los hechos de los castellanos en Tierra Firme...* de don Juan de Herrera; informes de exploradores militares, como el del teniente de ingenieros Lafora, que en 1777 había recorrido las Provincias Internas, y libros de reciente aparición, como el *Ensayo político sobre el reino de Nueva España* del Barón von Humboldt. En uno de los anaqueles encontré los diarios del capitán Zebulón Pike sobre su excursión al Sudoeste, que habían sido publicados en Nueva York ese mismo año.

El primer día que fui al galpón después de mi enfermedad, me encontré sobre la mesa de pino diarios publicados en la capital del virreinato, donde se recogía la noticia de la llegada del nuevo virrey a Nueva España, lo que me pareció un hecho suficientemente relevante para comentarlo con el escribano. Pero noté que a él no le había hecho ninguna gracia que hubiera estado fisgoneando en esos periódicos sin su autorización.

—Veo, Juan, que la enfermedad no ha sido capaz de quitarle la curiosidad, por lo que celebro esté ya usted completamente restablecido —dijo, con un tono socarrón que apenas ocultaba su irritación.

—Perdóneme, don Bartolomé, pero acabo de leer en la *Gazeta* que el nuevo virrey desembarcó en Veracruz en las mismas fechas en que se producía la rebelión del cura Hidalgo en Dolores. ¡Vaya fatalidad!

—Yo que usted no me fiaría demasiado de las noticias que aparecen en esas gacetillas que han sido previamente condimentadas por la autoridad —dijo el escribano, señalando con un gesto despectivo los periódicos que había sobre la mesa—. Por ejemplo, lo que no encontrará en esa prensa es la noticia de que el virrey Venegas ha llegado a la capital distribuyendo medallas y condecoraciones a los peninsulares que participaron con don Gabriel Yermo en la conspiración de los peninsulares contra Iturrigaray. Pero yo sé que se ha comentado que esos galardones han llegado "por factura", en vez de por real decreto; lo que es lógico si consideramos que la mayoría de los condecorados son comerciantes como todos los responsables de aquel motín —y, perdiendo momentáneamente su tono flemático, el escribano añadió—: No me extrañaría que en este potaje de las condecoraciones hubiese metido la cuchara un personaje indeseable llamado Juan López Cancelada, que ha publicado una sarta de embustes en un libelo titulado "La verdad sabida y la buena fe guardada", que ha llegado hasta aquí pero cuya lectura no le recomiendo.

Don Bartolomé debió de notar mi expresión de perplejidad ante aquel gesto intransigente, que no cuadraba con la tolerancia de que siempre había hecho gala, porque me invitó a sentarme junto a él cerca de la mesa donde estaba el fascículo que había mencionado, y que empujó como si le repugnase su simple contacto.

—Aunque soy un acérrimo defensor de la libertad de prensa, en este caso me parece adecuado evitar que su mente sufra los efectos, más bien debería decir la contaminación, de esa bazofia. Pero como es posible que se encuentren con ese personaje en Cádiz, es bueno que sepa de qué pie cojea ese individuo, que tras haber sido desterrado de México por intrigante y calumniador, ha desembarcado en Cádiz y ha intentado por todos los medios que lo nombrasen diputado, sin conseguir su propósito.

Era la primera vez que yo oía hablar del tal López Cancelada, pero también la primera que veía temblar los labios del escribano al pronunciar el nombre de una persona. Ni siquiera la noche en que, bajo los efectos del aguardiente de El Paso, hizo una valoración negativa de los miembros de la Junta de Regencia se había dejado llevar por los sentimientos de odio que en ese momento provocaban un destello iracundo de sus pupilas.

—Usted es demasiado joven e inocente para saber hasta que punto puede llegar la abyección del hombre, pero si va a acompañar a don Pedro a Cádiz más vale que vaya preparándose a encontrarse allí, junto con personas decentes y respetables, algunos seres humanos que sólo saben vivir como el calamar, echando tinta a su alrededor para enturbiar el agua en la que los otros peces respiran.

Noté que el tema le revolvía tanto las entrañas que tuvo que hacer una pausa antes de proseguir:

—Ya el virrey Iturrigaray se había percatado de que Cancelada era un hombre intrigante y calumniador, y le prohibió asistir a cafés y tertulias, pero bien caro le costó esa medida, pues Cancelada contribuyó a su arresto y destitución soliviantando a la opinión pública con sus libelos.

Pensé que, después de todo, quizá fuese cierto que don Bartolomé había estado involucrado en la conjura del partido criollo, para lograr la independencia de México con el consentimiento del propio virrey. No era el único que pensaba que si los planes de Iturrigaray hubieran prosperado, el virreinato de la Nueva España se hubiera ahorrado el desgarramiento y la sangría que habían traído tanto la rebelión de Hidalgo como el intento de sofocarla por parte del ejército realista.

Las botas del gobernador

Un par de días más tarde, el gobernador invitó a almorzar a don Pedro en palacio, y el abuelo me pidió que lo acompañase ya en mis funciones de edecán del diputado a Cortes. Me causó cierta emoción volver a la misma sala de juntas donde se habían producido las votaciones, y no pude evitar mirar de reojo el mapa de Nuevo México y el medallón donde el indio Guichí aparecía sentado en un soberbio carruaje. Y me pregunté si al llegar a España las Cortes pondrían a disposición del diputado Pino y su ayudante un vehículo de un empaque semejante, aunque no estuviera tirado por leones ni las ruedas tuviesen rayos resplandecientes.

Los criados del gobernador colocaron sobre la mesa un mantel y tres platos de loza blanca con la correspondiente cubertería de estaño y unas copas de tallo tan fino como el fuste de una espadaña de las que crecen al borde de las ciénagas. Después descorcharon una botella y escanciaron en las copas un vino de color ambarino que yo rehusé. En cambio, me serví una ración del estofado de lengua de cíbolo con guarnición de patata dulce y rodajas de manzana seca, de la fuente de plata humeante que el ujier había colocado en el centro de la mesa. Al acabar el almuerzo, don José despidió a los criados, y como el último que salió de la sala había dejado la puerta entornada, nuestro anfitrión se levantó para cerrarla.

—Se dice que hasta las paredes tienen oídos —dijo el gobernador, con un guiño malicioso que me resultó excesivamente confianzudo para tratar a un indio genízaro—. Así podremos hablar tranquilamente.

Al ver caminar a don José por la espalda, con sus hombros cargados y sus pantorrillas enfundadas en unas botas fuertes, pensé que yo había visto aquella silueta en otra ocasión, aunque de momento no supe precisar ni cómo ni cuándo.

—Don Pedro, ya sabe que las cosas de palacio van despacio pero confío en que el nombramiento de diputado se confirme en breve para no retrasar su partida hacia Cádiz. Pero sé que usted no está perdiendo el tiempo y se ha dedicado a preparar un informe sobre esta provincia; quiero decirle, como ya le indiqué al escribano, que pueden ustedes disponer de cualquier documento que tengamos en los archivos de este palacio, es decir, lo que no quemaron los indios durante la rebelión.

Sólo cuando el gobernador volvió a sentarse y pude observar por debajo del mantel la hechura de los tacones con los que realzaba su corta estatura, caí en la cuenta de que esas botas eran muy parecidas a las que habían dejado marcas profundas en el barro en las inmediaciones del galpón la tarde lluviosa en que yo había ido a visitar al escribano, al regresar de mi viaje a Laguna. El mero pensamiento de que el gobernador y el oso mensajero pudieran ser la misma persona me puso tan nervioso que apenas podía atender lo que estaba diciendo el abuelo, que en ese momento intentaba explicar que el principal obstáculo para el desarrollo de la provincia eran las tribus de indios bárbaros que rodeaban las poblaciones y plazas del territorio.

—Ellos vigilan las sierras y despoblados que circundan nuestras villas y aldeas, y esperan tranquilamente a que los campos estén en sazón y las ovejas paridas para recoger el fruto de la semilla que sus manos no han plantado y los corderos cuyas madres no han pastoreado.

Yo no podía evitar mirar insistentemente debajo la mesa para observar las botas del gobernador; hasta el punto de que don José debió de notar algo, porque cambió instintivamente de postura, recogiendo los pies bajo su butaca. En ese momento le contestaba al abuelo:

—Pienso que el problema central con el que se enfrenta esta provincia no se debe precisamente a la conducta de las naciones bárbaras, sino a la actitud de las naciones civilizadas. Tras la cesión por Napoleón de la Luisiana a los angloamericanos, pasamos a ser vecinos de la tribu más ambiciosa, más violenta y sanguinaria que nunca haya hollado este territorio.

—También yo he pensado en eso, y para remediar la situación creo que deberíamos negociar en pie de igualdad un tratado de comercio con los angloamericanos que impida el ejercicio del contrabando que mina nuestra hacienda.

Don José lo interrumpió:

—¡Jamás conseguirá que los angloamericanos negocien con nosotros en pie de igualdad! —noté que los ojillos del gobernador echaban chispas. Y, para ilustrar su razonamiento, don José agarró la botella de vino y, tras ponerle el corcho para que no se derramase su contenido, la levantó en sus dedos gordizuelos—:

—Observe esto, don Pedro: supongamos que los dominios españoles en la América Septentrional tuviesen la forma de esta botella. Como ve, la posición de Nuevo México corresponde a la parte superior, y la parte inferior, la panza de la botella, representaría las provincias ricas y más pobladas de la Nueva España. Pues bien, nosotros somos la antesala, el gollete que los angloamericanos quieren dominar para poder sorber después las riquezas que contiene la panza de la botella. ¿Por qué cree que el teniente Pike vino a espiar el territorio de Nuevo México?

Don Pedro estaba pendiente de aquel acto de prestidigitación, temiendo que la botella pudiera escurrirse de las manos de nuestro anfitrión y estrellarse en mil pedazos contra el suelo de barro. Sólo entonces intuí que el gobernador había querido precisamente desorientarlo con aquellos malabarismos para soltar a bocajarro la pregunta que quizás estaba preparando desde el principio de la conversación, aunque no tenía la menor relación con el tema del que habían estado hablando hasta entonces:

—Don Pedro, ¿habrá pensado en la conveniencia de llevarse a don Bartolomé Fernández en su viaje a Cádiz?

La pregunta era tan inesperada que noté que en el semblante de don Pedro se pintaba un gesto de sorpresa y que no sabía bien cómo contestar; finalmente, balbuceó:

—En efecto, ya había considerado esa posibilidad, pero conociendo el horror que le produce el despoblado que ya tuvo que cruzar una vez cuando vino desde México, no me he atrevido a proponérselo.

—Pues debe proponérselo —respondió el gobernador—. La presencia del escribano puede serle de gran utilidad en Cádiz, y ya verá que don Bartolomé está acostumbrado a desenvolverse en una sociedad cosmopolita y a sortear los escollos de la política.

¿Cómo conocía el gobernador la habilidad del escribano para desenvolverse en el mundo de la política, ya que don Bartolomé jamás hablaba de la época de su vida anterior a su llegada a Santa Fe? Fue entonces cuando por primera vez me cruzó por la mente la idea de que si el gobernador fuese el oso mensajero, también podía haber aprovechado su condición de árbitro en la elección a diputado para introducir en la bolsa una papeleta con el nombre de don Bartolomé junto a la de los demás candidatos. Y sólo cuando falló esa estrategia le pidió a don Pedro que lo incluyese en su séquito. Pero aún no llegaba a entender cuál era la finalidad de aquel enredo, suponiendo que estuviese en lo cierto.

Debo confesar que me sorprendió que, cuando esa tarde llegamos al galpón y don Pedro le propuso al escribano que nos acompañase en el viaje, don Bartolomé se resistiera como gato panza arriba.

—Créame que le agradezco la confianza que deposita en mí —contestó el escribano después de escuchar la propuesta del abuelo—, pero dese cuenta, don Pedro, de que si aceptase acompañarlos en esta jornada, lejos de servirles de ayuda supondría un estorbo y rémora al resto de la comitiva. No olvide aquello que decía don Miguel de Cervantes, "que mi edad no está ya para burlarme de la otra vida, que al cincuenta y cinco de los años le gano por nueve más y por la mano".

Pero aunque el abuelo no tuviese una gran erudición, no estaba dispuesto a dejarse apabullar por la cultura del escribano:

—Con todos los respetos hacia don Miguel de Cervantes, sepa, don Bartolomé, que no me voy amilanar por un órdago a la grande en lo que respecta a la edad, porque como se dice en el juego del mus, yo ya gastaba barba cuando el rey de bastos era cabo.

Y cuando don Bartolomé se defendió haciendo una exposición pormenorizada de sus múltiples dolencias y achaques, don Pedro le respondió:

—Tampoco voy a dejarme ganar un envite a la chica —dijo, continuando con el lenguaje del mus— por el pretexto de la mala salud, pues usted debería saber que las penurias y estrecheces que he pasado en los caminos en mi vida de comerciante han ido horadando el portón de mi salud, pero eso no va a impedir que emprenda este viaje largo y peligroso porque así lo exige el bien de la nación.

Finalmente, para ablandar la resistencia de su interlocutor don Pedro acudió a la argucia de halagar la vanidad del escribano.

—Un espíritu ilustrado y cosmopolita como el suyo no puede despreciar la oportunidad de contribuir a la forja de la Constitución que recogerá las ideas de libertad y progreso que usted siempre ha defendido.

Y así quedó la cosa. Una tarde, tras acabar de copiar al dictado de don Bartolomé unas páginas de la "Exposición", vi que los montes Sangre de Cristo estaban cubiertos de una capa de nieve, que la luz del poniente vestía con un hábito carmesí; y como aún no había llegado a Santa Fe la confirmación del nombramiento de don Pedro, me percaté de que habíamos perdido la posibilidad de unirnos a la conducta de comerciantes y ganaderos que salía a mediados de noviembre hacia Chihuahua con una escolta militar.

Pero don Pedro aprovechó ese compás de espera para reunir las instrucciones de individuos particulares a las Cortes según rezaba la convocatoria. Fray Francisco del Hocio, capellán del presidio de Santa Fe, le entregó un cuaderno de diez hojas de folio titulado "Prospecto o Plan sobre diferentes solicitudes", que incluía la petición de una gestión para recuperar el importe de unos fondos que había adelantado un comerciante de la villa de Bilbao —de la que era natural el fraile— a un consignatario de Boston. Aquellos fondos habían servido para sufragar un cargamento de armas y bastimentos con destino a las colonias rebeldes que por entonces luchaban contra el dominio de Inglaterra. A pesar del tiempo trascurrido desde entonces la deuda nunca había sido satisfecha y, por lo que pudo juzgar el abuelo, de acuerdo con la documentación que presentaba el predicador la reclamación parecía justificada.

Pero no todos en Santa Fe valoraban la actitud desinteresada de don Pedro ni comprendían el sacrificio que aquel hombre estaba dispuesto a hacer para representar los derechos de sus conciudadanos ante las Cortes, ni siquiera su propia esposa, doña Remedios. Cuando se enteró de que su marido había sido elegido diputado, la buena mujer rompió a llorar, se supone que de alegría. Pero semanas más tarde seguía llorando sin motivo aparente; y hasta sospecho que aquella devota matrona se alegró de la noticia de la rebelión en Dolores, pensando que si el alzamiento de Hidalgo triunfaba no sería necesario que su marido emprendiese el azaroso viaje a Cádiz.

La caza del cíbolo

Al ver que se retrasaba la partida de Santa Fe y antes de que se echase encima el invierno, el abuelo organizó una expedición de caza en los llanos del norte para hacer provisiones de carne que nos durasen durante gran parte de la travesía por el despoblado. Entre los ciboleros que vinieron con nosotros estaba el veterano Salvador Leiba y Chaves, que tenía buen conocimiento del despoblado y mucha experiencia en abatir reses a la carrera; también se apuntó a la expedición el indio Padilla, tras conseguir permiso del comandante del fuerte con la promesa de llevar de vuelta al presidio unas cuantas ristras de carne curada para los soldados de la guarnición.

Una mañana en que unos oscuros nubarrones se cernían sobre la ceja del monte llegamos a San Miguel del Vado, a orillas del río Pecos, no lejos de la misión donde se había producido el incidente del indio Guichí. Yo había estado en ese lugar con don Pedro poco después de que me comprase a los apaches en la feria de Taos, que tampoco estaba muy lejos de allí. El gobernador le había encargado al abuelo distribuir los títulos de tierras a los que llevaban cultivándolas en precario desde hacía varias generaciones, aunque era muy difícil hacer lotes parejos en aquel terreno quebrado y desigual para poder proceder después al sorteo de esas parcelas.

Como en el tiempo que fuimos allí por primera vez yo todavía no entendía bien el español, menos aún podía captar el significado económico y legal de aquella operación. En algunos momentos me pareció que se habían vuelto locos, pues los nuevos propietarios arrancaban manojos de hierba y tiraban piedras hacia los cuatro puntos cardinales para afirmar el dominio que a partir de entonces habían adquirido sobre ese pedazo de tierra y todo lo que sobre él pudiese crecer. Pero por las risas y sollozos de los colonos y sus familias pude intuir el valor que le daba aquella gente a la posesión de la tierra que luego se dedicarían a destruir.

Los aldeanos se habían quedado muy contentos por la eficacia y el sentido de la equidad con que el abuelo había cumplido el encargo, por lo que en el segundo viaje nos recibieron con muestras de agradecimiento. Cuando, tras compartir con los nuevos propietarios su modesto condumio, tomamos hacia el norte por el sendero que corría al borde del Pecos, el veterano Leiba dijo que por allí mismo había pasado la columna de los soldados angloamericanos que se habían perdido —o decían haberse perdido— al cruzar las montañas. Por desgracias, su derrotero era reconocible por la hilera de osamentas de cíbolos de distintas formas y tamaños que había dejado aquel contingente de un ejército supuestamente civilizado sembrado sobre la hierba virgen de aquellos despoblados.

La forma en que los ciboleros hispanos abatían a los cornúpetas era parecida a la que usaban las tribus indias de las llanuras, aunque don Bartolomé, que no se había unido a la expedición, me había explicado que aquel arte procedía de la costumbre de alancear a los toros bravos que practicaban los ganaderos españoles, que a su vez habían aprendido de los jinetes árabes. Se necesitaba mucha pericia y sangre fría por parte del caballista, aparte de una montura veloz y bien adiestrada, para poder asestar a todo galope un rejonazo mortal a aquellos cornúpetas que, a pesar de su gran volumen, si se sentían amenazados podían revolverse contra su agresor.

Don Pedro mandó por delante al indio Padilla para localizar a la manada y el indio se alejó galopando silenciosamente sobre la hierba alta, como las águilas ratoneras se deslizan a ras de tierra sobre el llano para sorprender a los roedores que están amagados en sus madrigueras. Y antes de que don Pedro, con la ayuda de su catalejo, hubiera podido distinguir la marea oscilante de la manada, Padilla había captado en el aire el olor a orín y estiércol de los rebaños que pastaban al fondo de la llanura y vino a avisarnos de que diésemos un rodeo para ponernos en contra de la dirección del viento. Una vez que llegamos a la cresta de una colina, los ciboleros echaron pie a tierra para apretar la cincha y repasar el filo de las lanzas con una lasca de piedra lumbre, y yo aproveché ese momento para revisar el arco y las flechas.

Y cuando el abuelo bajó la lanza, para dar la señal de atacar, los cuadrúpedos iniciaron una salvaje estampida hacia el llano, perseguidos de cerca por los ciboleros. Yo seguí a Leiba, cuya silueta era fácilmente reconocible por su gran caballo alazán; con gran habilidad, el veterano apartó del resto del rebaño a una hembra de gran tamaño, con el lomo cubierto por una espesa pelambrera que le llegaba desde la cruz hasta el codillo.

A una señal de Leiba hinqué los talones en los ijares de mi potro para ponerme al costado del animal, y tensando la cuerda del arco sin detener el galope, conseguí colocar tres flechas en el codillo de la bestia, aunque tuve la impresión de que mis flechas no habían conseguido penetrar el duro pellejo del animal. Estaba estirando el arco para disparar la cuarta flecha cuando, con un quiebro rapidísimo, la vaca se volvió hacia mí; para evitar la embestida di una tirón de la brida, pero el potro dio un traspiés que me hizo salir volando sobre las orejas y dar con mis huesos en tierra. Al verme descabalgado la hembra se arrancó hacia mí bajando el testuz, y cuando quise salir corriendo me di cuenta de que en la caída me había dislocado un tobillo y me quedé tumbado en el suelo a merced del animal. Noté que todo mi cuerpo se estremecía con la vibración de la tierra bajo las pezuñas del cíbolo; y para distraer el miedo me puse a contar:

—Una… —el cíbolo estaba a diez varas de mí.

—Dos… —el cíbolo estaba a cinco varas.

—Tres… —con el rabillo del ojo vi que Leiba había desmontado a cincuenta pasos de donde yo estaba y tomaba puntería con una rodilla en tierra y el cañón de su fusil apoyado en la vara de la lanza.

—Cuatro… —casi sentía el vaho pestilente que brotaba del belfo de la bestia, cuando noté el fogonazo del disparo.

—Cinco… —tan cerca tenía el testuz del animal que pude apreciar cómo la bala perforaba el hueso frontal con un chasquido sordo, como cuando se parte en dos una calabaza.

La bestia se derrumbó a mis pies y con la inercia sus cuernos abrieron un surco en la hierba que quedó rozando la punta de mis mocasines. Cuando miramos el cadáver de la hembra, comprobamos que todas mis flechas estaban clavadas cerca del codillo, aunque ninguna había penetrado la piel con la fuerza suficiente para llegar al corazón.

Las flechas relampagueantes

Cuando, de vuelta en el campamento, Padilla se enteró de lo que había pasado, se acercó al lugar donde estaba enrollado en mi manta con el tobillo hinchado.

—Me han contado que una vaca de cíbolo quería lustrarse las pezuñas con tu pellejo —me dijo el indio con su mueca característica—. Creía que los apaches te habían enseñado a disparar con el arco.

—Mis flechas estaban todas colocadas cerca del corazón del cíbolo, pero no consiguieron atravesar el pellejo del animal —le contesté, mordiéndome los labios para que no se me saltasen las lágrimas de rabia.

—Los Gemelos Guerreros le pidieron a su padre que les diera unas flechas especiales capaces de atravesar la coraza de pedernal que protegía al gigante Yeit-só; pero antes de entregarle las armas, su padre los sometió a unas pruebas para comprobar si eran merecedores de ese don. Si quieres que tus flechas tengan la fuerza que tenían las de los Gemelos Guerreros tendrás que someterte a esas mismas pruebas. ¿Estarías dispuesto a hacerlo?

Yo asentí con la cabeza y en cuanto se fue el indio, agotado por las emociones del día, me quedé dormido. No había descansado ni un par de horas cuando Padilla me despertó.

—Vamos, vamos, despiértate, que el lucero del alba no te sorprenda durmiendo. Toma tu arco y tus flechas y sígueme.

Nunca llegué a ver el lucero del alba, pero al intentar ponerme de pie el dolor del tobillo me hizo ver las estrellas. Padilla salió al trote en la semipenumbra y tras cruzar un arroyo donde el agua estaba muy fría se puso a arrancar de la orilla gruesas piedras, mientras me explicaba en un susurro:

—Tenemos que encontrar cantos que tengan musgo fresco en la parte inferior y, si es posible, escarbados por un oso; pero también puede servirnos una piedra que haya sido volteada por un tejón para aprovechar las lombrices que crecen debajo.

Entonces me acordé del indio Guichí y de su encuentro con el oso, en un lugar semejante, pero confié en que no brotase de pronto una fiera del fondo del barranco. Padilla escarbó con su cuchillo en el talud de tierra hasta formar una pequeña gruta que cubrió con las ramas de cedro que crecían en un arbusto cercano. Después preparó una hoguera y, al poner sobre el fuego los cantos con verdín que había sacado del arroyo, las piedras empezaron a echar humo. El indio me obligó a desnudarme y a entrar en la oquedad, donde se había acumulado el vapor que exhalaban los cantos incandescentes. Y cuando Padilla vertió sobre las piedras el agua fría del arroyo que había traído en su zurrón, la atmósfera en el interior se hizo irrespirable.

—¿Qué, estás bastante caliente ahí dentro? —preguntó Padilla desde fuera.

Antes el indio me había explicado que, para seguir el ritual que habían practicado los Gemelos Guerreros, debía hacerme la misma pregunta cuatro veces y yo sólo podía responder en forma afirmativa a la cuarta vez.

—Sí, ya estoy muy caliente, ¿puedo salir? —contesté, cuando sentía los pulmones a punto de explotar.

—Está bien, ya puedes salir.

Cuando salí y me volví a vestir y a calzar comprobé que la hinchazón del tobillo había desaparecido. Entonces escuchamos el rumor de un tropel, y con los primeros rayos vimos una polvareda rojiza que ascendía al fondo del valle: una manada de cíbolos venía en nuestra dirección.

—Vamos, coge tu arco y tus flechas y sígueme —dijo el indio, en un susurro de voz.

Cuando la manada se aproximó pude distinguir el cuello macizo y el brillo de los cuernos de un macho viejo que venía delante.

—¿Ves la mancha blanca en el costado que tiene el macho de la melena negra? Tírale allí mismo, en el centro del codillo, y que no te tiemble el pulso. ¡Biké hozoní!

Estiré la cuerda del arco hasta que me dolió la articulación del hombro, y cuando solté la flecha sus plumas rozaron la empuñadura con un silbido semejante al que hace un rayo al rasgar el firmamento. Pensé que había fallado pues creí ver que la saeta segaba el tronco de un arbusto por detrás del macho y éste seguía galopando a toda velocidad. Pero de pronto un mugido escalofriante dominó el fragor de la estampida y el gran cíbolo rodó por tierra con los espasmos de la agonía.

Cuando nos acercarnos al cadáver del macho vimos que la flecha le había entrado por la paletilla izquierda y le había salido por el lado derecho: en el trayecto le había partido el corazón; la saeta había salido por el otro costado, segando el tronco de un arbusto, lo que me hizo pensar que había fallado.

III

EL CAMINO REAL DE TIERRA ADENTRO

La bajada

No salimos de Santa Fe hasta bien entrada la primavera del año 1811, tomando por el Camino Real de Tierra Adentro hacia La Joya de Sevilleta, donde nos encontraríamos con el resto de los ganaderos y comerciantes que iban a vender sus productos a Chihuahua. En una fría madrugada, seguimos la misma ruta que habíamos tomado el indio Padilla y yo cuando fuimos en busca del abuelo a la feria de Laguna.

A la cabeza de la comitiva iba don Pedro; a su lado el escribano don Bartolomé Fernández, envuelto en el capote polvoriento con el que unos años antes había cruzado ese mismo despoblado en dirección opuesta. Después iba el veterano Salvador Leiba Chaves, a quien el abuelo había contratado como escolta por haber pertenecido a la compañía volante de la frontera y conocía los caminos que habríamos de recorrer como la palma de su mano; el veterano llevaba el fusil de chispa colgado de la espalda, muy erguido en su caballo alazano, a cuyo lado mi potro pinto parecía diminuto. Y cerrando la marcha venía el indio Padilla, que había consentido en acompañarnos sólo parte del trayecto, ya que según la tradición navajo no podía alejarse del territorio ancestral, que le proporcionaba su fuerza y bienestar. Durante las largas noches de invierno, junto al fuego de la hoguera, el indio me había ido contando la historia de los Gemelos Guerreros en su viaje hacia el Sol y me había enseñado bonitas plegarias para protegerme de los obstáculos y peligros del viaje.

A veces me sentía en aquella comitiva como gallina en corral ajeno, al formar parte de una delegación que se dirigía hacia Cádiz para participar en una asamblea donde los hombres blancos iban a decidir sobre su futuro y en donde los de mi raza no teníamos nada que decir, aunque en América nuestra población fuese muy superior a la de criollos y peninsulares juntos.

Cuando llegamos al borde del barranco de La Bajada que dominaba el río Grande, nos paramos un rato a descansar y a tomar un bocado. El aire caliente que subía del valle hacia el altiplano traía el rechinar de las zapatas contra las ruedas de las carretas y los mugidos de dolor de los bueyes cuando los arrieros les clavaban el aguijón en los riñones para refrenar el paso de las yuntas por el abrupto sendero.

Al sacar un trozo de tasajo de mi zurrón se me cayó el cuchillo al suelo, y al bajar del caballo a recogerlo vi un objeto que brillaba entre los tallos de hierba agostados. Era una piedra de cuarzo transparente recubierta de tierra, y al escarbar con la uña el polvo que la cubría el sol arrancó del cristal un reflejo tan intenso que me deslumbró. Sentí que la cabeza me daba vueltas pero no podía apartar la vista del resplandor cegador.

Cuando miré de nuevo hacia La Bajada, ya no vi descender las yuntas de bueyes ni los rebaños de ovejas, sino una muchedumbre demacrada y harapienta que corría de forma precipitada cuesta abajo. Aquella patulea de niños y mujeres iba escoltada por un grupo de guerreros con lanzas y petos metálicos; ellos también tenían pintada en las caras una expresión de pánico y ansiedad. Algunos tenían heridas aderezadas con vendajes mugrientos.

Mientras tomaba al dictado del escribano la introducción histórica para la "Exposición" que presentaríamos en las Cortes, me enteré de que, en el verano del año 1680, un sacerdote indígena llamado Po-pé había capitaneado una rebelión de los indios pueblo que en pocos días había exterminado o expulsado de sus aldeas y haciendas a toda la población española de la cuenca del río Grande, empujándolos hacia el sur. También los echaron de las Casas Reales de Santa Fe, donde se habían refugiado unos cuantos sobrevivientes, cortándoles el suministro de agua y lanzando flechas incendiarias. En aquel éxodo, el descenso hacia el valle del río Grande por el acantilado de La Bajada debió de ser especialmente accidentado pues, al ir perseguidos de cerca por el enemigo, los fugitivos debían intentar esquivar el chaparrón de flechas al tiempo que procuraban no despeñarse al fondo de la quebrada.

El fogonazo duró sólo unos instantes, pero aquella visión del pasado me hizo reflexionar sobre lo que estaba ocurriendo en el presente. Aunque en apariencia fuesen muy distintas las mesnadas de Po-pé de las hordas de indios que luchaban con Hidalgo, aquellas muchedumbres enardecidas tenían ciertos rasgos en común. Ambos cabecillas pretendían exterminar a todos los gachupines y, para justificar sus desmanes, ambos habían buscado la advocación de la divinidad: en el caso del indio Po-pé, se había ocupado de enterrar o destruir las imágenes del rito cristiano y sacar a la luz los fetiches de su culto, llamadas *Kachinas*. Y cuando, ya iniciada la gusanera, el cura Hidalgo pasó por el santuario de Atotonilco, mandó colgar del asta de una lanza el cuadro de la Virgen de Guadalupe, que de imagen de paz y concordia se convertiría en lábaro de barbarie.

Por la senda del teniente Pike

Como el itinerario que había seguido el destacamento angloamericano de Zebulón M. Pike —mientras era escoltado hacia Chihuahua por los "soldados de cuera"— era el mismo que estábamos recorriendo con la conducta, yo ojeaba de vez en cuando sus diarios para ver los comentarios que habían suscitado al oficial angloamericano el paso por aquellos mismos lugares. Al llegar a La Bajada, Pike señalaba que, debido a la oscuridad de la noche y al mal tiempo que prevalecía, su destacamento había tenido dificultades para descender la abrupta pendiente. Al día siguiente habían pasado por el pueblo de Santo Domingo, donde a Pike le sorprendió que los indios estuvieran regentados por un gobernador de su propia raza, que ostentaba un bastón de mando entregado por el rey de España. Cuando el cacique del pueblo le ofreció enseñarle la iglesia, que tenía una imagen del santo patrón de tamaño natural, elegantemente adornada con oro y plata, al oficial estadounidense le había llamado la atención la riqueza con que estaba decorada. Le costaba entender que, en un lugar tan pobre, los feligreses hubieran pagado de su bolsillo magníficos adornos para enaltecer un culto impuesto por el conquistador.

Pike no debió de fijarse que, al lado de las imágenes del culto cristiano, los indios habían colocado en el altar de Santo Domingo los símbolos de su propia religión, como el sol y la luna, o el gran tallo de maíz que adornaba el ábside del altar, representando la caña que habían utilizado los primeros hombres para ascender del Tercer al Cuarto Mundo huyendo del diluvio.

Pero en ese tramo del camino, los comentarios más jugosos de Pike correspondían a su paso por Alburquerque, cuando fue recibido en la parroquia de San Felipe de Neri por el párroco don Ambrosio Guerra con un derroche de hospitalidad. Don Ambrosio había preparado en aquella ocasión un refrigerio con manjares y vinos delicados, servidos por media docena de bellas doncellas, que el viajero comparó en sus notas con las ninfas mitológicas capaces de convertir el vino en néctar.

"El cura me pidió que lo acompañase a su sanctasanctórum, donde desveló repentinamente una imagen del Jesús crucificado, coronado de espinas, con ricos rayos de gloria dorada que rodeaban su cabeza; en definitiva, al estar la sala cubierta con cortinas de seda negra, ello aumentaba la majestad sombría del escenario.

"Cuando supuso que mi imaginación estaba suficientemente estimulada, se colocó una túnica y una mitra de color negro, se arrodilló ante la cruz y me tomó la mano intentando tirar suavemente de mí para arrodillarme junto a él; al ver que me resistía se quedó rezando con devoción unos minutos y después se levantó, posó sus manos sobre mis hombros y creo que me bendijo. Después me dijo: 'Veo que no vas a ser un cristiano; ¡Oh! ¡Qué pena! ¡Oh! ¡Qué pena!'"

Según su entrada en el diario, aquel intento de conversión le había causado al oficial angloamericano una impresión tan fuerte que le costó borrarla de su mente, y aunque no aparece reflejado así, creo que aquel incidente le sirvió a Pike para confirmar los prejuicios que ya albergaba sobre el fanatismo del clero católico y aumentar aún más el profundo abismo que separaba la mentalidad anglosajona de la cultura hispana.

La batalla del Monte de las cruces

Al sur de Alburquerque, y no muy lejos del lugar llamado La Joya de Sevilleta, donde se juntaría la caravana con los comerciantes y ganaderos procedentes de distintos lugares de la provincia, nos detuvimos en una hacienda llamada El Ojo de la Parida, donde tenían todo lo necesario para que los viajeros preparasen la larga jornada a través del despoblado.

En las dependencias en torno de la casa principal había fraguas para herrar a los caballos, carpinterías para reparar las ruedas y las lanzas de las carretas, talleres donde trenzar lazos de cuero para domar a los potros mesteños y cuerdas de esparto para asegurar los fardos en los lomos de las acémilas. Cerca de allí había un molino que aprovechaba un ramal del río Grande para moler la harina de trigo que luego se horneaba en fogones cónicos, preparando un pan tostado al que llamaban *bizcocho*.

El escribano fue tomando nota de los víveres necesarios para alimentar a los viajeros de la conducta, para poderlo incluir entre los datos de la "Exposición": el trayecto era tan largo y con tan escasa población que se necesitaban 600 fanegas de harina de trigo, labrada en bizcocho; unas 100 reses hechas gigote (carne molida), y 150 fanegas de maíz (hechas pinole) con la cantidad correspondiente de frijol, garbanzo y carne de carnero.

La noche que acampamos en La Parida, todos los viajeros nos acercábamos al corrillo que se formaba junto al fuego del campamento, ávidos de tener noticias del conflicto para saber si el alzamiento se había propagado a la zona que debía atravesar la caravana antes de llegar a Chihuahua. Quienes despertaron mayor interés en esa ocasión fueron dos forasteros que decían llamarse Fulgencio Gómez y Rogelio Fernández. Según comentó el veterano Leiba, las trazas que traían aquellos individuos eran de desertores, aunque no supo precisar si procedían de las filas de los insurgentes o del ejército realista. Ambos llevaban túnicas militares a las cuales habían dado la vuelta para que no pudieran apreciarse las marcas del regimiento, y lo que era evidente era que ninguno de los dos tenía las manos encallecidas del roce de la reata ni del mango del azadón, como ocurría con la mayoría de los ganaderos y campesinos que formaban la caravana.

Probablemente para demostrar que no estaban del lado de la insurrección y ganarse la confianza de los soldados realistas que escoltaban la conducta, tanto Fulgencio como Rogelio hicieron grandes protestas de lealtad a la Corona. Fulgencio empezó por criticar al cura de Dolores:

—Los que habían conocido a Hidalgo antes del alzamiento no podían comprender que un hombre que parecía de natural pacífico y bondadoso, haya podido consentir que se cometieran tantas tropelías.

Rogelio solía corroborar lo que decía su compañero y cuando el que hablaba era Fulgencio, el otro le daba la razón; como si fuesen el sacerdote y el monaguillo de una misma procesión.

—El orgullo satánico que Hidalgo llevaba dentro desde el seminario se demostró cuando entró en Valladolid, pues quería a toda costa que le reconociesen los mismos prelados que lo habían tratado como un simple seminarista cuando había estudiado allí —dijo Fulgencio, que era el de más edad de los dos y también el mejor parecido, pues el otro, Rogelio, tenía los rastros de una cuchillada reciente que le cruzaba la mejilla y un ojo a la virulé.

—En efecto —continuó Rogelio, que torcía el labio al hablar como si aún le tirase la piel de la cicatriz—, en la catedral de Valladolid de Michoacán se hizo proclamar generalísimo en un solemne tedeum. Iba vestido con una casaca azul y llevaba un tahalí de terciopelo negro bordado, con una imagen de la Virgen de Guadalupe de oro colgando del pecho. Esa soberbia y esa vanidad son malas consejeras, como después se demostró en la batalla del Monte de las Cruces…

En ese momento noté que Fulgencio le hacía un guiño de entendimiento a su compañero, probablemente para evitar que contase con demasiado detalle el suceso para que el auditorio no pudiese sospechar que habían sido testigos presenciales de aquella acción. Fueran o no testigos, los desertores contaron aquella batalla con tanta precisión que los que estábamos escuchándolos en torno al fuego pudimos pensar que estábamos oyendo las descargas de fusilería, los gritos de los heridos y los relinchos de los caballos, y oliendo el aroma de la pólvora y el humo de los cañonazos.

El Monte de las Cruces fue donde por primera vez se habían enfrentado en campo abierto los ejércitos del virrey y de la insurgencia. En aquel promontorio —así llamado por haber sido allí plantadas varias cruces en memoria de viajeros asesinados por los bandoleros— se habían hecho fuertes las tropas realistas del teniente coronel don Torcuato Trujillo, destacado desde México por el virrey Venegas para intentar detener en lo posible el avance del enemigo.

Cuando el ejército rebelde se fue acercando por el camino de Toluca, los mandos del ejército realista pudieron apreciar que el número de las fuerzas insurgentes era muy superior al de las tropas realistas, pues a los primeros se les habían unido varios contingentes del ejército regular atraídos por la revolución. Según contaron los desertores, sólo las tropas que se habían pasado al bando de Hidalgo en Valladolid, Celaya y Guanajuato sumaban el doble de los efectivos realistas bajo el mando del coronel Trujillo. A esas fuerzas de los insurgentes había que sumar una muchedumbre de cerca de ochenta mil indios que inundaron todo el valle con un concierto ensordecedor de gritos y alaridos, destinado a infundir terror en las filas de los europeos.

Pero al ser también la primera vez que las hordas de insurrectos se enfrentaban con armas de gran calibre, los indios se acobardaron ante las descargas de artillería que abrían grandes brechas en sus mesnadas. Algunos estaban tan desorientados que se precipitaban sobre la boca de fuego pretendiendo sofocar el fogonazo con los mismos sombreros de paja con que se protegían del resplandor del sol; otros agitaban ante las baterías de bronce las estampas de la Virgen de Guadalupe, confiando en que su santa patrona los protegería, y quizá lo haría, pero no en este mundo.

—A pesar de la superioridad táctica y la mayor disciplina de las fuerzas realistas —dijo Fulgencio, que había protagonizado el papel de narrador—, cuando el coronel Trujillo vio sus tropas diezmadas y sin munición, ordenó batirse en retirada hacia México, donde el propio virrey lo felicitó, pues el haber contenido el primer impulso del ejército de Hidalgo iba a ser decisivo para preservar la capital.

—Todavía no se sabe la razón por la que Hidalgo no se atrevió a atacar una ciudad que tenía prácticamente a su merced —comentó Rogelio, pasándose la mano por el borde de la cicatriz—, pero en vez de aprovechar la victoria en el Monte de las Cruces decidió volverse hacia el norte, levantando el cerco de la capital, cuando ya las mesnadas de indígenas se habían provisto de sacos que pensaban llenar del fruto de la rapiña que esperaban realizar en la capital.

Fulgencio no quiso dejar que su amigo se quedase con la última palabra en aquella reunión:

—Hay quien piensa que a pesar de sus actos de crueldad contra los españoles, a la hora de entrar a saco la capital, donde sabía que se produciría una verdadera hecatombe, quién sabe si por un instante el cura se acordó de que corría por sus venas sangre de gachupín.

La jornada del muerto

Por debajo del pueblo de Socorro —así llamado porque los españoles que huían de la rebelión de Po-pé recibieron allí socorros y alimentos—, el río Grande iniciaba una curva pronunciada y, para no dar ese rodeo, la caravana se pasaba a la orilla izquierda, donde tenía que atravesar treinta leguas de un desierto que llamaban La Jornada del Muerto.

Aquel tramo del camino había hecho honor a su nombre, pues el borde de la trocha estaba jalonado por una larga hilera de osamentas de animales y de cruces de palo que indicaban los lugares donde tanto las acémilas como los viajeros habían sucumbido a la sed o a los ataques de los apaches que bajaban de las sierras vecinas.

Al pasar por allí la comitiva de Pike, el alférez don Facundo Melgares, encargado de su custodia, había señalado al oficial angloamericano los sitios donde había sostenido dos escaramuzas con los apaches: en la primera había resultado muerto un soldado español y ocho heridos, y en la segunda se hirieron cincuenta y dos apaches y se tomaron diez prisioneros, que habían sido sorprendidos por los soldados durante la noche. Melgares le contó al teniente angloamericano que en ese último combate las flechas del enemigo habían derribado en dos ocasiones su montura y que él mismo había matado con sus propias manos a dos guerreros apaches.

Antes de entrar en la Jornada, el jefe militar de la caravana pasó revista al armamento de los escoltas y los carreteros rellenaron de agua los barriles que hasta entonces habían ido de vacío, para poder dar de beber a las yuntas en aquel tremendo secarral. Esa noche enmudecieron, en torno al fuego de campamento, las voces de los viajeros y el rasgar de las guitarras, y en cambio todos escuchamos con gran atención lo que contaba un tratante procedente de Saltillo —en las Provincias Internas de Oriente—, que nos puso al corriente de lo que había ocurrido en esa zona cuando llegaron allí las tropas de la insurrección.

Parece ser que cuando el gobernador de la provincia de Coahuila, don Antonio Cordero, se disponía a entablar combate con las tropas rebeldes cerca de Aguanueva, las tropas realistas bajo su mando se habían pasado, sin disparar un solo tiro, al bando insurgente. Y unas semanas después había caído en sus manos también toda la provincia de Texas, tras haber tenido que capitular el gobernador, don Manuel María Salcedo, que había sido arrastrado cargado de grilletes por las calles de la capital San Antonio de Béjar. De acuerdo con lo que contaba aquel hombre, en pocas semanas todas las provincias internas orientales habían caído en manos de los rebeldes.

Pero no todo había sido reveses para las tropas realistas. También nos contó el tratante de Saltillo que, tras la batalla del Monte de las Cruces, las tropas de Hidalgo habían sido batidas por el brigadier Calleja primero en Aculco y después en la decisiva batalla del Puente de Calderón, por lo que el contingente principal de los amotinados se estaba retirando hacia el norte. Pero esa noticia que era positiva para los viajeros que llegarían sólo hasta Chihuahua no lo era tanto para los que integramos la comitiva del diputado a Cortes, ya que para llegar a la costa a tomar un barco hasta Cádiz, tendríamos que atravesar una zona que quedaba todavía bajo el dominio del ejército rebelde.

Aquella noticia me dejó un tanto preocupado, por lo que fui a buscar a Padilla, que al verme llegar me miró con aquel destello irónico en sus pupilas, al fondo de la ranura de sus párpados rugosos.

—Aunque debo pegar mi oído a tierra para saber si se acerca el enemigo —me dijo, tras dar una calada al cigarro liado con hojas de panocha—, no necesito pegarlo a tu pecho para saber que alguna preocupación te corroe las entrañas. ¿Qué te ocurre ahora?

Le conté al indio que el remanente del ejército de Hidalgo se había desplazado hacia la zona que tendríamos que atravesar para llegar al puerto de Veracruz. Padilla dio otra calada a su cigarro antes de responder.

—Ya te dije que, al haber emprendido la senda de los Gemelos Guerreros, sus fuerzas te ayudarán a llegar a tu destino.

Hasta entonces no le había contado al indio la visión que había tenido cerca de La Bajada, cuando levanté del suelo la piedra transparente y me mostró la huida de los españoles perseguidos por los indios:

—Algo parecido ocurrirá si nos cruzamos con las fuerzas de Hidalgo: caerán sobre nosotros como una banda de langostas sobre un maizal, porque la conducta tiene las armas y provisiones que ellos necesitan para resistir el empuje del ejército.

Padilla me pidió que le enseñase la piedra y, tras mirarla un rato en silencio, comentó:

—Los guerreros que salen por la senda del enemigo a veces llevan con ellos adivinos que miran fijamente a las estrellas para saber lo que va a depararles la suerte: se les llama "observadores de estrellas" —y después de otra larga pausa añadió—: Si vas a un lugar solitario y miras la luz que brota de su interior, es posible que la piedra te indique lo que va a pasar en el futuro.

Las norias de Baján

La tarde anterior el abuelo se había apartado del Camino Real para llevarme a las ruinas de unas misiones abandonadas que aún tenían algunos edificios en pie. Pensé que aquél era un lugar adecuado para consultar la piedra transparente, y ensillando el potro a hurtadillas salí del campamento en completo silencio. Tras cabalgar un par de horas localicé la estructura de las misiones construidas de una piedra rojiza con vetas de un mineral que brillaba en la semipenumbra de la noche estrellada.

El abuelo me había contado que, tiempo atrás, los misioneros españoles habían evangelizado a las tribus pacíficas de la región y construido con su ayuda unas misiones prósperas con soberbios edificios de piedra maciza. Pero cuando las tribus guerreras de la región habían resentido la influencia de los misioneros en su territorio, bajaron de las sierras y entraron a sangre y fuego en las misiones, acribillando con sus flechas a frailes y catecúmenos. El terror a los apaches había hecho abandonar poblados e iglesias construidos con tanto esmero, pero el esqueleto pétreo de los templos quedaba todavía en pie, como mudo testimonio de unas misiones que habían muerto de miedo.

Al entrar en uno de los templos en ruinas, los pilares esbeltos de la nave encuadraban el firmamento donde parpadeaban las estrellas como peces al fondo de una alberca. Sacando la piedra transparente, la elevé hacia el cielo y la piedra captó el reflejo de los astros, sorbiendo su luminosidad hasta convertirse en una claridad cegadora.

Veía un sendero que ascendía por la falda de una gran colina y desembocaba en una garganta profunda por donde desfilaba una larguísima hilera de jinetes, de soldados a pie y de carromatos que levantaba una intensa polvareda; por un momento me pregunté si ésa podía ser la imagen de nuestra propia caravana, que había cruzado pasos montañosos como aquél. Pero el vuelo rasante de las golondrinas sobre las cabezas de los viajeros indicaba que en aquellos parajes la primavera estaba más avanzada que en la cuenca del río Grande. Y las ondas de calor que emanaban del fondo de aquella vaguada correspondían a un clima aún más tórrido que el del desierto de Nuevo México.

El relinchar angustioso de los caballos, el tranco cansino de las yuntas y el lento caminar de los arrieros indicaban que aquellos viajeros habían recorrido un camino más largo y difícil que el de los integrantes de nuestra conducta. Y la vestimenta y el aspecto de aquellos soldados eran más desaliñados que los de los soldados de cuera que daban escolta a nuestra caravana. Al pelotón que con paso claudicante coronó el barranco seguían varios carruajes atestados de mujeres que se protegían la piel de la cara y de los brazos con capas de almagre, y al pegarse a ese afeite el polvo blanco del camino sus semblantes adquirían una apariencia espectral.

En la retaguardia de aquella formación, con una escolta de jinetes bien armados, iba una larga recua de mulas que por el peso de los fardos apenas podían ascender la cuesta empinada. Una de aquellas acémilas perdió pie y fue a dar con sus huesos al fondo de la vaguada, y al reventar el fardo la rambla quedó sembrada de barras de plata y oro. Aquello me confirmó que esa caravana debía de ser la de Hidalgo, pues se sabía que su ejército se llevaba el inmenso botín obtenido en sus anteriores campañas.

Pasado aquel barranco, la caravana se dirigía hacia un punto de agua rodeado de un bosquecillo de mesquite, y alcancé a ver que, cerca de los pozos, emboscado entre la maleza aguardaba un pelotón de tropas realistas, con sus fusiles amartillados. Y en una vaguada cercana vi que unos indios preparaban afanosamente unos lazos con cuerdas de cáñamo que colocaban en la misma cuneta del camino. Uno de los indios que trenzaban aquellas cuerdas protestó ante uno de los oficiales: "No está bueno así; es mejor matar, matar y después contar, porque son muchos y tu gente es poca, ¡y si se entretienen en amarrar...!"

Cuando la vanguardia de los insurgentes iba a llegar al agua los oficiales realistas emboscados les salieron al encuentro intimándoles a que rindieran las armas, a lo que la mayoría obedeció sin resistencia. Todo ese trajín ocurría al amparo del bosquecillo de mesquite, por lo que la zona de los pozos hacia donde se dirigía la caravana parecía tranquila y desierta, y los integrantes del convoy siguieron avanzando ciegamente hacia la emboscada.

Atrás venían los cabecillas en coches cerrados y, cuando el oficial realista les pidió que se rindieran, uno de ellos se resistió, sacando su pistola: "Eso no, yo no me rindo; primero morir". El que así hablaba era Juan Ignacio Allende, al que reconocí por los pasquines que ponían precio a su cabeza. Se produjo entonces una pequeña escaramuza en la que resultó muerto el hijo de Allende, y este último acabó amarrado de pies y manos en la cuneta, como un carnero cimarrón. Los indios no daban abasto en utilizar los lazos que habían preparado para inmovilizar a los rebeldes y, una vez que se acabó la cuerda, tuvieron que echar mano de los arneses de las caballerías.

Finalmente le tocó el turno al cura Hidalgo, que venía montado a caballo en la retaguardia, y el oficial realista se acercó al cura por detrás y lo intimó rendirse en nombre del soberano Fernando VII. El cura iba a sacar la pistola pero el oficial le agarró la mano y le dijo: "Si piensa usted en hacer armas, es perdido, porque ahorita le hará fuego la tropa y acabará con ustedes". A los guardias que custodiaban al cura los realistas les ofrecieron unirse a ellos o ser amarrados y tirados al borde del camino, y los rebeldes respondieron que obedecerían las órdenes que se les diera sin rechistar.

Cuando los realistas iban a tomar posesión de una batería de cañones estuvo a punto de producirse una confrontación, pues los artilleros rebeldes se resistieron, amenazando con hacer fuego; pero para entonces habían caído presos los principales líderes de la rebelión y el jefe de los realistas conminó a los artilleros: "Como empiece a oír disparos de cañón, empezarán a rodar cabezas por este lado"; y los otros se rindieron.

Creí que el ensueño había durado sólo unos instantes, pero cuando abrí los ojos noté que estaba a punto de amanecer y regresé a galope tendido hacia el campamento.

El adiós de Padilla

Cuando regresé, un correo militar que iba hacia Santa Fe le informó al jefe militar de la conducta que el grueso del ejército de Hidalgo, mientras se dirigía hacia Texas con rumbo a los Estados Unidos, había caído en una emboscada con sus principales lugartenientes y un importante alijo de oro y plata.

Entre los oficiales realistas que habían planeado la emboscada estaban el depuesto gobernador de Texas, don Manuel Salcedo, el capitán realista retirado Ignacio Elizondo y Royuela, que había sido tesorero de Saltillo y uno de los principales cerebros de la conspiración. Gracias a una minuciosa preparación y a una increíble sangre fría, un puñado de contrarrevolucionarios habían conseguido apresar a ochocientos noventa y tres soldados, y capturar veintitrés cañones y un gran número de fusiles, amén de un botín de plata y oro cuyo valor se elevaba a más de un millón de pesos.

Al conocerse la noticia del apresamiento de Hidalgo, entre los viajeros cundió un sentimiento de alivio y en torno al fuego del campamento volvieron a escucharse las risas y los rasgueos de guitarra, que habían enmudecido mientras estuvo planeando sobre la conducta la sombra de un ataque de la insurgencia. Pero el alma humana tiene insondables recovecos, y después me di cuenta de que la incertidumbre sobre nuestro futuro había ayudado a mantener la disciplina de la caravana y a soportar el tedio de la lenta marcha de las carretas por un llano cuyos confines se perdían en la vibración grisácea del horizonte.

Cuando le conté a Padilla lo que había ocurrido en las norias de Baján, el indio se me quedó mirando con aquel gesto característico que tanto podía interpretarse como una sonrisa o una mueca despectiva:

—Ya te advertí que una vez que hubieses emprendido la senda de los Gemelos Guerreros nada ni nadie se interpondría en tu camino. Sin embargo, no pienses que se han acabado los obstáculos que vas a encontrar en tu camino: antes de llegar a tu destino tendrás que franquear el cauce que se hincha al paso del viajero, el arenal de dunas que absorbe a los que las pisan, el carrizal que corta a quienes lo cruzan como afiladas guadañas... te aconsejo que te vayas preparando.

Padilla quedó un rato en silencio como para darme tiempo a reflexionar sobre lo que me había dicho y después añadió:

—Yo ya he llegado al final de mi camino y no podré acompañarte más lejos, pero estoy seguro de que con los sortilegios que te he dado y con las armas que has aprendido a usar podrás superar todos los obstáculos y destruir a tus enemigos. Hace ya unos días que dejamos atrás el perfil de la Sierra Oscura, que marca el límite meridional del territorio navajo, y noto que mis fuerzas empiezan a flaquear.

Hubiera sido inútil intentar convencerlo de que me acompañase el resto del viaje, así que conseguí disimular la emoción que me embargaba al decirle:

—No seré yo quien te pida que hagas algo en contra de tus creencias. ¡Bike hozoní!

Como regalo de despedida Padilla me dio la bolsita del polen sagrado que usaba para sus conjuros, una pluma arrancada de un águila viva prendida a un anillo de plata y, envuelto en una piel de gamo sagrado, un machete de piedra lumbre que brillaba con un destello mate en la oscuridad.

El gobernador de Texas

Un par de leguas antes de llegar a Chihuahua nos encontramos, al borde del camino, a un destacamento de soldados que acompañaba a don Manuel Salcedo a recuperar el mando de la provincia de Texas, tras los graves incidentes de los últimos meses, incluyendo la capitulación del gobernador ante los rebeldes en San Antonio y su participación en la conjura realista que había permitido apresar a Hidalgo y a sus cabecillas en las norias de Baján.

Allí nos encontramos al teniente Facundo Melgares, el mismo que había acompañado a Pike hasta Chihuahua y que conocía a don Pedro, por lo que nos ofreció ir a saludar a don Manuel Salcedo, que estaba acabando de cenar en su tienda. De camino hacia allá, Melgares nos puso al corriente de que, a pesar de llevar el mismo apellido y la misma sangre, entre don Nemesio, el comandante general, y el gobernador de Texas no había demasiado buena relación.

Tras haber llevado a Chihuahua a los líderes de la insurrección, don Nemesio había nombrado a su sobrino presidente del tribunal militar que juzgaría a los rebeldes, lo que no era ningún plato de gusto, sabiendo que en la mayoría de los casos tendría que dictar la pena capital, lo que lo haría muy impopular entre los simpatizantes del alzamiento.

Don Nemesio tampoco había respaldado a don Manuel cuando había sido elegido representante ante las Cortes por sus conciudadanos de San Antonio, bajo el pretexto de que en momentos tan delicados no podía prescindir de uno de los mandos del ejército que precisamente estaba encargado de defender la frontera con la Luisiana, que provocaba continuos incidentes con los aventureros angloamericanos.

Don Manuel era un hombre de rostro agraciado y cuya figura esbelta estaba realzada por un impecable uniforme militar. Al vernos acercar hacia su tienda, el gobernador se levantó para darnos la bienvenida y con un tono muy hospitalario nos invitó una copa de aguardiente. Pero a la luz de la hoguera pude apreciar las huellas que los recientes acontecimientos habían dejado en el semblante de aquel caballero, que respiraba una profunda tristeza.

Cuando supo que don Pedro había sido elegido diputado a Cortes, le preguntó con un cierto tono de amargura que si sabía cuánto tardaría en llegar a Cádiz; el abuelo le contestó que intentaría llegar lo antes posible a su destino una vez que recibiese el salvoconducto de don Nemesio Salcedo. Noté que el rostro del gobernador se ensombrecía al oír mencionar el nombre de su tío.

—Dado que a mí no me han permitido ir a Cádiz, confío en que a través suyo las Cortes conozcan cuanto antes la grave situación por la que atraviesan las Provincias Internas, y arbitren medidas para subsanarla.

—Puedo asegurarle, don Manuel, que haré todo lo que esté de mi mano para que la asamblea soberana ponga remedio a nuestros problemas —respondió el abuelo.

La voz del gobernador adquirió un tono de verdadera zozobra cuando dijo:

—Por desgracia no soy demasiado optimista con respecto al futuro que aguarda a esta región. Aunque los fieles a la Corona hemos hecho lo posible para controlar la situación, me temo que la semilla del descontento está sembrada y tiene visos de crecer y difundirse por doquier como la mala hierba.

—Una vez que se restablezca la legalidad, yo soy partidario de pasar la página y olvidar lo que ha sucedido.

—En ciertos casos es más fácil decir eso que llevarlo a la práctica. ¿Cómo podría yo borrar de mi conciencia que fui apresado en las Casas Reales por mis propios hombres que se habían pasado al enemigo? ¿Cómo olvidarán los ciudadanos de Béjar que fui despojado de mis insignias y arrastrado por las calles ante una multitud que me insultaba y pedía que me ahorcasen?

Al recordar aquel amargo trago, don Manuel tuvo que meter la cara entre las manos para evitar que los presentes lo viésemos llorar. Melgares nos indicó con un gesto que era mejor que lo dejásemos solo, por lo que nos levantamos y nos fuimos en silencio; pero se me quedó grabada en la conciencia la imagen de aquel caballero que intentaba mantener su compostura ante aquellos visitantes, aunque la emoción lo había traicionado. Desde ese momento tuve la corazonada de que sobre su cabeza flotaba una aureola de tragedia.

Mientras nos acompañaba de vuelta a la caravana, don Facundo Melgares se lamentó del escaso apoyo que don Manuel había recibido del comandante general, siendo como era un valiente soldado y un caballero ejemplar:

—¡Ya saben que no hay peor cuña que la de su propia madera! —concluyó Melgares.

El comandante general

Cuando llegamos a Chihuahua, el teniente Melgares nos invitó a alojarnos en casa de su suegro don Alberto Mayner, teniente coronel retirado. Nuestro anfitrión salió a recibirnos al zaguán de la casa —una mansión de dos plantas con un patio cubierto de limoneros que estaban en aquel momento en flor— y pidió a los criados que nos acompañaran a nuestras habitaciones, donde había jofainas de agua fresca y grandes cestos con frutos, aparte de camas con sábanas de hilo y cabeceras de latón. Presentí que en aquella ciudad convivían dos mundos: el de las ejecuciones de los cabecillas rebeldes que dejaban las calles impregnadas del acre olor de la pólvora y el de moradas como aquélla, en cuyo interior se respiraba un ambiente de confort y civilización.

Cuando don Nemesio Salcedo se enteró de que había llegado a la ciudad el diputado por Nuevo México, le mandó aviso de que recibiría a don Pedro esa misma tarde. El abuelo nos invitó a todos a acompañarlo en la entrevista con aquel soldado legendario, pero don Bartolomé pretextó una indisposición para no ir a la cita, lo mismo que había hecho la víspera cuando fuimos a saludar al gobernador de Texas.

A su paso por Chihuahua, el teniente Pike describía a don Nemesio como un hombre de estatura media y de unos cincuenta y tantos años de edad, y comentaba que el general lo trató con más hospitalidad y cortesía de lo que esperaba. Cuando sus subordinados le entregaron a don Nemesio los documentos que Pike tenía en el baúl que le había sido incautado en Nuevo México, el comandante general le devolvió inmediatamente las cartas que le había dirigido su dama al oficial, por lo que comentó en su diario que "si la antigua gallardía española había degenerado por lo general en la nación, al menos habían conservado su galantería".

Al entrar en el despacho del general pude comprobar que el porte de don Manuel Salcedo era más esbelto y distinguido que el de su tío; y además don Nemesio me pareció de más edad que lo que le había calculado el oficial angloamericano. Supuse que en el tiempo transcurrido desde el viaje de Pike la situación había empeorado tanto en el extenso territorio bajo su mando que posiblemente había hecho envejecer prematuramente al general.

Don Nemesio pidió a don Pedro que informase al Congreso de la necesidad de reforzar la presencia militar en la frontera de Texas con la Luisiana para intentar contener las incursiones de los aventureros estadounidenses, apoyadas solapadamente desde Washington, como la de Zebulón Pike —cuyo apellido pronunciaba "Paikie".

El gesto de don Nemesio se crispó al mencionar a este último:

—Después de su visita, desde la Corte me echaron en cara el haber tratado a ese espía con excesiva delicadeza, pero lo cierto es que yo tenía entonces instrucciones explícitas del propio virrey Iturrigaray de no provocar ningún incidente que pudiera ponernos al borde de la guerra con los Estados Unidos.

Cuando don Pedro apuntó a la posibilidad de intentar alcanzar un acuerdo comercial con los angloamericanos, como había ya comentado al gobernador de Nuevo México, el comandante lo miró con una mueca irónica en la comisura de los labios y dijo:

—Eso estaría muy bien si estuviéramos tratando con un gobierno dispuesto a cumplir su palabra. Pero no le quepa a usted la menor duda de que cualquier pacto se convierte en papel mojado, pues los angloamericanos sólo obedecen en cada momento a lo que les dictan sus intereses. ¿Por qué cree que el cura Hidalgo y sus secuaces huían hacia la frontera de Texas para buscar refugio al otro lado del Misisipi? Porque los rebeldes sabían que los norteamericanos ven con simpatía todo lo que contribuya a debilitarnos y para ello están dispuestos a pactar con el mismo diablo.

Comprendí que no era fácil encontrar argumentos capaces de convencer a un militar de tan dilatada experiencia, por lo que don Pedro se quedó callado y don Nemesio aprovechó su silencio para retreparse en su butaca y entornar los párpados como si por un momento quisiera refugiarse en el pasado, huyendo del presente.

—Créame, don Pedro, que llevo muchos años bregando primero con los ingleses y luego con los angloamericanos, y puedo asegurarle que ambos tienen un sentido innato del embuste y el doble discurso que les da una ventaja evidente sobre quienes creemos en el respeto a la palabra dada.

Y, sin haber dado ocasión de que el diputado ni sus acompañantes expusieran sus ideas o comentarios, el general Salcedo dio por acabada la reunión:

—Y ahora, le voy a pedir a mi secretario que vaya redactando los documentos de salvoconducto hasta Veracruz y la petición al virrey para que dé a un buque de la Armada que lo traslade desde allí a Cádiz. En cuanto estén preparados esos despachos, pondré a su disposición un carruaje con escolta para que lleguen lo antes posible a la costa.

El humo de la pólvora

Difícilmente podré olvidar la noche que cenamos en casa de don Alberto Maynar: la atmósfera mágica de aquella sala iluminada por candelabros de plata, con una mesa cubierta de manteles de lino y servida por mozos uniformados, casi le hacía a uno olvidar que el acre olor de la pólvora aún entraba por los balcones, mezclándose con el perfume de las flores de azahar. Ante la posibilidad de disfrutar una velada en un ambiente refinado, con compañía femenina, don Bartolomé se repuso repentinamente de la profunda jaqueca que le había impedido esa misma tarde acudir a la visita al comandante general. Yo empezaba a sospechar que el escribano sufría cierta aversión hacia los mandos militares.

Amenizaron la sobremesa dos damas muy distinguidas, la propia hija de don Alberto, esposa de don Facundo Melgares, que tocaba el clavicordio, y otra señora de origen francés, doña Marguerite Vallois, que era una virtuosa del arpa, cuyos acordes semicelestiales elevaron nuestros espíritus, separando aún más nuestros pies de la superficie de la tierra. Una vez que las señoras se hubieron retirado a sus aposentos y los criados ofrecieron tabaco y coñac francés a los caballeros, don Alberto nos contó alguna de las incidencias del juicio que se había celebrado hacía unos días contra los cabecillas de la rebelión y al que había asistido.

Según lo que contaba nuestro anfitrión, quienes habían dispuesto con tanta ligereza de las vidas ajenas intentaron a toda costa salvar las suyas, incluso echándose mutuamente las culpas de los excesos cometidos. Allende acusaba a Hidalgo de haberse apoderado desde el principio del alzamiento del mando político y militar, sin dejarlo intervenir para nada, e Hidalgo culpaba a Allende de los crímenes que se habían perpetrado a partir del momento en que, tras las derrotas de Aculco y Puente de Calderón, fue depuesto de su posición de caudillo militar.

Pero los jueces habían desoído toda petición de clemencia de los principales cabecillas, sirviendo duras penas a los que habían luchado bajo sus órdenes; los militares de carrera habían sido fusilados por la espalda, como traidores a la patria. Y el único que seguía vivo era don Miguel Hidalgo, ya que el tribunal militar que lo había condenado debía esperar a que un tribunal eclesiástico despojase al reo de sus órdenes sacerdotales para poder pasarlo por las armas.

Como ese proceso podía prolongarse, Maynar nos contó que, mientras esperaba que se produjese el juicio eclesiástico, Hidalgo había redactado desde el hospital militar un manifiesto donde hacía un llamamiento a los rebeldes para que depusieran las armas y obedecieran a la autoridad, manifiesto del que nuestro anfitrión leyó algunos párrafos. La impresión que tuve cuando escuché su manifiesto fue que, una vez disipada la borrachera de la revolución, Hidalgo veía todo lo que había sucedido como si se tratase de una cruel pesadilla:

"La noche de las tinieblas que me cegaba se ha convertido en luminoso día [...] y el sueño se ha retirado de mis ojos [...]. Yo veo la destrucción de este suelo que he ocasionado: las ruinas de los caudales que se han perdido, la infinidad de huérfanos que he dejado, la sangre que con tanta profusión y temeridad se ha vertido, y lo que no puedo decir sin desfallecer, la multitud de almas que por seguirme estarán en los abismos."

Pero también se notaba la astucia del clérigo por la forma en que realizaba una disimulada petición de clemencia:

"Sé que el día que un pecador se arroja a sus pies se regocija todo el cielo; sé que Él es el mismo que a la oveja perdida, cuando la encuentra, no la pone al arbitrio de los lobos, sino que amoroso la coloca sobre sus hombros."

La Alhóndiga de Granaditas

El vehículo que ofreció don Nemesio Salcedo para que don Pedro y su séquito hiciéramos el viaje hasta Veracruz no respondía a la imagen que yo me había forjado de lo que podía ser el carruaje del diputado. Se trataba del coche de posta que daba el servicio de Chihuahua a Guanajuato, aunque para evitar todo tropiezo el general nos había puesto una escolta de veinte lanceros.

Según nos íbamos acercando a la zona donde se había desarrollado la parte más violenta del conflicto, nos encontrábamos al borde del camino seres fantasmagóricos que se escondían entre los arbustos, y no se sabía si les inspiraba más terror el banderín de los alabarderos que las lanzas de los rebeldes.

En una revuelta del camino, don Pedro mandó parar la posta al ver en la cuneta a una mujer apenas cubierta de andrajos y a unos gamincitos semidesnudos que, dominando el miedo, salieron a nuestro encuentro. Y cuando tras bajarnos del coche les ofrecimos una oblea de galleta y un pedazo de tocino rancio, los pobres se abalanzaron sobre aquella miserable pitanza como si fuese un manjar exquisito. Aquellos desgraciados tenían tanta hambre atrasada que hasta se les había olvidado paladear, y uno de los niños se atragantó con el pan al punto de que casi muere asfixiado.

La huella de la destrucción y el caos se hizo aún más patente cuando llegamos a la ciudad de Guanajuato, donde el ejército de Hidalgo había conseguido su primera victoria importante y que después había sido recuperada por las tropas realistas a toque de degüello. Don Bartolomé me explicó que en dialecto chichimeca la palabra *Guanajuato* significa Lago de Sangre, que es en lo que se había convertido esa villa durante los violentos enfrentamientos.

Al entrar por las calles estrechas y tortuosas, que tenían grandes desniveles, nos fijamos que los portones de muchas viviendas estaban desvencijados, y que les faltaban las rejas y balcones que seguramente habían sido arrancadas de cuajo para aprovechar el metal. Al acercarnos al centro de la ciudad vimos despuntar por encima de los techos de las otras casas la Alhóndiga de Granaditas, que —según nos comentó el alférez de lanceros que nos daba escolta— había sido espejo de la opulencia y distinción de aquella próspera villa minera, pero que ahora tenía la fachada acribillada a balazos y los muros ennegrecidos por un incendio.

El lancero nos contó que en ese edificio se había desarrollado un feroz enfrentamiento, ya que el intendente real de Guanajuato, don Juan Antonio Riaño, quiso parapetarse en la alhóndiga al ver acercarse las huestes de Hidalgo, sin percatarse de que la desigualdad del terreno hacía que la azotea de aquel edificio estuviese al mismo nivel que los techos de las casas contiguas, haciendo aquel baluarte vulnerable al fuego enemigo. De poco sirvió el valor temerario del intendente —que cayó atravesado por una bala en la cabeza desde la primera refriega—, ni la resistencia denodada de las tropas realistas, que intentaron repeler el ataque de las hordas rebeldes echándoles desde la azotea cubos de aceite hirviendo.

Y cuando, tras prender fuego a los cimientos del edificio, finalmente la turba enardecida consiguió forzar la entrada, se tomó la revancha degollando sin piedad a los europeos que se habían refugiado allí con sus caudales. Los pocos sobrevivientes contaron escenas de barbarie y codicia que se habían producido en los sótanos de la alhóndiga, donde los asaltantes se quemaban las manos al recoger las barras de plata teñidas de sangre todavía incandescentes por el incendio.

Lo que el alférez que nos había acompañado no sabía era que, cruzando la cordillera, un mensajero del comandante general se había adelantado a la posta y le había entregado al alcalde de Guanajuato las cabezas de los principales cabecillas de la rebelión para que fueran expuestas en la plaza, incluyendo la de Miguel Hidalgo, que finalmente había sido ejecutado. Así que cuando desembocamos en la plaza de la alhóndiga, vimos que de cada una de las cuatro torres del edificio colgaba una jaula metálica con la cabeza de uno de los dirigentes de la insurrección: Hidalgo, Allende, Aldama y Jiménez.

En medio del silencio sepulcral que reinaba en la plaza desierta, la brisa de la tarde arrancó un lúgubre silbido de los barrotes metálicos, como si una fuerza sobrenatural hubiese devuelto la palabra con la que habían enardecido a las multitudes aquellos cabecillas ahora descabezados.

Ante este horror don Bartolomé sufrió un vahído y tuve que sujetarlo para que no se viniera al suelo; y el propio don Pedro, que albergaba pocas simpatías hacia los líderes de la insurrección, manifestó ante el alférez su repulsa ante tan siniestro espectáculo. No dejaba de resultar sorprendente que la misma administración que había tardado más de un año en hacer llegar a don Pedro sus credenciales de diputado hubiese conseguido enviar en unas horas a Guanajuato aquellos despojos, sin duda para acabar de sofocar cualquier rescoldo que continuase encendido de la insurrección.

Tras recostar al escribano en un camastro de la fonda, le pasamos por la nariz un frasco de sales, pero don Bartolomé no podía apartar de su imaginación lo que había visto y en cuanto recuperó a medias la conciencia mascullaba indignado:

—Esos mentecatos aún no han comprendido que con tales muestras de crueldad sólo consiguen convertir a los ciudadanos a la causa de la rebelión.

—Supongo que lo que pretenden es que esos trofeos sirvan de escarmiento a los ciudadanos... —argumentó el veterano Leiba.

—No olvide que esta ciudad ha sido objeto de varios saqueos y degüellos tanto por parte de los insurgentes como de las tropas realistas —le reconvino el escribano—. ¿No piensa que los ciudadanos están ya suficientemente "escarmentados"?

Tras darle a beber una infusión que llevaba unas gotas de láudano, dejamos a don Bartolomé roncando en su aposento mientras don Pedro y yo bajamos al comedor de la fonda a tomar un bocado. Allí nos encontramos con el mensajero encargado de transportar tan macabro equipaje, que nos informó de cómo habían trascurrido los últimos días de Hidalgo antes de su ejecución.

El tribunal eclesiástico, tras haberlo degradado de su condición de sacerdote, despojó al cura de Dolores de su vestimenta y encontraron sobre su pecho una imagen de Nuestra Señora de Guadalupe bordada en seda sobre pergamino que las Teresitas de Querétaro le habían regalado por su santo, antes del alzamiento. Y cuando al finalizar el juicio volvieron a preguntarle sobre las razones que había tenido para rebelarse contra el rey y la patria, Hidalgo contestó que no agregaría más y que, supuesto que iba a morir, "sólo encargaba que no se le cortara la cabeza según la sentencia que se le había leído, sin más delito que haber querido hacer independiente esta América de España". Era evidente que las autoridades militares no habían querido atender su última voluntad.

Según contaba el mensajero, Hidalgo había dado mayores muestras de entereza en sus últimos momentos que cuando aún esperaba obtener un indulto denunciando a sus colaboradores y abjurando de sus errores. El día de su ejecución, al notar que le llevaban menor cantidad de leche con el chocolate que lo acostumbrado para el desayuno, Hidalgo había protestado de que no porque le iban a quitar la vida tenían que darle menos leche.

Y, ya de camino hacia el paredón, se acordó que había dejado en la celda algunos dulces que hizo traer y de los que comió algunos, repartiendo el resto entre los mismos soldados que lo iban a fusilar.

Después de la ejecución encontraron escritos a carbón en el muro de su calabozo versos de agradecimiento a su carcelero, un mallorquín llamado don Melchor Guaspe:

Melchor, tu buen corazón
Ha aunado con pericia
Lo que pide la justicia
Y exige la compasión.

El cura de Siloé

Los días que tuvimos que esperar el relevo de la escolta para proseguir hacia Veracruz se me hicieron eternos, y aunque la fonda no estuviese cerca de la Alhóndiga, por las noches me despertaba creyendo oír el silbido que hacía el viento al pasar entre los barrotes de las jaulas en las que habían metido las cabezas de los rebeldes.

En una pesadilla vi que la cabeza de Hidalgo se colaba entre las rejas y empezaba a rodar por las calles empinadas de Guanajuato, como había rodado la cabeza del gigante Yeit-só cuando los Gemelos Guerreros se la habían cercenado en la cima del monte San Mateo. Y cuando finalmente pudimos dejar atrás las colinas donde se alzaban los edificios de Guanajuato, lancé un suspiro de alivio.

Mientras hacíamos una parada para abrevar a las acémilas en la aldea de Siloé, tan pronto como se enteró por los soldados cuál era el destino de nuestro viaje, el párroco de aquel lugar, un religioso regordete y lenguaraz, se acercó a hablar con don Pedro, al que abordó con la siguiente embajada:

—Perdóneme que me dirija a vuestra merced, pero sin duda la Divina Providencia ha querido que coincida con ustedes en esta fuente. Quería rogarle que si cuando lleguen a Cádiz se encuentran con don Juan López de Cancelada no dejen de darle recuerdos de su amigo don Anselmo Dóriga, el cura párroco de Siloé. Y no dejen de decirle que por aquí se le echa mucho de menos, aunque comprendemos que por sus muchos conocimientos y cualidades tendrá que atender en España a más altas ocupaciones.

Como era fácil imaginar, tan pronto como el escribano oyó el nombre de Juan López de Cancelada, además en términos elogiosos, se le demudó tanto el semblante que debió de notarlo el cura y se sintió en la obligación de añadir:

—Si no recordásemos lo mucho que don Juan hizo por el bienestar de este pueblo, los vecinos de este partido pecaríamos de desagradecidos, empezando por ese caño de agua clara que ven ustedes, que antes era un ojito corto que no daba ni para llenar una cantimplora y ahora suministra un *limón* de agua (ocho litros por minuto, que se dice pronto), y ello gracias a que Cancelada promovió la construcción de un acueducto del río Chichimequillas. Esa obra benefició no sólo a Siloé, sino a todo el Real de minas de Guanajuato, como podría testificar el intendente don Juan Antonio Riaño de no haber perdido la vida durante el asalto a la alhóndiga.

A pesar de que en tantas ocasiones don Bartolomé hubiese predicado que un caballero no debía perder la calma en ninguna circunstancia, el oír hablar de Cancelada en términos positivos le retorció tanto las entrañas que su respuesta al párroco fue en tono bien desabrido:

—Confieso que no podría opinar con conocimiento de causa de lo que hizo bueno o malo el señor Cancelada antes de llegar a la capital, pero puedo asegurar que una vez que usando malas artes se adueñó de la *Gazeta de México* ha usado ese instrumento para difamar a todo ser viviente. La mejor prueba de su carácter intrigante y enrevesado es que el arzobispo Beaumont, con su fama de hombre paciente que hizo que algunos le tacharan excesivamente tolerante, se vio obligado a mandar a Cancelada primero a la cárcel de San Juan de Ulúa y después a Cádiz bajo registro de navío como un vulgar delincuente.

Pero el párroco de Siloé no quería dar su brazo a torcer:

—Lo cierto es que quien dice honestamente lo que piensa suele despertar la inquina de los poderosos, y eso fue lo que le valió a don Juan López de Cancelada ser injustamente procesado y desterrado. Pero creo que los habitantes de Cádiz le han hecho justicia y le han dado la estima que merece.

Don Bartolomé no estaba dispuesto a que el sacerdote le enmendase la plana, y por lo que dijo parecía estar al corriente de la vida y milagros del tal Cancelada al otro lado del océano.

—El error de la Regencia fue que lo pusieran en libertad, porque no ha dejado de enredar y calumniar desde entonces. Aunque puedo asegurarle que no desde un escaño de diputado, pues todos los representantes americanos se han opuesto tenazmente, sabiendo que acoger en el parlamento a un ser tan intrigante sería como meter al zorro en el gallinero.

Aquella discusión entre el cura y el escribano hubiera podido prolongarse durante horas, pero cuando los arrieros acabaron de abrevar a las mulas, don Pedro dio la orden de partida, no sin que le diera tiempo a don Anselmo de repetirle:

—Si ven a don Juan por Cádiz no dejen de darle recuerdos del párroco de Siloé. Y díganle de mi parte que por estos pagos no hemos olvidado lo mucho que con su gran ingenio y gran erudición hizo para promover el bien común.

El viejo garañón

Cuando desde las colinas que dominan el puerto de Veracruz contemplé por primera vez la extensión del océano que iba a juntarse en el horizonte con el firmamento del mismo color plomizo, pensé que las limitaciones de la visión humana no permitían captar en toda su grandeza aquel panorama. Pero según nos fuimos acercando a la costa noté el movimiento de las olas, que me recordó la vibración de la cresta de las dunas de arena cuando soplaba el viento huracanado del desierto y aquel paisaje me resultó más familiar. Los buques anclados en la ensenada con las velas plegadas parecían aves acuáticas esperando el momento de echarse a volar.

Nuestra alegría por haber completado la primera parte de la jornada —aun sabiendo que nos aguardaba una larga travesía por mar— se vio empañada por la preocupación que nos producía el estado de salud de don Bartolomé. En las últimas etapas hacia la costa habíamos cruzado una zona de marismas, y la débil constitución del escribano, ya quebrantada por el cansancio y las emociones del viaje, había sucumbido a los efluvios insalubres de aquellas ciénagas.

El galeno que lo atendió en el hospital naval del puerto dijo que días atrás se había declarado en la ciudad una epidemia de fiebre amarilla, pero que los síntomas de don Bartolomé —frecuentes vómitos y diarreas— no coincidían exactamente con los de esa plaga mortífera. En aquel trance eché de menos a Padilla, porque estaba convencido de que el indio hubiera encontrado un remedio para esa enfermedad, como había hecho cuando yo estaba al borde de la muerte con la calentura.

Mientras aguardábamos a que los mandos de la Armada designasen el navío que nos llevaría a Cádiz nos alojamos en una posada cercana al puerto; y don Pedro, el veterano Leiba y yo hicimos turnos junto al camastro del enfermo, poniéndole paños de agua en la frente y renovando la bacinilla pestilente. La tarde en que le tocó a Leiba hacer la guardia, don Pedro me pidió que le acompañase a dar una vuelta por los aledaños del puerto y nos adentramos en una barriada de cajones hechos con las planchas de barcos desguazados y techos de zacate.

El abuelo sabía que en ese suburbio operaba una colonia de chamarileros en comandita con los contrabandistas del puerto, y quería encontrar en uno de aquellos tugurios algún presente o joya para regalar al capitán y a los oficiales del barco con quienes haríamos la travesía por mar. Nos habían mencionado que ésa era la costumbre que practicaban los viajeros para granjearse la buena voluntad de quienes serían nuestros anfitriones en una larga travesía.

Aunque era la primera vez que se internaba por aquellos vericuetos, el instinto de comerciante de don Pedro lo orientó en aquel dédalo de calles estrechas y al cabo de un rato entró en uno de los galpones que, aunque por fuera parecía igual de lóbrego y mugriento que los demás, una vez dentro tenía un aspecto algo más aseado.

De la oscuridad de la trastienda salió un anciano con la espalda encorvada, al que por su nariz prominente y su barbilla hundida identifiqué como perteneciente al pueblo judío; por Nuevo México habían aparecido algunas personas de esa misma raza que se hacían pasar por conversos pero que seguían practicando su religión en secreto y guardaban una *menorah* al fondo de un arcón. Cuando don Pedro dijo lo que buscaba, el merchante sacó de un panel de doble fondo de un escritorio de caoba un estuche con joyas que lanzaban sordos destellos en la penumbra del tabuco. Con sus dedos finos y ágiles como zarpas de garduña, el joyero apartó un par de collares de perlas y unos broches engarzados de pedrería que colocó sobre una bandeja de cordobán.

—Estas perlas pertenecieron a la virreina doña María Francisca Inés de Jáuregui y le fueron sustraídas de su alcoba la noche en que Yermo y sus conjurados entraron en el palacio virreinal —dijo el mercachifle, que hablaba el español correctamente aunque con un acento peculiar.

—No es la primera vez que me ofrecen joyas parecidas a ese collar diciendo que tienen el mismo origen —dijo don Pedro con tono displicente, quitándole importancia a la mercancía.

—Usted sabe que los virreyes estuvieron detenidos en el fuerte de San Juan de Ulúa antes de salir para Cádiz, por lo que esta joya bien pudiera haber pertenecido a tan egregia señora y que le fuese robada antes de embarcar.

Don Pedro había perfeccionado el arte del chalaneo en las ferias fronterizas con los indios y los tramperos, que eran tratantes avezados, y aunque aquel comerciante conocía los trucos de su oficio, finalmente ambos llegaron a un acuerdo y salimos del tugurio con un collar de perlas, dos broches y un anillo con un zafiro engarzado que el abuelo pensaba regalar al capitán del buque.

La luz del sol poniente empezaba a iluminar la dársena del puerto con un resplandor rojizo, que en ese momento me recordó los regueros de lava del monte San Mateo; pensé que era aconsejable que saliéramos de aquel barrio antes de que se hiciera completamente de noche. Pero quiso el destino que en el camino de vuelta hacia la fonda pasáramos cerca de un jacal en cuya puerta había una mulata con un gran turbante de lino a la cabeza y la falda entreabierta sobre unos muslos turgentes, que se dirigió al abuelo:

—¿Adónde va con tanta prisa ese caballero con los ojos tan azules y la barba tan blanca? ¿Acaso no va detenerse una miaja a compartir un vaso de aguardiente de caña con esta pobre pecadora?

Don Pedro se rindió sin condiciones al timbre voluptuoso de la voz de aquella mulata y, sin mirarme a la cara, me deslizó entre las manos la bolsa de terciopelo en la que había guardado las joyas, diciéndome:

—Mientras yo me tomo el vaso de aguardiente que me ofrece esta buena mujer, guarda esto en un bolsillo de tu túnica y vuelve corriendo a la fonda. Si ves que no he llegado en unas horas debes volver a buscarme aquí con el veterano. Y dile que se traiga por si acaso la escopeta cargada.

En el camino de vuelta hacia la posada cayó un chaparrón tropical que en pocos instantes me dejó calado hasta los huesos, lo que me dio el pretexto de meterme en la cama sin dar explicaciones a Leiba y al escribano. Aquella noche tuve una pesadilla en la que aparecían el abuelo y la cortesana mulata tendidos en un camastro completamente desnudos, y visualicé el machihembrado de los muslos que se entrechocaban con la misma fuerza con la que los viejos garañones que bajaban de la sierra cubrían a las yeguas mesteñas de las praderas. Al despertar, tenía la entrepierna pringosa de haber imaginado demasiado en vivo la fornicación del abuelo.

El aguacero había durado toda la noche, limpiando la atmósfera de las miasmas de las marismas cercanas, por lo que don Bartolomé sintió una repentina mejoría. Incluso tuvo fuerzas para pedir una jofaina de agua caliente y rasurarse la barba, con lo que se quitó diez años de encima. Esa misma mañana nos fueron a avisar que la fragata *Intrépida* estaba dispuesta a llevar al diputado de Nuevo México y a su séquito hasta Cádiz, pero el cadete que trajo esta noticia nos dijo que era preciso partir lo antes posible pues en esa época el Golfo de México era azotado por frecuentes galernas y era imprescindible aprovechar los vientos favorables para alejarnos de aquellos parajes.

A don Pedro se le planteaba la disyuntiva de dejar a don Bartolomé abandonado en aquel puerto insalubre o llevárselo consigo en una larga travesía, pero como no tenía mucho tiempo para pensárselo, optó por lo que le parecía el mal menor, y dio inmediatamente instrucciones de llevar a la fragata el equipaje del escribano y el resto de nuestros enseres.

La carta al virrey

Cuando don Pedro y su séquito subimos a bordo de la fragata *Intrépida*, el capitán don Jacinto Benavides y Torrente hizo formar un piquete de marineros en cubierta para rendir honores al diputado a Cortes, lo que me pareció un buen presagio del tratamiento que nos esperaba en Cádiz.

Cuando los marineros largaron el velamen, el chasquido de la arboladura me trajo a la memoria lo que había sentido —o más bien presentido— cuando, sentado en la arena del patio de armas del presidio en Santa Fe, Padilla me había espolvoreado con el polen sagrado. Aquella carroza acuática nos conduciría al otro lado del mundo, lo mismo que el puente del arcoíris había transportado a los Gemelos Guerreros en su ruta hacia el Sol.

Como me entretuve ayudando a don Bartolomé a instalarse en su camarote, cuando volví a subir a cubierta la nave estaba ya frente al castillo de San Juan de Ulúa, y me pareció que sus muros cuajados de algas y crustáceos eran tan impenetrables como el promontorio rocoso del Cerro Cabezón que guardaba un monstruo en su interior. En las mazmorras de aquel fuerte habían estado presos personajes de tan distinta condición como el virrey Iturrigaray y el propio don Juan López de Cancelada.

En los primeros días de la travesía don Bartolomé reaccionó al efecto tonificante del aire marino con una leve mejoría, lo que aprovechó para poner en limpio las notas que había ido tomando en el viaje para completar la "Exposición" que don Pedro presentaría ante el Congreso. Mientras tomaba dictado, yo tenía la secreta sospecha de que aquel empeño en dejar todo ordenado y dispuesto era una señal preocupante, lo que se confirmó cuando, apenas hubimos completado esa tarea, don Bartolomé cayó de nuevo con una fuerte calentura acompañada de vómitos y diarrea.

No habían pasado más de ocho días desde que salimos del puerto cuando el facultativo del barco nos llamó a don Pedro y a mí, para decirnos que lo único que podía hacerse ya por el enfermo era llamar al capellán para que pudiera administarle los últimos auxilios. Fue inútil intentar convencer a los demás de que don Bartolomé no necesitaba la mediación de un tratante en cuestiones celestiales para prepararse al último viaje, pues tanto el abuelo como el capitán del barco insistieron en que recibiese los últimos sacramentos. Se daba además la circunstancia de que el capellán de aquel buque había tenido que quedarse en Veracruz aquejado de las mismas fiebres que había contraído el escribano, por lo que el capitán de la nave tuvo que hacer salir de la sentina a un clérigo que viajaba bajo registro de navío para ser recluido al llegar a Cádiz. Había oído decir que aquel cura había echado un sermón en el que ponía en duda la milagrosa aparición de la Virgen de Guadalupe, lo que había sido considerado por sus superiores como una verdadera blasfemia.

El nombre del religioso levantisco era fray Servando Teresa de Mier, que por su mirada aviesa y su actitud soberbia más que un pastor de la Iglesia parecía un emisario del mismísimo diablo. Hasta el punto de que el capitán de la nave quiso aclarar que aquel clérigo no estaba excomulgado ni suspenso *a divinis*, por lo que estaba en condiciones de otorgar los últimos sacramentos.

Cuando hubo acabado la ceremonia, a la que no pudo negarse por su estado de debilidad, don Bartolomé me dijo con un hilo de voz que deseaba quedarse a solas conmigo, y cuando se fueron los otros me pidió que abriese el arcón de los libros con el que viajaba y, dándome una llave que llevaba colgada del cuello, me señaló en el fondo del baúl un compartimiento secreto donde apareció una carta en un sobre cerrado y lacrado que me hizo abrir.

Casi me dio un soponcio al ver que el destinatario de la carta no era otro que el ex virrey de México, don José de Iturrigaray; pero al verme titubear, el escribano me apretó la mano entre las suyas, convertidas por el rigor de la agonía en dos garfios de hierro, y con voz silbante me ordenó:

—¡Léala!

Y así lo hice.

"Excelentísimo señor:

"El portador de esta misiva es persona de mi entera confianza y cuando la reciba V. E. puede contar con que he pasado a mejor vida, por lo que paso a informarle del estado de cosas que dejo en la Nueva España.

"Desde mi voluntario destierro en Santa Fe he procurado mantenerme informado de lo que sucedía en la capital, pero ha sido poco lo que he podido avanzar en la causa, excepto atraer a nuestro bando a personas influyentes como el gobernador don José Manrique, que ha hecho lo posible para mantenerme informado de lo que estaba ocurriendo en la Nueva España, con la ayuda de las noticias que recibía de nuestros amigos 'Los Guadalupes'. Aunque dicen que es fácil vaticinar sucesos pasados, cuando me enteré de que se había anticipado el alzamiento de Hidalgo ya preveía que sin el apoyo en la conjura de personas de mayor fuste intelectual como los que estábamos implicados en las tertulias de Querétaro, la rebelión estaba abocada al fracaso.

"Cuando tuve noticia de la convocatoria a Cortes, fui al principio contrario a apoyar esa mascarada, pero siguiendo el consejo del gobernador opté por presentarme a las elecciones a diputado, y él mismo hizo de manera que mi nombre apareciese entre las personas elegidas en la primera ronda de votación, aunque mi candidatura no superó la segunda. Después, y a pesar de mi repugnancia inicial, acepté la idea de acompañar a don Pedro Pino a Cádiz, para poder encontrarme allí con otros partidarios de la independencia y ver si se podía llegar por vía pacífica a nuestros objetivos.

"Las noticias que me han ido llegando de lo que se ha estado discutiendo en Cádiz han sido poco alentadoras, pero espero que esto pueda servir de escarmiento a los ingenuos que pensaron que se iban a lograr nuestras metas en comandita con nuestros opresores.

"Cuando reciba V. E. esta misiva yo habré pasado a formar parte de la corte celestial, y espero que mis restos descansen en un bello cementerio submarino. En este trance sólo deseo manifestarle una vez más mi convencimiento de que la única posibilidad de que se hubiese logrado la independencia de México de forma pacífica se perdió la misma noche que, con nocturnidad y alevosía, los esbirros del partido peninsular lo aprehendieron en su propia casa y lo destituyeron de sus altas responsabilidades.

"Besa la mano de V. E. su más humilde servidor,
Bartolomé Olaverri Fernández"

El cementerio marino

Cuando acabé de leer la carta en voz alta, don Bartolomé me pidió que me acercase a él para poder hablarme al oído y me hizo prometerle por lo más sagrado que cuando llegase a Cádiz le entregaría esa carta a don José de Iturrigaray.

—Ignoro si a estas alturas estará todavía preso en el Castillo de Santa Catalina o lo habrán puesto en libertad, pero como eres un muchacho despabilado sé que lo encontrarás —dijo con un hilillo de voz.

A continuación, me dio instrucciones precisas de que destruyese otras cartas y documentos que estaban al fondo del arcón y acabó diciéndome que el resto de los objetos que le pertenecían, incluyendo los libros, la escribanía y hasta su reloj de plata pasaba a mi propiedad, puesto que me nombraba su único heredero.

—Quiero que sepa usted también —susurró con el último aliento que le quedaba— que la única compensación profunda que he tenido en estos años de destierro es haber alumbrado su mente con la luz del conocimiento.

Iba a darle las gracias cuando noté en mi mano que se relajaba la presión de los dedos del escribano, y con la misma serenidad con la que había vivido exhaló su último suspiro aquel ser noble y bondadoso.

El capitán dispuso que se le rindiesen honores militares al escribano, como miembro de una delegación a las Cortes del Reino, y al tiempo que el cura rebelde —que en pocas horas había sido sacado dos veces de su encierro— leía a regañadientes el responso de difuntos, un piquete de guardiamarinas disparó las salvas de ordenanza. Y a una señal del silbato que taladró mi corazón tanto como mis oídos, la plancha de madera donde reposaban los restos mortales de don Bartolomé fue proyectada al vacío, hundiéndose con un sordo chapoteo en las aguas plomizas.

Al sentimiento de dolor y de orfandad que me produjo el ver morir en mis brazos al escribano se añadió el trago amargo de no poderlo velar ni un momento, pues el capitán tenía miedo de que don Bartolomé hubiese sucumbido a la fiebre amarilla y para evitar el contagio dispuso arrojarlo a las aguas inmediatamente. Pero en un descuido del contramaestre conseguí deslizar en la mortaja de lona las cartas que don Bartolomé me había encargado destruir; colocaron en el bulto una bala de cañón, para asegurar que el cadáver se hundiera rápidamente en las aguas procelosas.

Aunque pueda parecer absurdo, se me ocurrió pensar que, si don Bartolomé hubiera podido contemplar la escena de su sepelio en alta mar, su mente inquieta y curiosa hubiera querido adivinar cuántas brazas de profundidad separaban en aquel lugar la superficie de los fondos marinos. Esa noche apenas si pude conciliar el sueño, porque en cuanto cerraba los ojos me asaltaban pesadillas en las que veía el pecio humano del escribano flotando entre dos aguas, a merced de los ataques de los tiburones y otros monstruos marinos. Y cuando finalmente conseguí quedarme dormido soñé que el paquete mortuorio iba a reposar entre vistosos lechos de algas y de plantas acuáticas, como había augurado en su carta en la que hablaba de un pacífico cementerio submarino.

El lomo del huracán

Apenas habían pasado unas horas desde que el escribano había sido lanzado al fondo del océano cuando la superficie marina empezó a encresparse, como si le hubiera molestado que arrojásemos a su seno aquel cuerpo extraño y pugnase por vomitarlo. En pocos minutos un viento huracanado empezó a sacudir los mástiles con tal fuerza que hacía estallar las costuras de la lona, levantando olas furibundas que barrían la cubierta, llevándose por delante todo lo que no estuviese amarrado. No había tenido tiempo aún de asimilar el dolor que me había producido la pérdida de un ser querido cuando la fuerza de la tempestad me hizo olvidar el duelo para intentar salvar mi propio pellejo. Habíamos comenzado el viaje navegando sobre el puente del arcoíris pero ahora cabalgábamos sobre el lomo del huracán.

De buena gana hubiera acudido a alguno de los sortilegios que me había enseñado Padilla para intentar apaciguar la furia del viento y amansar la marejada, pero el comandante había asignado a todos los pasajeros un marinero encargado de velar que no sufriésemos ningún accidente, y a mí me habían puesto como ángel custodio a un grumete de mi misma edad y de color aún más cobrizo que el mío que no me dejaba ni a sol ni a sombra.

El mulatito respondía al nombre de François y había nacido en Santo Domingo, hijo de uno de los esclavos que se habían rebelado contra el yugo de Napoleón y pagado con la vida su insolencia. François chapurreaba algo el español, pero podíamos entendernos también gracias al francés que yo había aprendido del trampero Juan Bautista Lalande, que frecuentaba la casa de don Pedro en Santa Fe.

Antes de que empezase el temporal François me había hecho conocer los rincones más secretos de la nave, incluyendo el cuchitril de la despensa, que el mulato frecuentaba a su gusto por disponer de una llave que le había robado al cocinero; también me ayudó a familiarizarme con el lenguaje de la maniobra, que el grumete conocía en español y en francés. Al principio de la travesía yo no distinguía los nombres de los mástiles, trinquete, mayor y mesana, ni el de las velas principales, mayores, gavias y juanetes, ni la cuadrangular llamada cangreja, por no citar los foques, estays, rastreras y cebaderas, cuya denominación tardaría algo más en dominar. Empezando por lo más elemental, François me enseñó un truco para distinguir entre babor y estribor:

—*C'est comme dans le mot batterie, babord a gauche, tribord a droite.*

—De acuerdo —le dije—, como en la palabra batería, babor a la izquierda, estribor a la derecha.

Cuando había empezado a silbar el viento huracanado pero aún no se había desatado el temporal, el mulatito me llevó a las cuadras donde viajaban los caballos de los oficiales para revelarme un secreto.

—*Venez avec moi* y yo enseñar cómo los animales barruntar tormenta. Si ofrecer grano y no comer, caballo preocupado. Cuando *la mer* empieza a azotar la cubierta, caballo ponerse tieso hasta que los ojos salen *des paupières*. Si caballo relinchar de miedo, más vale ponerse a rezar porque el *bateau* es a punto de irse a pique. *¡Dieu soit loué!*

Y acompañando la acción a la invocación, François se persignó varias veces.

Las predicciones del mulato resultaron correctas, pues al oír el estampido del primer trueno, el caballo del capitán, un ruano de ojos negros y brillantes, se quedó con el cuerpo inmóvil; al segundo trueno puso las orejas tiesas, y al tercero abrió los ojos tanto que parecía que se le iban a salir de las órbitas. Y al sonar el cuarto el caballo emitió un relincho tan desgarrador que tuvimos que taparnos los oídos, por miedo a que nos estallasen los tímpanos.

Cuando subimos a cubierta, siguiendo instrucciones del capitán, François me pasó por mi cinto de cuero un cabo que se amarró a la cintura y, de habernos arrebatado un golpe de mar, hubiéramos salido los dos por la borda a luchar contra el oleaje. Mientras duró la galerna no tuve ni un momento de soledad para poder sacar el polen sagrado de mi bolsa y recitar la plegaria que pudiera amansar al mar enfurecido, y pensé que a François, que era un devoto practicante de la religión católica, aquellos rituales le hubieran parecido actos de brujería que le hubieran obligado a persignarse y a musitar alguna plegaria, como solía hacer cada vez que el contramaestre u otro de los oficiales profería una blasfemia.

Aunque lo que duró el temporal me pareció interminable, en realidad sólo estuvimos dos días con sus noches luchando contra los elementos, y a la mañana del tercer día amainó el vendaval y la superficie del mar, que parecía ocultar los anillos de una monstruosa serpiente, se sosegó. Por primera vez desde que había empezado la galerna pudimos soltarnos de nuestras amarras y poder ir sin acompañamiento al retrete o *leonera*, como lo llamaban los marinos. El comandante tenía su propio retrete, y para las necesidades de los oficiales estaba el jardín a popa.

Para colmo de males, cuando pensábamos recuperar nuestro rumbo y aprovechar los vientos favorables que soplaban hacia el noreste, tuvimos la mala suerte de caer en una zona de calma chicha. Las velas del barco, que durante la tempestad habían estado a punto de reventar como yeguas en la paridera, colgaban de las vergas tan rectas como un lienzo en el caballete de un pintor.

Aquella penúltima jugarreta del destino me hizo recordar lo que tantas veces había anunciado mi maestro, que no llegaríamos a las Cortes de Cádiz ni para el humo de las velas. Y los acontecimientos acabaron dándole la razón.

Noticias de Cádiz

A la altura de las Islas Azores nos cruzamos con otra fragata de la Armada española —que llevaba un correo para el virrey de México— y, al enterarse el comandante de aquella nave de que a bordo viajaba un diputado a Cortes, nos hizo señas con las banderas para que nos pusiésemos al pairo y arrió un bote en el que se acercó a nuestro navío una persona de edad y trajeado con una elegante levita oscura que llevaba bajo el brazo una cartera de tafilete.

Tras saludar al capitán Benavides y Torrente, el individuo pidió ser presentado a don Pedro y le entregó con gran solemnidad el documento que guardaba en la cartera diciendo:

—Señor diputado, soy oficial mayor de la Secretaría de las Cortes y tengo el honor de presentarle el texto de la Constitución de la Nación Española que ha sido proclamado por las Cortes en Cádiz, el pasado 19 de marzo, día de San José.

Al oír la noticia de que la Constitución ya había sido aprobada noté que a don Pedro se le demudaba la cara; pero se sobrepuso al desvanecimiento y, aunque con voz trémula, agradeció al mensajero la nueva y tomó de sus manos con unción el ejemplar que le daba de la Constitución.

—¿Significa esto que mi presencia como diputado por Nuevo México ya no es necesaria en Cádiz? —preguntó el abuelo.

—Al contrario —dijo el oficial, cuyo nombre era don Luis Ortiz—, al haberse aprobado y promulgado este texto se ha cerrado el periodo de las Cortes Extraordinarias Constituyentes y acaban de empezar las sesiones de las Cortes Ordinarias, que desarrollarán los principios enunciados en esa Carta Magna. Ahora más que nunca será útil su contribución para el desarrollo de una legislación que resulte beneficiosa para la provincia de ultramar que usted representa.

Don Pedro lanzó un suspiro de alivio:

—Me alegro de que así sea, pues sabiendo que llegaría a incorporarme a la asamblea con bastante retraso, había preparado una exposición que pensaba presentar a las Cortes por ver de remediar los graves problemas que aquejan al Nuevo México.

Don Pedro intuyó que el mensajero tenía necesidad de conversar y, aprovechando que estábamos solos en el camarote, le ofreció al oficial una banqueta y un vaso de aguardiente de El Paso, y le pidió que le contase sus impresiones sobre lo ocurrido en las Cortes. Don Luis tomó al vuelo esa oportunidad, que quizás era la primera de relatar sus experiencias en la Secretaría de las Cortes, pues probablemente desde que salió de Cádiz era la primera parada que hacía el barco que lo llevaba a México.

"Aunque leyendo ahora el texto de la Constitución que acabo de entregarle parece un resultado lógico de la convocatoria que en su día realizó la Regencia, puedo asegurarle que los que nos sentamos en los escaños del Teatro Cómico de la Isla de León teníamos serias dudas de poder completar nuestra tarea, bien porque lo impidiese el avance de las tropas francesas que sitiaban la ciudad o porque las fuerzas absolutistas presentes en Cádiz abortasen el impulso progresista. Y a decir verdad muchos de los diputados tampoco tenían una idea clara de lo que se trataba de conseguir en aquella asamblea."

Tras mojar sus labios en el vaso de aguardiente, Don Luis continuó:

"Lo cierto es que esos objetivos sólo tomaron forma durante el discurso de don Diego Muñoz Torrero, antiguo rector de la Universidad de Salamanca y diputado por Extremadura, que con una alocución brillante y apasionada arrastró la opinión de la asamblea al declarar que la soberanía de la nación residía en las Cortes y exigió la separación inmediata de los tres poderes, Legislativo, Ejecutivo y Judicial."

El mensajero hizo una pausa para recuperar el fuelle y beber otro buche de aguardiente.

"Aun entre los que creíamos en la conveniencia de forjar una Constitución, casi desde las primeras reuniones nos dimos cuenta de que existían dos bandos irreconciliables: por un lado, el encabezado por don Diego Muñoz Torrero y otros eclesiásticos ilustrados, que fue llamado partido liberal. Y el bando opuesto, integrado por aristócratas celosos de sus privilegios y algunos abogados y funcionarios enemigos de las reformas, que fue denominado *partido servil* —el secretario hizo un guiño malicioso, al tiempo que añadía—: Este término estaba inspirado en un artilugio verbal del poeta Eugenio de Tapia, que pronunciaba maliciosamente por separado las dos sílabas de la palabra 'ser vil'".

"Pero pronto iban a aflorar otras diferencias de criterios e intereses entre los diputados europeos, por un lado, y por otro los representantes de las provincias de ultramar; los diputados americanos lucharon desde el principio por obtener la proporcionalidad en la representación de todos los territorios de la monarquía, y argumentaban que la disparidad de derechos entre los peninsulares y los americanos era una de las principales causas de los alzamientos en Caracas, Buenos Aires y México. Aunque nunca se llegó a otorgar esa igualdad de representación, al menos se concedió una amnistía para los que hubieran estado implicados en actos de subversión o infidencia hacia la patria."

Al llegar a este punto, don Pedro intervino diciendo:

—Recuerdo que el virrey Venegas ofreció a los sublevados la posibilidad de acogerse a esa amnistía, pero por entonces las fuerzas de ambos bandos estaban muy igualadas y los rebeldes rechazaron el perdón que ofrecían las Cortes.

—El único que se benefició inmediatamente de esa amnistía fue el anterior virrey de México, don José Iturrigaray —indicó el mensajero—, que por entonces estaba todavía recluido en el Castillo de Santa Catalina, acusado de infidencia.

Yo había guardado la carta que me había dado don Bartolomé para el anterior virrey en una bolsa de cuero que me había colgado del cuello, y cada vez que se pronunciaba delante de mí el nombre de Iturrigaray mi mano se deslizaba bajo el jubón para ver si la carta seguía estando allí. Por su parte el oficial iba ganando confianza con cada trago del vaso de aguardiente, y llegó a contar algunos detalles que seguramente no habría desvelado en otras circunstancias.

"Al principio los diputados americanos estaban en franca minoría, pero cuando llegaron a Cádiz los diez y siete diputados procedentes de la Nueva España en el navío inglés *Baluarte* se aumentó considerablemente su presencia y pudieron hacer oír su voz en el Congreso. Pero el debate entre europeos y americanos llegó a su punto álgido cuando el Consulado de México envió a las Cortes un escrito donde se rechazaba la posibilidad de que los indígenas y las castas pudiesen participar en el proceso político, alegando su bajo nivel de cultura y su desconocimiento de la lengua española."

El oficial bajó entonces el tono de su voz dando a entender que lo que iba a decir a continuación era especialmente delicado:

"Algunos piensan que aquel escrito insultante había sido obra de un gacetista español que había vivido en México llamado Juan López Cancelada. Aunque Cancelada lo negase, conociendo la virulencia de otros de sus escritos pienso que es probable que fuera, si no su autor, por lo menos su inspirador. En ese panfleto se describía a las castas como la escoria de la sociedad, tachando a sus miembros de "ebrios, incontinentes, flojos, sin pundonor, agradecimiento ni fidelidad..." También acusaba el panfleto a los criollos de aprovecharse de la fortuna heredada de sus padres españoles y de "dilapidar sus bienes llevando una vida disoluta."

Quizás hubiera debido darme por aludido cuando citaba a las castas, pero siempre me he considerado como un indio puro aunque hubiera sido adoptado por un blanco. Ni que decir tiene que estiré las orejas más aún cuando oí mencionar el nombre de Cancelada. También don Pedro estaba muy interesado en lo que contaba el oficial, y debía de estar agradecido de que el azar de los vientos hubiera querido que se cruzasen en medio del océano las dos embarcaciones, permitiéndole así tener un ejemplar de la Constitución antes de llegar a Cádiz y también ponerse al día de algunos de los entresijos políticos que hasta entonces ignoraba.

Pero en ese momento un marinero bajó al camarote a avisarnos que la chalupa estaba esperando para regresar con el oficial al otro navío.

IV

EL DIPUTADO DE CÍBOLA

La bahía de Cádiz

A partir de entonces encontramos vientos favorables, y en un par de semanas llegamos al estrecho de Gibraltar, seguidos de cerca por un buque corsario francés que quería ganarnos el viento, hasta que salieron a nuestro encuentro dos navíos de guerra, uno inglés y otro español, que saludaron a la fragata *Intrépida* con salvas de artillería, obligando al buque corsario a virar en redondo, como, al ver aproximarse a un cazador, levanta el vuelo el gavilán que se cernía sobre un gazapo.

Al pasar cerca de la costa africana, habíamos ido contemplado las fortalezas moriscas cuyos muros encalados brillaban sobre los promontorios de roca; y, vista desde lejos, la ciudad de Cádiz me recordó a esos alcázares donde se apretujaban las casas cuidadosamente enjalbegadas y donde los mercados abrían sus tenderetes al mismo pie de las murallas.

Don Bartolomé me había hablado de la influencia de la cultura árabe en el sur de la península, cuyos vestigios también podían encontrarse en Nuevo México. Habíamos conservado las batallas de Moros y Cristianos, y se bailaban aún las danzas de los Matachines, que según el escribano era un vocablo derivado de la palabra árabe *mutawahcín*. El escribano me había explicado que incluso el apelativo *genízaro* que nos daban los españoles a los indios cristianizados procedentes de tribus bárbaras provenía de la denominación que habían dado los españoles a la guardia personal de los sultanes, que eran cautivos cristianos islamizados.

Aunque las peripecias del viaje me habían ayudado a mitigar el dolor por la pérdida de mi maestro, pensando en lo que habría gozado don Bartolomé con la vista de las murallas de Cádiz, fui incapaz de controlar el llanto. Mis sollozos de tristeza se fundieron en el pecho de don Pedro con las lágrimas que el diputado vertía por sentirse tan cerca de la tierra con la que tanto había soñado. Mientras que sus floridas barbas me hacían cosquillas en la nariz, le oía repetir a don Pedro una palabra que con el ruido que hacía la proa del navío al surcar el oleaje no alcanzaba a distinguir: algo así como "sébola", "sémola" o "cebolla". Pero al caer la proa a sotavento cedió el chasquido del oleaje y comprendí lo que decía: "¡Cíbola! ¡Cádiz es Cíbola!"

Según una leyenda —precisamente originada en tiempos de la invasión musulmana—, siete obispos portugueses fueron a refugiarse con sus tesoros a un remoto lugar donde habían edificado siete ricas ciudades, lugar que algunos creían que podía encontrarse al norte de México. Pero cuando, azuzado por las alucinaciones de fray Marcos de Niza, don Francisco Vázquez de Coronado se adentró en el despoblado no encontró ni rastro de aquellas fabulosas ciudades, y la quimera se esfumó como un espejismo del desierto. Al ver brillar bajo el sol las torretas y cúpulas de la ciudad de Cádiz como si estuviesen recubiertas de metales preciosos, don Pedro debió de pensar que finalmente se había roto el embrujo que había ocultado a los ojos de los primeros exploradores las fabulosas Ciudades de Cíbola.

Para ayudarnos a volver a la realidad, en aquel momento las baterías de los franceses abrieron fuego desde la orilla izquierda de la ensenada, rasgando la niebla que flotaba sobre la bahía, mientras el viento traía el tañer de las campanas de las iglesias de Cádiz, que no llamaban a sus feligreses a la oración, sino que les avisaban del inicio del bombardeo.

El aposentador general

Aunque el comandante de la nave nos había informado que vendría a recibirnos don Juan Miguel Grijalba, aposentador general de Palacio, para indicarnos cuál sería nuestro alojamiento en Cádiz, al no encontrarlo a nuestra llegada el abuelo y yo nos fuimos a dar una vuelta por el puerto dejando nuestros bártulos en el barco a cargo del veterano Leiba.

Quien fue en cambio recibido con gran puntualidad pero con escasa cordialidad fue fray Servando Teresa de Mier, que bajó la escalerilla del barco custodiado por un par de corchetes y cubierto por un gran capote, bajo cuyos pliegues escondía los grilletes que llevaba en las muñecas. El clérigo rebelde pasó junto a mí con la cabeza bien alta y me hizo un guiño de complicidad que venía a significar "¡Ahí nos vemos!"

Antes de despedirnos del comandante del barco y de los demás oficiales, don Pedro le entregó al capitán Benavides y Torrente el anillo con un topacio que había comprado al judío de Veracruz. Yo quise dejarle también un pequeño presente al grumete François: la pluma de águila engarzada en un anillo de plata que me había entregado Padilla. Aquel detalle lo emocionó: *"Je vous remercie infiniment!*, es muy generoso de su parte", dijo el mulatito, mientras que gruesas lágrimas le surcaban las mejillas. François se me quedó un rato abrazado, y me fijé que el chico se había tatuado en el dorso de la mano las cuatro rayas rectas y las cuatro rayas en zigzag que representaban las flechas de los Gemelos Guerreros, que probablemente me había visto marcar a mí sobre las tablas del barco.

El mercado que abría sus tenderetes al pie de la muralla me recordó las ferias fronterizas de Nuevo México, aunque la forma de vestirse y las lenguas que hablaban los tratantes fuesen diferentes. En Cádiz no se hablaba navajo, comanche ni *yuta*, sino gallego, asturiano, y algo de español y portugués. Tampoco se veían allí soldados de cuera con sus largas mitazas que les llegaban hasta las ingles, ni ciboleros con sus lanzas afiladas como navajas. En aquellos puestos tampoco se vendían belduques ni hachas de guerra pero sí se encontraba bermellón, espejos, piloncillos, tabaco, maíz en grano y en harina, pan y frutas secas y frescas, como se podía encontrar en una feria fronteriza. En cambio, en aquel zoco se ofrecía una variedad de productos procedentes de otros lugares de América pero que raramente llegaban a Nuevo México, como polvo de grana, jalapa y zarza, cacao de Caracas y de Guayaquil, palo de Campeche y añil de Guatemala.

Aparte de haberse convertido en lugar de refugio para los ciudadanos del resto de la península que habían huido del yugo del invasor, Cádiz era el cuartel general de los ejércitos que luchaban contra Napoleón y por el mercado se veía circular a soldados y oficiales ingleses, irlandeses y portugueses, cada uno con sus diferentes uniformes. Noté que allí hasta los uniformes de regimientos reales españoles eran diferentes de los que usaban en la Nueva España; también había soldados de la milicia local, entre los que destacaban por su vistoso uniforme amarillo y verde los llamados *guacamayos* y los *cananeos*, denominación que según me explicaron nada tenía que ver con la tribu bíblica, pues provenía de que sus soldados llevaban una canana o cartuchera a la cintura.

Estábamos curioseando la mercancía cuando oímos gritos y vimos acercarse un carruaje que obligaba a apartarse a los parroquianos del mercado. Aunque la calesa que apareció a mi vista no se parecía en nada al carruaje del indio Guichí, sino que era un coche de alquiler de los que usaban los gaditanos para desplazarse por la ciudad, sentado junto al cochero venía don Juan Miguel Grijalba.

El aposentador general llegaba con el semblante enrojecido y sudoroso, acelerado por no haber llegado a tiempo para recibir al diputado al pie del muelle. Tras echar pie a tierra, Grijalba atribuyó su retraso al reciente bombardeo de los franceses, dado que algunas de las granadas habían alcanzado el centro de la ciudad, aunque afortunadamente no había habido que lamentar desgracias personales. El aposentado nos contó que una de las bombas había caído en la calle Sacramento, cerca de la sede de las Cortes, aunque por lo visto el proyectil no había explotado.

Tras recoger el equipaje que habíamos dejado en el muelle, con la ayuda de una cuadrilla de mozos del puerto —que hablaban español con el acento característico de los naturales de Galicia—, nos subimos al carruaje y salimos de la zona del puerto, recorriendo un paseo que corría paralelo a las murallas de la ciudad. Como el coche era abierto y aún quedaba bastante luz, pudimos admirar tanto la belleza y el empaque de los monumentos como la animación del gentío que circulaba por el paseo a esa hora cuando ya había cedido el calor.

De camino hacia nuestro alojamiento, Grijalba nos contó que al principio del asedio los franceses habían empezado a bombardear la ciudad con granadas de gran tamaño pero de poca potencia pero, al ver que no explotaban, a una mujer de la vecindad se le ocurrió sacar del proyectil un trozo de plomo que convirtió en uno de los bigudís que usaban las majas gaditanas para rizarse el pelo. Y de esa ocurrencia salió la coplilla popular que decía:

> Con las bombas que tiran los fanfarrones
> Se hacen las gaditanas tirabuzones.

Como era la hora del ángelus, las campanas de las iglesias empezaron a repicar, y al pasar frente a sus fachadas esculpidas en piedra noble vimos que a sus puertas finamente labradas acudía un tropel de damas de porte distinguido, cuyas ajustadas mantillas dejaban entrever el fino óvalo de sus caras y lo bien proporcionado de sus figuras. Al contemplar la belleza y el garbo de aquellas mujeres, el diputado Pino pareció olvidarse repentinamente del cansancio del viaje.

Pero lo que más llamó la atención de don Pedro en nuestra llegada a Cádiz fue la abundancia de clérigos y obispos que circulaban por las calles; al reconocer los ropajes morados de los monseñores, le preguntó a don Juan Miguel si no era oportuno detener el coche y bajarse a besarles el anillo.

—No pase cuidado, señoría —le contestó Grijalba, que era experto en protocolo—, verá que en Cádiz se va a encontrar con muchos curas y prelados, pues un tercio de los diputados a Cortes son clérigos y varios de ellos obispos.

Esa experiencia motivó un cambio en la redacción de uno de los apartados de la Exposición, que precisamente denunciaba los problemas que originaba en Nuevo México la falta de presencia del obispo y la escasez de pastores:

"Hace más de cincuenta años no se sabe si hay obispo, ni se ha visto ninguno en aquella provincia en todo ese tiempo … yo que cuanto más edad, nunca supe cómo vestían hasta que vine a Cádiz … Se hallan sin confirmar todos los nacidos en esos cincuenta años; y los pobres que quieren contraer matrimonio con sus parientes por medio de dispensa, no lo pueden verificar por los crecidos costos en el dilatado viaje de más de 400 leguas que hay a Durango: de ahí proviene que muchos, estrechados del amor, viven amancebados y con familia."

Tuve la impresión de que habíamos recorrido ya todo el perímetro de las murallas, lo que corroboró el aposentador al admitir que para llegar al lugar donde estaríamos alojados era preciso dar un gran rodeo, disculpándose de no haber encontrado alojamiento para el diputado y su séquito en un lugar más céntrico.

La casa embarcada

Finalmente, en un barrio que quedaba ya fuera de la muralla los dos jamelgos que tiraban de la calesa subieron, con un último esfuerzo, un repecho bastante empinado que llevaba a una casa construida al mismo borde de un acantilado que caía a pico sobre el mar. Al ver la casa suspendida como en tenguerengue sobre la roca viva y las olas salpicando de espuma la fachada, mi primera impresión fue que un golpe de mar podría arrancarla de allí y llevarla a navegar por la bahía.

Al llegar frente al portón principal, el aposentador se apeó de la calesa y golpeó con una aldaba que tenía la forma de un ancla el portón de madera. Los gruesos batientes del portón recordaban la quilla de un navío, pues la erosión del salitre había ido marcando profundas estrías en los tablones de roble. Sobre la austera fachada de piedra arenisca, el escudo de armas lucía figuras de tritones y sirenas, como si fuese un mascarón de proa.

Mientras abrían el portón, oí que Grijalba y el cochero discutían por el precio del servicio, que a juicio del aposentado era excesivo, a lo que el calesero le contestó:

—Pero cómo le voy a cobrar menos, señor Grijalba, si lo he traído hasta la misma frontera con Francia —y lo que decía el cochero era verdad, porque justo enfrente de aquel promontorio, del otro lado de la ensenada se veían brillar los fustes de los cañones de las baterías francesas.

En ese momento se oyó rechinar el cerrojo del postigo y apareció en el umbral del portón una mujer de edad mediana, vestida con unas sayas y un corpiño de paño muy oscuro, con el pelo canoso recogido por un moño; las facciones regulares y los grandes y expresivos ojos de aquella mujer daban testimonio de su pasada lozanía.

—¡A la paz de Dios! —dijo la mujer con un tono de voz que reflejaba cierta sorpresa, aunque la forma de abrir la puerta denotaba su actitud hospitalaria—. ¿Qué se les ofrece al señor Grijalba y compañía para venir a esta pobre morada ya de anochecida?

—Dueña Isabel, quería hablar con la viuda de don Cristóbal pues hace algún tiempo que doña Dolores me había ofrecido el utilizar esta casa para albergar a los diputados en Cortes, y en estos momentos me veo en situación de recordarle su generosa oferta.

—La señora viuda está ya descansando en sus aposentos y no quiere que la molesten, pero si ella le hizo esa promesa, consideren que están en su casa; sólo necesito saber cuántos cuartos debo preparar —al vernos indecisos la mujer hizo un gesto con el brazo—. Pero pasen, no se queden ahí como pasmarotes, entren antes de que nuestros vecinos del otro lado de la bahía quieran celebrar su llegada con fuegos artificiales —dijo la mujer, señalando a las bocas de las baterías francesas que reflejaban el último resplandor del sol poniente.

La dueña debió de notar la expresión de recelo con la que yo observaba la proximidad de las baterías enemigas, pues me hizo un guiño de complicidad:

—No pase cuidado, muchacho, que tenemos rezados buenos rosarios a Santa Bárbara, patrona de la artillería, para que nos ampare bajo su manto, y además tenemos encendidas varias velas a la Santa Virgen de Atocha. Además esos cañones están enfilados hacia el centro de la cuidad, donde pueden hacer más daño que aquí, pues pienso que en París a nadie le importaría que echasen esta casa abajo.

Mientras cruzábamos el patio, por la puerta entreabierta de una capilla percibí el resplandor de unas candelas encendidas ante un pequeño altar que vi sólo de refilón. Al subir los peldaños de mármol de la escalinata que daba acceso a la planta principal de la vivienda, en una de las ventanas del piso superior se asomó la cara de una niña con largos bucles rubios que desapareció en seguida, dejándome la duda de si era una ilusión. En el rellano que servía de distribuidor al primer piso había un gran retrato con la figura de un oficial de marina de rostro agraciado y mirada noble, que llevaba un catalejo en la mano y un sable bajo el brazo. Al fondo del retrato se veía una batalla naval.

Con ayuda del cochero los criados de la casa subieron nuestro equipaje a nuestros aposentos, y en un santiamén nos prepararon tres cuartos limpios y espaciosos, con camas de hierro forjado, colchones de borra y sábanas de lino; en un rincón de la alcoba había un pretil con la palangana, la jofaina y una toalla de hilo. La dueña Isabel nos ofreció servirnos un refrigerio antes de acostarnos pero todos rehusamos, pues teníamos más necesidad de descanso que de alimento.

Tras haberle dado al aposentador Grijalba nuestras más efusivas gracias por habernos buscado acomodo en un lugar donde disfrutaríamos de brisas muy saludables y de una vista privilegiada sobre las baterías de los franceses, nos fuimos a nuestros aposentos e intentamos conciliar el sueño. Tanto el abuelo como el veterano lo consiguieron en seguida, porque a través de la puerta de mi alcoba me llegó pronto la sinfonía acompasada de sus ronquidos. Pero probablemente porque tantas novedades habían excitado mi fantasía o por el mismo exceso de cansancio, yo me quedé largo rato despabilado, tendido sobre la cama.

Aparte de la respiración de los otros huéspedes, sólo se oía en la casa el silbido del céfiro marino que se colaba por los resquicios de las ventanas, y a veces se oían las olas más vigorosas salpicando los cristales. En vano agucé mis oídos esperando percibir el trasiego de voces, risas o lamentos que suelen puntear el silencio de una casa habitada; aquel caserón respiraba la paz sombría de una nave desarbolada después de una batalla. Y, como pude averiguar al poco rato, hasta cierto punto lo era.

La playa del naufragio

Al no poder dormir me levanté de la cama y bajé al piso inferior, pues me habían inspirado curiosidad las velas encendidas en la capilla, cuyo interior apenas había acertado a vislumbrar cuando cruzamos el patio. La claridad espectral de la luna se colaba hasta los últimos rincones del amplio patio interior y las columnas de alabastro proyectaban sus sombras alargadas sobre las baldosas de mármol.

Pero en el momento en que iba a tender la mano hacia el picaporte de la puerta de la capilla, otra mano fría y huesuda me asió la muñeca, aunque ya había conseguido echar un vistazo por la rendija: a la luz de las velas depositadas frente al altar vislumbré el perfil de una mujer arrodillada ante la Virgen de Atocha, cuyo óvalo competía en perfección con el de la imagen sagrada.

No alcancé a ver más, pues la mano férrea que me sujetaba la muñeca me obligó a cerrar de nuevo la puerta. Al volverme me encontré con la dueña Isabel con la cabeza cubierta con una mantilla oscura, que me dijo en un susurro:

—A mi señora no le agradaría saber que uno de sus huéspedes anda fisgoneando por la casa mientras ella está rezando. Le ruego que respete su dolor y su soledad, y vuelva a su habitación.

Al percibir que el tono de voz de la mujer sonaba más a tristeza que a irritación, le pregunté:

—¿Acaso se ha producido alguna desgracia en la familia?

—La peor tragedia que pudo ocurrir: ¡los ingleses hundieron el barco de don Cristóbal en la bahía casi frente a esta casa! —La dueña no pudo reprimir un sollozo al añadir—: Como todas las noches de luna, doña Dolores se queda un rato rezando a la Virgen de Atocha para que le conceda la gracia de encontrar el cuerpo de don Cristóbal.

Por un momento pensé que aquella buena mujer desvariaba:

—¡Pero qué dice, señora! ¿Cómo van a haber hundido el barco de don Cristóbal si los ingleses son nuestros amigos y aliados?

—Eso es lo que ahora pretenden, pero jamás podrán resarcirnos de la pérdida de nuestra flota, ni podrán enjugar el dolor de quienes, como doña Dolores, perdieron a sus seres queridos en la batalla de Trafalgar.

Sólo entonces recordé que la Armada española que había sido derrotada en Trafalgar había salido a luchar contra la flota inglesa desde el puerto de Cádiz. Pero había algo que no acababa de entender.

—Pero, señora, aquel combate se libró ya hace varios años; ¿cómo es posible que doña Dolores ande todavía buscando el cuerpo de su esposo?

La dueña puso los brazos en jarras al tiempo que sacudía la cabeza.

—Joven, cómo se ve que usted acaba de llegar de tierras lejanas. En Cádiz todos sabemos que el capitán de fragata don Cristóbal Allende fue arrancado por un golpe de mar en las mismas aguas de la bahía cuando su barco volvía desarbolado a resguardarse del temporal, que hizo tantos estragos en la flota como la metralla de los cañones ingleses. Y como hasta el presente el océano no ha querido devolver los despojos del capitán, la señora sale en las noches de luna a buscar el cuerpo del náufrago por la playa, por si la marea hiciese la merced de devolverlo para que pueda ser enterrado en tierra santa.

Al oír pasos en el interior de la capilla, antes de que se abriese la puerta la dueña me empujó a un lado y ella misma se escondió tras el fuste de una columna. La viuda pasó junto a mí sin verme; llevaba sobre los hombros un capote de marinero y la oscura melena recogida en la capucha de tela embreada. Alumbrándose con un cirio cuya llama protegía en el hueco de la mano, la mujer franqueó el postigo del portón y se perdió en la noche.

Llevado por un impulso incontenible, me zafé de las manos sarmentosas de la dueña y salí corriendo en pos de aquel fantasma. No me fue fácil seguir la silueta en la penumbra, porque aquella mujer parecía conocer al dedillo el abrupto sendero que bajaba del acantilado a la playa, mientras que yo tenía que aprovechar la claridad de la luna —velada intermitentemente por nubarrones de tormenta— para saltar de roca en roca, a riesgo de romperme la crisma. Finalmente conseguí llegar a una caleta donde, al bajar el nivel de la marea, habían quedado al descubierto unos monolitos de roca que brillaban bajo el resplandor de la luna como si fueran monstruos marinos recién salidos de las profundidades.

La mujer recorría uno a uno cada escollo e intentaba alumbrar con su candil las cavidades que había dejado en seco el mar al retirarse. Me quedé largo rato espiando los movimientos de la viuda, que saltaba de piedra en piedra con la agilidad de una ardilla, a pesar de que las olas empezaban ya a inundar el pie de los escollos; temí que, absorta en su afanosa búsqueda, la mujer no se percatase de que la marea estaba subiendo y que el agua pudiese cortarle la retirada hacia la orilla.

De pronto, noté que el firmamento se iluminaba con un resplandor desgarrador, al tiempo que la superficie de la bahía retumbaba con un potente trueno. Miré hacia arriba, pensando que había podido desgajarse un rayo de uno de los nubarrones tormentosos, pero luego reconocí el retumbar de un cañonazo y vi que un proyectil caía al agua a un centenar de metros de la playa, levantando un surtidor de espuma. Como ya nos había advertido el aposentador, para amedrentar a la población de Cádiz las baterías francesas bombardeaban la ciudad también durante la noche.

Pesadilla en la bahía

Al oír el rugido de los cañones, la mujer tomó el sendero de regreso hacia el acantilado sin que pareciese importarle que los proyectiles que no caían al agua silbasen por encima de nuestras cabezas. Yo en cambio iba reptando de roca en roca y me aplastaba cada vez que oía una nueva detonación. Cuando llegué al borde del promontorio, la silueta de la viuda se había fundido en la oscuridad; como la luna se había ocultado entre las nubes y temía no encontrar el camino de vuelta a la casa embarcada, me acurruqué en la cavidad de una roca cuyas paredes me protegían del relente nocturno, y me quedé dormido inmediatamente.

Apenas había conciliado el sueño, cuando una muchedumbre de fantasmas vino a poblar mi cerebro excitado por tantas emociones. Me veía a mí mismo internándome en la playa hasta que perdía pie, pero seguía andando por el fondo del mar, donde encontraba un ancho sendero por donde transitaban otras personas que no parecían percatarse de mi presencia. Siguiendo el sendero arenoso, llegué a un valle submarino alfombrado con algas y adornado con matas de coral carmesí.

Allí reconocí la silueta de don Bartolomé, sentado en una roca y leyendo un libro; el escribano no se dio cuenta de que estaba a su lado hasta que le puse la mano en el hombro, y entonces levantó la vista del libro y me sonrió sin aparentar la menor extrañeza. Su aspecto no parecía haber cambiado mucho desde la última vez que lo había visto en el barco, excepto que el color de su semblante parecía aún más pálido y desleído desde que se había ido a habitar el mundo de los ahogados.

—Celebro que haya podido usted escaparse de allí arriba, este lugar es mucho más agradable y tranquilo para poder leer y pensar —dijo el escribiente, cuya voz despertaba peculiares resonancias en aquel entorno acuático.

El volumen que tenía en las manos era la *Historia de la Nueva México*, de Pérez de Villagrá, lo que no dejó de sorprenderme, pues era una de las obras que el escribano tenía en el arcón que había ido a parar a mi habitación en la casa embarcada.

—No lo veo a usted demasiado desmejorado —me atreví a decirle—. Temía que al tirarlo en alta mar hubiera podido ser presa de los tiburones.

Don Bartolomé me dirigió una mueca que parecía adquirir una expresión más burlona por la ondulación de las aguas.

—Los tiburones no son tontos, y yo no tenía unas simples calenturas, como pretendía el imbécil del cirujano naval, sino la fiebre amarilla. Hizo bien el capitán en tirarme por la borda, pues hubiese podido contagiar al resto de la tripulación. —Pero en ese momento el escribano pareció acordarse de algo importante y, cerrando el libro, me preguntó—: ¿Ha podido usted entregarle la carta al virrey Iturrigaray?

Iba a contestarle que no había podido, puesto que acababa de llegar a Cádiz, cuando vi que se aproximaba a nosotros otro de los habitantes de las profundidades, que inmediatamente reconocí como el capitán Cristóbal Allende por el retrato que había visto esa misma tarde en el descansillo de la escalera. A diferencia del escribano, el pobre hombre estaba terriblemente desfigurado: llevaba un brazo en cabestrillo, y el rostro agraciado y varonil que había visto en la pintura estaba marcado por esquirlas de metralla. Me pareció que algunos de los boquetes y desperfectos en el traje y en la cara podían ser obra de la voracidad de los peces, más que del impacto de un proyectil. El capitán llevaba debajo del brazo sano un catalejo, probablemente el mismo con el que aparecía en el retrato.

El marino se acercó con su paso claudicante —tenía también heridas en los muslos y en las pantorrillas— y se paró frente a nosotros, sacando un reloj de bolsillo en cuya esfera flotaba una burbuja de aire y cuyas manecillas brillaban por su ausencia; pero el capitán miró atentamente la esfera vacía como si el reloj funcionase a la perfección.

—De acuerdo con mis cálculos, faltan sólo unos minutos para que empiece el bombardeo. Les recomiendo a vuestras mercedes que se aparten de aquí, pues algunas granadas caen al fondo de la bahía. Si quieren acompañarme puedo ofrecerles protección en el alcázar de mi fragata.

El escribano y yo seguimos al capitán por el valle submarino, al fondo del cual se veía un gran barco con los mástiles tronchados y las velas y jarcias desgarradas. Se me ocurrió entonces que debía recordarle algo al capitán:

—Capitán Allende, ¿sabe que allí arriba lo siguen esperando?

El capitán se me quedó mirando con aquellos ojos vivos y penetrantes que había notado ya en el retrato, pero ahora teñidos de una sombra de profunda tristeza.

—¿Cómo no voy a saberlo? En noches de luna como ésta mi esposa recorre la playa, esperando que la marea tenga la misericordia de devolver mi cuerpo a la orilla.

—¿Y no ha pensado nunca en acercarse a ella para decirle que aquí abajo se encuentra usted bien?

—¡Eso jamás! Prefiero que mi hija María y mi santa viuda recuerden a su padre y esposo tal como lo vieron en vida, como un hombre entero y robusto, y no este pecio humano carcomido por la metralla y la voracidad de los peces.

La voz del capitán adquirió la intensidad del fiero oleaje cuando exclamó:

—¡Jamás me volverán a ver en el mundo de los vivos!

En ese momento se oyó el eco de una detonación amortiguado por las brazas de profundidad, seguido del silbido de una bala de cañón que bajaba soltando burbujas desde la superficie y que al tocar el fondo arenoso explotó. El impacto levantó un descomunal surtidor de fango y de corales pulverizados que anegaron todo el valle submarino.

La niña María

Me desperté tiritando de frío en el hueco de la roca. La claridad del amanecer empezaba a teñir de un color rosado la sábana de bruma que flotaba sobre el mar. Aunque la playa tenía un aspecto diferente a como la había percibido bajo el resplandor de la luna la noche anterior, la pleamar había dejado fuera del agua grandes escollos en torno de los cuales se formaban remolinos de espuma; los perfiles de aquellos monolitos, en cuya sólida superficie la fuerza del oleaje había marcado profundas grietas, me recordaron al monolito del cerro Cabezón, cuya faz estaba también surcada de hondas estrías. Y el primer rayo de sol que perforó la neblina marcó un flujo sanguinolento en la marea, como los regueros de lava que corrían por la ladera del monte San Mateo.

Al sentir en la piel el relente de la madrugada me estremecí y, acordándome del bombardeo de la víspera, quise proteger la casa embarcada y a sus habitantes por si se producía un nuevo ataque. Con un palo que la corriente había arrastrado hasta la orilla marqué sobre la arena húmeda cuatro rayas rectas y cuatro en zigzag, mientras murmuraba la canción de los Gemelos Guerreros:

> Haré una marca que no cruzarán.
> Soy Nayénézgani, y no la cruzarán.
> Con mis mocasines de obsidiana negra, no la cruzarán.
> Con mis polainas de obsidiana negra, no la cruzarán.
> Con mi túnica de obsidiana negra no la cruzarán…

Cuando levanté la vista del suelo me di cuenta de que en aquel lugar solitario tenía compañía. Sobre la chepa de una roca había aparecido una niña rubia con un vestido blanco de volantes que aleteaban con la brisa de la mañana como las alas de un pájaro marino a punto de echarse a volar. Era la misma niña, con grandes ojos azules y largos bucles, cuyo perfil había vislumbrado al llegar a la casa embarcada asomándose a la ventana del patio a nuestra llegada.

Cuando notó que me había percatado de su presencia, la niña se dirigió a mí con una vocecita algo chillona:

—¿Por qué haces esas rayas?

—Me lo enseñó un indio navajo.

—¿Era un hechicero?

—No exactamente, pero conocía los rituales de su tribu y me los enseñó a mí; yo también soy un indio navajo. —Al mirar el reflejo de mi silueta en un charco de la playa noté que tras la noche en vela mi aspecto no era muy aseado.

—¿Y para qué sirve hacer esas rayas en la arena?

—Para protegerse de la persecución del enemigo. Los guerreros navajos las usan para evitar que los alcancen las flechas y otros proyectiles de sus rivales.

—¿Y crees que ese truco podría protegernos de las bombas de los franceses?

Me di cuenta de que, si empezaba otro bombardeo, podía resultar peligroso estar al borde de la playa, por lo que decidí llevarme a la niña de allí.

—Este ritual fue utilizado por primera vez por unos jóvenes guerreros que lucharon contra un monstruo malvado y muy poderoso...

—¿Se llamaba Napoleón?

—Algo parecido, sólo que éste echaba fuego por los ojos y humo por la boca.

—Entonces debe de ser el mismo, porque el capellán que viene a decir misa a casa dice que Napoleón tiene cuernos y rabo y huele a azufre, como el demonio.

Esperé a que la marea borrase de la arena las rayas que había trazado y me llevé de allí a la niña, cuyos pies descalzos iban dejando huellas minúsculas sobre la arena húmeda.

—Si te vienes conmigo hacia la casa te contaré la historia de los Gemelos Guerreros y su combate con el gigante Yeit-só. ¿Cómo es que te dejan salir tan temprano de la casa?

—No se enteran de que me voy: me escapo por el portillo del jardín, y cuando la dueña llega a mi habitación para vestirme, ya estoy de vuelta en la cama y me hago la dormida.

—Veo que eres una chica muy valiente. ¿Cómo te llamas?

—Me llamo María, pero la dueña me llama Mariquilla.

—Yo te llamaré María, porque eres ya muy mayor. Ahora vayamos hacia la casa, no vaya a ser que la dueña te eche de menos.

Los grandes ojos de la niña se abrieron aún más bajo el efecto de la lisonja, y dándome la mano me siguió hasta lo alto del acantilado, donde me sentí más seguro. Mientras andábamos hacia la casa embarcada por el sendero de gravilla le conté a la niña una versión algo simplificada del combate del monte San Mateo, y cómo, tras cercenar la cabeza a Yeit-só / Napoleón, los cuates habían cortado los dos flujos de sangre que habían salido del cuello del gigante haciendo en el suelo con sus machetes de pedernal cuatro rayas rectas y cuatro en zigzag, para que el monstruo no volviese a revivir.

—Desde que se libró esa batalla, los guerreros navajos usan esas mismas marcas para protegerse del ataque del enemigo. Ahora que lo sabes tienes que guardar el secreto y sobre todo no se te ocurra trazar esas rayas si no estás en peligro, porque podría sobrevenirte una desgracia.

El encuentro con Cancelada

Tuve apenas tiempo de subir a la habitación y refrescarme la cara con el agua de la palangana cuando don Pedro salió de su alcoba, vestido de punta en blanco, y me dijo que lo acompañase al piso de abajo a recibir a una visita. Al bajar las escaleras, nos encontramos en el zaguán con un hombre de edad mediana embutido en un frac de paño oscuro que se mantenía de pie, muy erguido. Tenía una complexión cetrina y las cejas marcadas con un arco muy pronunciado; la frente, abombada, quedaba en parte oculta por los rizos del flequillo peinados a la francesa.

—Ruego que me disculpen por presentarme tan temprano —dijo al tiempo que se adelantaba al pie de la escalinata para saludar a don Pedro tendiéndole la mano, y a mí me dio un cachete con un gesto de familiaridad que me pareció algo forzado—. Sé que llegaron ayer en la *Intrépida*, y siempre procuro hablar con los viajeros procedentes de la Nueva España, que era mi segunda patria hasta que los envidiosos me obligaron a salir de allí. Pero, ¡torpe de mí!, hubiera debido empezar por presentarme: me llamo Juan López de Cancelada, he sido redactor de la *Gazeta* en la ciudad de México y aquí edito *El Telégrafo Americano*.

No hubiera sufrido mayor impresión si al pie de las escaleras nos hubiera recibido el diablo con cuernos y rabo que describía el capellán de la niña María. Así que aquél era el siniestro individuo cuyas intrigas y calumnias habían provocado según don Bartolomé la destitución de Iturrigaray y la ruina de mucha gente honrada; el mismo que, según el párroco de Siloé, había procurado mejorar la educación y saneado las finanzas de Guanajuato. Con un gesto instintivo me apresuré a cerrar el cuello de la túnica donde guardaba la carta para Iturrigaray, pues recordaba que Cancelada había sido un enemigo encarnizado del virrey.

Como si hubiese podido detectar una sombra de sospecha en aquellos recién llegados de México, Cancelada se apresuró a borrar de nuestras mentes cualquier connotación negativa:

—Quizá les habrán contado que me mandaron para Cádiz bajo registro de navío, acusándome de crímenes que no había cometido. Afortunadamente los miembros de la Regencia pronto remediaron esa injusticia; en cambio, mantuvieron en el Castillo de San Sebastián al anterior virrey Iturrigaray, que es el principal responsable de las conmociones que hasta hoy aquejan al virreinato, como explico en mi opúsculo *La verdad sabida y la buena fe guardada*, que luego les voy a entregar.

Don Pedro hizo un gesto como para decir algo pero el visitante alzó la mano para indicar que no había acabado aún su perorata. Así era don Juan López de Cancelada, convencido de la importancia de sus opiniones y muy poco dispuesto a tomar en consideración las ajenas. Afortunadamente en ese momento lo interrumpió la dueña Isabel, que nos ofreció pasar al comedor, donde humeaba una jícara de chocolate y había una gran fuente de rosquillas, ambas en una vajilla de fina porcelana blanca. La degustación de aquel delicioso refrigerio tras un largo ayuno nos vino de perlas, y también frenó momentáneamente la incontinencia verbal del visitante. Pero no bien hubo engullido un par de roscos espolvoreados con azúcar y mojados en chocolate, Cancelada pasó a contarnos en detalle su vida y milagros, que intentaré resumir a lo esencial.

El gacetista había nacido cerca de Villafranca del Bierzo, en el reino de León, desde donde pasó a Cádiz, cuando esta ciudad se encontraba en el apogeo de su actividad mercantil tras haber desplazado a Sevilla en el monopolio del comercio europeo y americano. De allí, había viajado a México, donde había realizado diversas actividades en la zona minera del Guanajuato, que es cuando lo había conocido el párroco de Siloé.

Antes de que le hubiese tocado con su varita mágica la musa literaria, Cancelada había realizado misiones políticas como espía y delator de los ciudadanos franceses para las autoridades virreinales. Gracias a esos contactos logró convertirse en editor de la *Gazeta de México*, principal diario de la capital, tras haber eliminado con malas artes, según había dicho don Bartolomé, a sus competidores del *Diario de México* y *El Diario Mercantil*.

Valiéndose de ese monopolio informativo, Cancelada había apoyado la conspiración del partido peninsular que, capitaneada por don Gabriel Yermo, había puesto en prisión al virrey Iturrigaray, sustituido primero por don Pedro Garibay y después por el arzobispo de México, Francisco Javier de Lizama y Beaumont. El estilo sensacionalista de la *Gazeta*, que ya le había costado la inquina de Iturrigaray, lo hizo caer en desgracia con el arzobispo, que acabó por deportarlo a España. Así habían vuelto a encontrarse del otro lado del océano el virrey depuesto y el panfletista que había contribuido a su desgracia.

El gacetista estaba muy orgulloso de haber publicado el escrito titulado *La verdad sabida y la buena fe guardada*, donde acusaba a Iturrigaray del origen de la revolución en la Nueva España, y nos comentó con gran satisfacción que, cuando aquel panfleto vio la luz, a punto estuvo de provocar el linchamiento del antiguo virrey por el populacho de Algeciras, donde entonces se había refugiado. Después de exponer tan ilustre trayectoria y de entregar a don Pedro un ejemplar del panfleto, Cancelada dio por terminada la visita, aprovechando también el momento en que ya no quedaban rosquillas de limón en la bandeja ni una gota de chocolate en la jarra del desayuno.

Mientras veía alejarse la silueta algo desgalichada de Cancelada, que andaba a saltos para evitar los charcos de agua salada que se habían formado en el sendero que corría junto al acantilado, me pregunté por qué ese hombre —que parecía un personaje influyente en el Cádiz de las Cortes— intentaba ganarse la amistad y confianza de aquel representante de una provincia americana pobre y desconocida, y sin ninguna experiencia en la arena política. Y, sin embargo, la respuesta era bastante sencilla: don Pedro tendría voz y voto en las Cortes, lo que Cancelada nunca conseguiría, pues no lo tolerarían los diputados americanos.

El diputado de Puerto Rico

El aposentador general le había advertido a don Pedro que la Secretaría de las Cortes tardaría unos días en entregarle el acta de diputado, pero el abuelo aprovechó ese tiempo para avanzar en las gestiones que le habían encomendado los ciudadanos de Nuevo México. En relación con la consulta del predicador don Francisco del Hocio, natural de Bilbao, Grijalba le recomendó al abuelo que tratase el tema con el diputado por Puerto Rico, don Ramón Power, que había cursado sus estudios de marino de guerra en el norte de España y tenía familiares en Bilbao. Un par de días después de nuestra llegada, Power nos citó en su casa a media tarde, al terminar las sesiones de las Cortes.

El diputado por Puerto Rico vivía en la calle del Molino, en una zona de la ciudad más céntrica y más alejada de las baterías francesas que la casa embarcada. Pero cuando el ayudante de Power, don Esteban Ayala, nos franqueó la entrada a la vivienda nos sorprendió la pobreza del mobiliario: el suelo era de baldosas comunes y las ventanas no tenían contraventanas, por lo que el viento y la humedad campaban por sus respetos en los oscuros pasillos.

Las paredes estaban tan desnudas de adornos como la cueva de un ermitaño y el único toque de color en aquellos muros mal enlucidos lo ponía un pequeño óleo que colgaba en el vestíbulo, aunque el asunto tampoco era muy alegre, pues representaba la escena de un naufragio. En el centro del cuadro se veía una barca de remos cuyos tripulantes sacaban del mar embravecido a un niño, cuya expresión lúcida y serena en aquel trance había querido destacar el pintor colocándolo en el primer plano de la composición. Al ver que el motivo del cuadro nos llamaba la atención, el ayudante nos explicó que aquella imagen reflejaba un suceso real, que ocurrió cuando el barco que llevaba a España al joven Power había naufragado frente a las costas de Cantabria;

al enterarse de aquel salvamento cuasi milagroso, la madre del diputado había pedido a un pintor de la Isla que reflejase el suceso en un cuadro para ofrecerlo como exvoto a la Virgen del Carmen.

Don Esteban Ayala nos hizo pasar por un largo pasillo hasta una sala tan inhóspita y mal amueblada como el resto de la vivienda, donde nos recibió el capitán Power embutido en una vieja casaca de marino de la que había quitado los galones para utilizarla como batín. Al ver al diputado en persona me sorprendió que sus rasgos de hombre maduro conservasen tanto parecido con el semblante infantil que aparecía en el cuadro del naufragio: era idéntica la mirada, al tiempo penetrante y tranquila, el mismo ademán serio sin dejar de ser amable, y pensé que quizás el pintor había conocido a Power en una etapa de su vida posterior al naufragio.

Don Pedro se sintió en la obligación de excusarse por haber llegado a Cádiz cuando ya había terminado la primera etapa de las Cortes y se había aprobado la Constitución:

—La gran distancia por tierra desde Santa Fe al puerto de Veracruz y los azares de la navegación no me han permitido incorporarme hasta ahora a los trabajos de las Cortes.

Pero Power lo tranquilizó con una sonrisa franca y hospitalaria:

—No tiene por qué preocuparse, pues a cada uno nos toca actuar de acuerdo con las circunstancias que nos rodean. Si yo pude llegar a Cádiz antes de que se celebrase la primera sesión, es porque la isla de Puerto Rico está más cerca y mejor comunicada con la península que la provincia de Nuevo México; tiene usted más mérito que yo de haber llegado hasta aquí.

Eso era precisamente lo que don Pedro estaba deseando oír, por lo que se limitó a estrechar efusivamente las manos del prócer entre las suyas. Power añadió:

—Además puedo asegurarle que aún queda mucho paño por cortar en las Cortes: todavía no se han resuelto algunos de los asuntos más importantes, como es el de la representación proporcional entre criollos y peninsulares, o el de la participación en las elecciones de indios y las castas… —al decir esto último, el diputado no pudo evitar echarme una mirada de reojo, antes de proseguir—: Así que aún puede procurar el bienestar de su provincia, de la misma forma que otros diputados lo hemos hecho para las nuestras.

—Pensando que usted fue el primer diputado americano que llegó a Cádiz y que yo seré de los últimos en incorporarme a las sesiones del Congreso, estoy seguro de que todas las indicaciones que pueda darme han de serme de gran utilidad.

De nuevo sonrió el capitán con aquella sonrisa franca que le iluminaba todo el semblante.

—Como yo llegué a Cádiz meses antes de que empezasen las primeras sesiones de las Cortes, también a mí me vendrá bien conocer la opinión espontánea y sin prejuicios de una persona que no se ha visto involucrada en los intereses de partido que han perjudicado el proyecto común. Parece que fue ayer cuando celebramos la primera reunión en el Teatro Cómico de la Isla de León, pero han pasado casi dos años: en ese tiempo los acontecimientos se han ido encadenando de tal forma que un suceso borraba la huella del anterior, como la aljofifa con lejía que usamos en las naves de guerra para fregar la cubierta después de una batalla.

Don Pedro comentó a su interlocutor que el mismo secretario de la Cortes que llevaba la noticia de la proclamación de la Constitución a México le había informado del desarrollo de las sesiones hasta entonces. También aprovechó esa ocasión para consultar al capitán el encargo que le había hecho don Francisco del Hocio sobre la deuda de un comerciante de Boston, que estaba aún pendiente de cobro por parte de la familia del predicador en Bilbao.

El encargo del predicador

Los documentos que le había facilitado al abuelo el fraile de Santa Fe incluían el albarán donde aparecían el puerto de origen y el de destino, el tipo de mercancía y las fechas del viaje, que coincidían con la época de la Guerra de Independencia de las colonias inglesas, a las que España había ayudado contra la metrópoli. El capitán Power echó un vistazo de experto al manifiesto de carga y la letra cuyo pago reclamaba la familia del predicador en Bilbao.

—En los años en que se produjo esta contienda yo ya estaba en España, estudiando para hacerme marino en la Escuela de El Ferrol, pero iba a visitar con relativa frecuencia a mi tío Tomás Manuel Power, que vivía en Bilbao; y conocí a varios miembros de la familia Gardoqui, cuya casa comercial había enviado bastimentos y armas a los rebeldes, por lo que al acabar la guerra el rey Carlos III nombró a don Diego María Gardoqui nuestro primer embajador ante el presidente Washington. Pero supongo que Gardoqui debe de haber fallecido ya, y he perdido la pista de la familia, pero aunque se trate de una deuda antigua, en el Consulado debe quedar constancia de esa transacción.

—Si usted cree, don Ramón, que en el Consulado de Bilbao guardarán todavía la documentación sobre esas transacciones, estoy dispuesto a desplazarme hasta allí para investigar este asunto y poder cumplir la promesa que le hice al predicador.

—Estoy seguro de que en el Consulado guardan copia de todas las transacciones comerciales desde tiempos inmemoriales, si no lo han quemado todo los franceses. Pero una vez que se libere Bilbao, podría entrar en contacto con alguno de mis parientes, que seguramente le ayudaría a rastrear los documentos de esa operación.

El marino esbozó una sonrisa de aprobación al constatar el interés que se tomaba don Pedro por el encargo de su paisano, y el abuelo lo notó:

—Si se presenta la ocasión no dude que iré hasta Bilbao, pues creo que de todas las instrucciones que he recibido de mis paisanos, ésta es la que tiene más enjundia.

Power se quedó un momento pensando antes de añadir:

—Si tanto interés tiene por ese asunto, le recomendaría que hablase con el antiguo regente, don Francisco Saavedra, a quien como secretario de Hacienda con el rey Carlos IV le correspondió reclamar la deuda que había contraído el Congreso norteamericano con su padre Carlos III. Por las manos de Saavedra ha debido de pasar toda la documentación relativa a los envíos que los navieros de Bilbao habían mandado a los puertos norteamericanos durante la Guerra de Independencia.

—¿Y cómo podría encontrar a don Francisco Saavedra? —preguntó el abuelo.

—Don Francisco reside ahora en Tetuán, porque los miembros de la primera Regencia fueron desterrados de Cádiz por las Cortes; pero suele visitarme cuando viene a Cádiz de incógnito. Yo le avisaré a usted la próxima vez que venga Saavedra, que sin duda es quien mejor podrá orientarlo sobre las posibilidades de esa reclamación, no siendo los propios comerciantes de Bilbao.

El templo submarino

Gracias a las gestiones de don Ramón Power con la Secretaría de las Cortes, y posiblemente también gracias a la influencia de Cancelada, pocos días después de esa conversación le dieron a don Pedro el acta de diputado. El primer día que se incorporó a su escaño el abuelo se puso un elegante frac de paño oscuro, que había adquirido por consejo del aposentador general en uno de los sastres de la ciudad y que hacía resaltar aún más el efecto majestuoso de la barba florida y del pelo blanco que le caía en cascada sobre los hombros.

Le dimos escolta hasta la sede de las Cortes el veterano Leiba con su casaca nueva y yo con mi traje de gala. En un día tan señalado eché de menos a don Bartolomé, que con independencia de otras cuestiones, seguramente hubiese estado orgulloso de ver al abuelo tomar posesión de su cargo; y de alguna forma yo sentía en mi fuero interno como si el honor de representar a Nuevo México le hubiera correspondido por derecho propio al escribano.

Habían tapiado la puerta principal del oratorio de San Felipe de Neri para dar más cabida en la nave a los bancos y sillas que ocupaban los ilustres representantes de la nación; el público tenía acceso a las galerías superiores por una entrada lateral, sobre cuya puerta se leía la indicación "Paraíso". Después supe que en Cádiz se aplicaba aquella denominación a las localidades altas de cualquier espectáculo.

Aquel edificio religioso convertido en foro de debate político ofrecía sin duda un espectáculo singular, tanto por la armonía arquitectónica del local como por la variedad de los atuendos de los diputados y por el empaque de los reyes de armas situados a ambos lados del presidente de las Cortes. Un telón de seda roja ocultaba el altar mayor, sobre el cual habían colgado un gran retrato de Fernando VII, y bajo ese dosel había un trono vacío, flanqueado por dos alabarderos de la Guardia Real.

Era un día caluroso de verano y, debido a la lejanía de la casa embarcada con respecto al centro de la ciudad y a la casaca de paño grueso que llevaba, llegué al "paraíso" sudando como si estuviese en el infierno. Tras emplear el poco resuello que me quedaba en subir las estrechas y empinadas escalinatas, cuando encontré un sitio al borde de la balaustrada y miré hacia abajo noté que me invadía una sensación de vértigo y mareo.

Los fustes de las columnas de piedra que soportaban la bóveda me parecieron los mástiles de un navío, y el gran telón que cubría el altar mayor y los cortinajes laterales que oscilaban suavemente me recordaban el movimiento del velamen bajo la brisa. Me sentí como si estuviese en el interior del pecio de uno de los muchos navíos que habían naufragado en la bahía de Cádiz.

En esos días andaba falto de sueño, pues había tomado la costumbre de seguir a doña Dolores cuando salía de casa al caer la noche, procurando que la viuda no se percatase de que tenía un silencioso acólito en su nocturno deambular al borde del mar. Y cada mañana, muy temprano, la niña María entraba en mi habitación y me despertaba, pidiéndome que le enseñase trucos de magia como el que me había visto hacer cuando me sorprendió pintando rayas con un palo sobre la arena de la playa. Mecido por las monsergas de los oradores que llegaban al paraíso desde la nave del templo, noté que poco a poco me iba venciendo el cansancio, y antes de que pudiese reaccionar me había quedado dormido.

Soñé que me encontraba en un país cuyo territorio se reducía a una ciudad amurallada, rodeada de mar por los cuatro costados, y la única lengua de tierra que la unía al litoral estaba bloqueada por las tropas de un poderoso ejército enemigo.

Soñé que los habitantes de aquella ciudad habían decidido inventar una nueva forma de gobierno y para ello habían hecho viajar hasta allí a ciudadanos de los más remotos rincones del globo. Sin prestar atención a la proximidad del ejército que los sitiaba y al fragor de sus cañones, aquellos ciudadanos se habían encerrado en un templo y deliberaban sobre una carta magna que remediase las injusticias y desigualdades derivadas del poder absoluto del mismo monarca al que profesaban una fidelidad inquebrantable, a pesar de la abyecta abdicación del soberano de sus derechos a favor de un tirano extranjero.

Soñé que, a pesar de todos los esfuerzos por ese proyecto, había resultado imposible que ese conglomerado de diputados de distintas procedencias, razas y culturas hiciese compatibles sus intereses. Soñé que, cansados de unas discusiones estériles, los pueblos de las provincias remotas decidían rechazar la soberanía de aquella diminuta ciudad y declarar su independencia para gobernarse con sus propias leyes.

Y cuando desperté con la angustia de esa pesadilla me di cuenta de que todo lo que había soñado estaba ocurriendo en la realidad.

Aún sentía en mis labios el regusto amargo del mal sueño cuando noté que alguien me tiraba de la manga de la casaca.

—Joven, hace usted mal en dormir, porque mientras descansa los gachupines le están escamoteando sus derechos.

—¿De qué derechos habla? —pregunté yo, frotándome los ojos, antes de reconocer a mi interlocutor—. ¿Y quiénes son los gachupines?

Quien me hablaba no era otro que el cura rebelde fray Servando Teresa de Mier, cuya menuda anatomía se perdía en un inmenso manteo de franela, ocultándose la cabeza en un capuchón de la misma tela. Aunque en la puerta de acceso al paraíso habían colgado un pasquín prohibiendo que el público llevase capa o capote, para evitar que bajo sus pliegues pudieran ocultar un bastón u otro instrumento contundente, aquel clérigo retaco llevaba un manteo tan amplio que bajo su vuelo hubiera podido cobijar un armón de artillería.

—¿Acaba de llegar de la Nueva España y no sabe usted quiénes son los gachupines? ¿No sabía que el grito del cura Hidalgo era "¡Viva el rey Fernando VII y mueran los gachupines!"?

Pensé que probablemente lo sabía, pero estaba todavía mareado por los efectos de la inmersión en el templo submarino. El cura rebelde siguió hablando:

—Los gachupines son los mismos aquí y allá: allí han aplastado sin compasión el grito de libertad y, aunque aquí hablan de otorgar ciertas concesiones a los territorios de ultramar, utilizan todas las triquiñuelas para privarnos de nuestros derechos. ¿No ve que están negando la posibilidad de votar a los negros y a las castas? Atienda a lo que están discutiendo en estos momentos, pues como miembro de las castas lo afecta a usted directamente.

—Yo no pertenezco a ninguna casta, soy un indio navajo criado por españoles. En nuestra provincia nos llaman genízaros.

El cura rebelde me miró intensamente con unos ojos que destilaban malicia.

—¡Pues si no es usted parte de las castas, que venga Dios y lo vea! ¿Nunca se ha mirado al espejo? ¡Nunca había visto a un muchacho indio de pura raza con los ojos claros!

Aquel golpe me pilló desprevenido, pues nunca me había preocupado por saber por qué el color de mis ojos era azulado en vez de negro o castaño, como los tenían la mayoría de los otros muchachos navajos. Sin embargo, tuve la presencia de ánimo de contestarle a aquel deslenguado:

—Yo confío y espero, señor cura, que el color de los ojos no refleje el carácter de la persona que los lleva en la cara, porque en ese caso vuestra merced tendría el alma tan negra como el pecado.

—¡Vaya, conque el indito nos ha salido deslenguado! En vez de insolentarse con quien sólo desea su bien, haría usted bien en escuchar lo que están diciendo en el estrado, para silbar y patalear cuando acabe el orador, como pienso hacer yo.

Dicho esto, fray Servando se arrebujó en su capote y se fue de mi lado, seguramente con la intención de ir a soliviantar a otras personas en la galería. Mientras hablaba con el fraile rebelde, miré hacia la tribuna de la prensa y noté que Cancelada no me quitaba el ojo. No bien hubo acabado la sesión, se acercó a mí para preguntarme qué me había contado el hombre del gabán. Le contesté que no me había enterado bien porque estaba medio dormido.

—¡Pues le recomiendo que tenga usted mucho cuidado con ese individuo, que sólo echa sapos y culebras por la boca! Ése es el cura renegado que viajó con ustedes en la *Intrépida* bajo registro de navío, por haber puesto en tela de juicio el milagro de la Virgen de Guadalupe. Y aunque iba destinado a purgar sus culpas en la celda de un convento, se ve que en esta ciudad los maleantes andan sueltos.

La alcoba de la viuda

Esa noche, tras regresar a la casa embarcada y despojarme de mi traje de ceremonia, espié la salida de la viuda para seguirla en su recorrido entre los escollos y las grutas que quedaban fuera del agua en la pleamar. Aunque utilicé las tretas que había aprendido de los apaches para seguir a mi presa sin ser visto, escurriéndome de roca en roca e intentando que mi silueta se fundiese en la penumbra, la viuda debió de percatarse de mi presencia, porque a la vuelta me aguardaba tras el portón de la casa y se encaró conmigo.

—¿Por qué ha estado usted siguiéndome en la playa todas estas noches? —me preguntó doña Dolores, apretándome el brazo con una mano trémula cuyo calor sentí a través de mi túnica—. ¿No comprende que estoy buscando la soledad para entregarme al recuerdo de un ser querido?

Aunque me sentí desfallecer ante la presión de aquellos dedos que reflejaban la tensión interior de la desgraciada, acerté a contestarle:

—He notado que usted se interna demasiado en la playa y podría sorprenderla un golpe de mar, y sólo quería poder socorrerla si le hubiese sobrevenido algún percance —confiaba en que aquella excusa serviría para tranquilizarla, pero la intensidad de aquellas pupilas me obligó a decir lo que de verdad sentía—: Por rastrear sus despojos entre las rocas no va a devolverle la vida a don Cristóbal y, además, ¿no se le ha ocurrido pensar que con el trajín de su búsqueda puede estar perturbando la paz de los ahogados?

Los ojos de la mujer lanzaron un destello de sorpresa y se acercó aún más a mí al preguntarme:

—¿Por qué menciona usted la paz de los ahogados? ¿Acaso puede usted saber lo que ocurre allí abajo?

—Al menos puedo imaginarlo. Una de estas noches bajé en sueños al fondo del mar y pude constatar cómo viven en el mundo de los náufragos.

—¿Y encontró usted a don Cristóbal al fondo de la bahía? —la mujer se apretó contra mí de tal forma que sentí el calor de su pecho aplastándose contra el mío—. ¡Por lo que más quiera, cuénteme qué fue lo que vio allí!

—Yo diría que su marido se ha acostumbrado a ese pacífico mundo submarino y no desea volver al mundo de los vivos, lleno de desengaños y disgustos... Y pienso que seguramente don Cristóbal prefiere que usted y su hija María lo recuerden como un hombre apuesto y cabal, no como una piltrafa humana carcomida por los peces y la humedad.

—¿Le dijo a usted eso don Cristóbal? —la pregunta sonó como el aullido de una loba herida.

—En verdad no sé si lo viví o lo imaginé, pero no sería la primera vez que mis visiones acaban convirtiéndose en realidad.

Todo el cuerpo de la viuda se abandonó en un llanto suave que repercutía en mis entrañas; sus lágrimas me quemaban la piel y sorbí ansiosamente el aroma de su pelo. Al cabo de un momento se recuperó, y con el talle muy erguido la mujer se dirigió a mí:

—Hace tiempo que en lo más profundo de mi corazón llevo intuyendo lo mismo que usted acaba de decirme, pero es la primera vez que alguien se atreve a decírmelo a la cara. Me había jurado a mí misma que a quien me librase de la obsesión que me ha estado torturando desde la muerte de mi marido le daría una recompensa muy especial… y estoy dispuesta a cumplirlo —la mujer hurgó nerviosamente en un bolsillo del capote y sacó una pequeña llave que me entregó con la mano trémula—. Ésta es la llave de mis aposentos; espere a que la casa esté en completo silencio y suba por la escalera posterior.

Me quedé un rato con la espalda apoyada en las tablas carcomidas del portón, por donde se colaban los efluvios de la brisa marina, incapaz de reaccionar. De buena gana hubiera salido corriendo, buscando refugio en la oscuridad, pero en la mano me quemaba la llave que me había dado la viuda. Esperé a que la casa estuviese completamente callada para subir la escalera que daba a los dormitorios del piso superior.

Cuando metí la llave en la cerradura de la alcoba el corazón me latía tan fuerte que pensé que retumbaba en toda la casa. Pero en cuanto crucé el dintel de la puerta había perdido el miedo: sabía que el mismo destino que me había hecho superar todos los obstáculos del viaje me había llevado hasta allí. El resplandor de la luna iluminó el cuerpo de la mujer que me esperaba con las enaguas blancas esparcidas a sus pies como un tulipán abierto.

Yo había tenido escarceos amorosos con las muchachas apaches con las que me citaba en la espesura de un carrizal y había acariciado sus pezones afilados como saetas y había metido los dedos en la entrepierna salpicada de un vellón muy suave; pero habían sido fintas amorosas inconclusas porque aquellas muchachas querían llegar vírgenes a la ceremonia de la pubertad para tomar al amanecer por la ruta del Sol. Como había hecho la Mujer del Blanco Abalorio cuando tuvo su primera menstruación: por eso los apaches llamaban a la doncellas "Las-que-no-han-sido-aún-tocadas-por-la-luz-del-Sol".

El contacto de la piel luminosa de la viuda me produjo un placer mucho más intenso que aquellos tocamientos juveniles, y al lamer sus pechos saboreé el gusto a sal y a yodo que se le había pegado a la piel en sus correrías junto al mar. Mi mástil se introdujo en la estrecha cavidad tapizada por un musgo suave y abundante como se desliza el cuerpo cimbreante de una anguila por la hendidura de una roca. Una y otra vez me derramé en los recovecos de la gruta mientras la mujer se mordía los dedos para sofocar sus gemidos de placer, hasta que le brotaron gotas de sangre.

La mujer del blanco abalorio es fecundada por el Sol

Empezaba a despuntar la luz del alba sobre la superficie de la bahía cuando salí de la habitación y me metí entre las sábanas de hilo de mi cama, cuyo roce me pareció como de esparto en comparación con el tacto de la piel que acababa de acariciarme. Pero apenas me había dormido oí la vocecita chillona de María que llamaba a la puerta de mi habitación:

—¡Vamos, vamos, que se está haciendo tarde y ya empieza a subir la marea! Hoy se te han pegado las sábanas, como suele decirme el ama.

Me vestí lo más rápidamente que pude y bajé con la niña a la playa, donde el reflujo de las olas empezaba a inundar la arena brillante. Otros días a esa hora el sol estaba emboscado en una capa de neblina, pero esa mañana sus rayos iluminaban la bahía, sacando destellos multicolores en la espuma de la rompiente. Me senté en la arena en la misma posición que tomaba Padilla cuando me contaba aquellas historias y empecé a relatarle a la niña la historia de la Mujer del Blanco Abalorio:

—Un día, la Mujer del Blanco Abalorio se sintió sola y se alejó caminando de su cabaña. Se sentó en un lugar soleado y empezó a jugar con su pelo. Era mediodía y el Sol estaba en su cenit. Entonces la Mujer se tumbó allí y se quedó dormida. Y cuando se despertó, se sintió cansada y sudorosa, como si alguien se hubiera arrimado a ella durante el sueño. Vio huellas que venían del este, igual que si alguien se hubiera aproximado y luego se hubiese alejado; rezó por que no hubiera sido el gigante Yeitsó, que ya había venido a verla de vez en cuando. Sabía que a veces los gigantes raptaban a las doncellas.

"La Mujer se levantó e iba a emprender el camino de regreso a casa cuando alguien la detuvo, y al volverse, vio a un forastero de apariencia radiante. Nunca había visto a un ser tan hermoso. 'Cuando vuelvas a casa —le había dicho el desconocido— debes limpiar bien en torno a tu cabaña. No dejes una sola brizna de suciedad en torno a tu hogan. Después de cuatro días, volveré a visitarte.' E inmediatamente se esfumó ante sus ojos.

"Durante cuatro días la Mujer se dedicó a limpiar en torno de su cabaña. Y dejó su hogan tan limpio como los chorros del oro. Esa noche se quedó pensando en qué significaba todo aquello. Con esa preocupación, se quedó desvelada, y se incorporó. Se quedó sentada en el hogan hasta que casi estaba amaneciendo. Después de aquella hora, pensó que ya no ocurriría nada y se fue a la cama. En ese momento llegó él, se acostó a su vera y tuvo relación carnal con ella sin que ella se enterase. Cuando él ya había acabado, la Mujer se despertó de golpe e intentó agarrarlo, pero él había salido ya, así que su mano no asió más que el viento.

"Después de ocurrir aquello, empezó a sentirse mal. A los dos días se dio cuenta de que iba a tener un niño, y a los cuatro días dio a luz. Era un varón. La Mujer tenía miedo de los monstruos que devoran a los niños recién nacidos, y pensó en esconderlo. Después de dar de mamar al niño hizo un agujero junto al fuego, y lo colocó allí, y después lo cubrió con una piedra plana y tierra. De esta forma el niño se calentaba con las brasas del fuego, y en cambio nadie podía verlo ni oírlo llorar.

"Entonces la Mujer decidió ir a lavarse, y se fue al borde del cañón. Se sentó bajo la cascada que caía en una gruta y dejó que el agua corriese por sus piernas y su cuerpo, incluso remojándose la entrepierna, hasta que estuvo limpia. Pero en el momento en que el agua se le coló entre las nalgas, brilló un rayo de Sol por debajo de la cascada, y la Mujer sintió de nuevo un escalofrío que le recorría todo el cuerpo como en el acto de amor.

"El lugar donde la doncella fue fecundada por el Sol fue llamado 'Adonde-la-luz-del-Sol-llega-por-primera vez'.

"A los dos días se dio cuenta de que iba a tener otro niño, y a los cuatro días volvió a dar a luz. Hizo otro agujero al fondo del primero y puso dentro al otro niño. La mujer tenía miedo de los cuervos, los búhos y los buitres, que eran los espías y mensajeros del gigante Yeit-só".

Los diputados americanos

Pocos días después de haber obtenido el acta de diputado, don Pedro recibió una invitación de don José Ignacio Beye Cisneros, diputado por el Ayuntamiento de México, para ir a su casa, donde solían reunirse los representantes de las provincias de ultramar. Se decía que el Ayuntamiento de México había dotado a su representante con una asignación de doce mil pesos anuales, por lo que Beye Cisneros ocupaba con su numeroso séquito una casa espaciosa en el centro de la ciudad, donde atendía a sus visitas con chocolate y otros refrigerios.

Aunque yo no necesitaba que me recordasen la carta al ex virrey Iturrigaray que llevaba colgada al pecho, apenas estuvimos sentados nuestro anfitrión distribuyó entre los presentes ejemplares de un escrito titulado "Discurso que publica don Facundo de Lizarza vindicando al excelentísimo señor don José Iturrigaray de las falsas imputaciones de un cuaderno titulado por ironía *Verdad Sabida y Buena Fe Guardada*".

—Los autores de este documento pensamos que la prisión y destitución del virrey Iturrigaray —dijo nuestro anfitrión mientras entregaba el folleto al abuelo— es lo que ha provocado el descontento popular en México, y por lo tanto es el verdadero origen de las actuales conmociones, precisamente lo contrario de lo que indica el panfleto de Cancelada.

Aunque figurase otro nombre como autor del documento, por el fervor y entusiasmo con que lo defendía era evidente que el verdadero artífice del escrito era el propio don José Beye Cisneros.

A continuación tomó la palabra don Miguel Ramos Arizpe, diputado por Coahuila, un hombre de aspecto robusto, con un mechón de pelo castaño rebelde y unas cejas negras muy pobladas, y la tez cobriza, por lo que sus compañeros lo apodaban el Comanche.

—A mí tampoco me cabe la menor duda de que el ver atacado y preso a un virrey por unos cuantos sediciosos fue un pésimo ejemplo para un pueblo que hasta entonces había sido sumiso y respetuoso con la autoridad.

Y tras recogerse el manteo eclesiástico con un gesto teatral, el Comanche añadió:

—Porque si se considera justificado que don Gabriel Yermo formase juntas nocturnas y clandestinas para acometer al primer jefe de la Nueva España, ¿acaso no debería ser lícito que el mismo virrey formase juntas en plena luz del día para tranquilizar las inquietudes del pueblo que temía ser entregado a los franceses?

Cuando se le caía el manteo al gesticular, don Miguel se lo recogía con un ademán impaciente, como si aquella prenda clerical fuese algo ajeno y postizo a su persona; y en cualquier caso, la forma de expresarse de aquel hombre me pareció más propia de un político que de un sacerdote.

—Probablemente soy yo el menos preparado de todos ustedes para hablar de estas cuestiones —dijo finalmente don Pedro, en cuyo semblante había notado un gesto de impaciencia ante tanta verborrea—, pero por otro lado soy yo quien más recientemente ha llegado de América y puedo asegurarles que si no somos capaces de arbitrar medidas urgentes para que esos territorios no se hundan en la miseria, no debemos malgastar un tiempo precioso dilucidando cuestiones que ya no van a afectar al curso de los acontecimientos...

—Usted ha vivido en una provincia remota, alejada de estas intrigas —lo interrumpió Beye Cisneros con el tono de voz alterado—, pero debe comprender que los que presenciamos y sufrimos aquellas turbulencias queramos esclarecer las nefastas consecuencias de esa conspiración y dejar constancia ante la opinión pública de que aquellos vientos han sido los que han causado las presentes tempestades.

—Fuera cual fuera el origen de la tempestad, lo importante es que entre todos achiquemos el agua para que no se hunda el barco —respondió don Pedro con una vehemencia poco común en él—. Puedo asegurarles que en mi viaje desde El Paso hasta el puerto de Veracruz sólo he visto miseria, muerte y desolación. He llegado a toparme en el camino con algunas familias que, de tanta hambre y miseria como habían pasado, hasta se les había olvidado ingerir los alimentos y se ahogaban con un mendrugo de pan.

Los asistentes habían guardado un silencio respetuoso ante el relato emocionado de aquel hombre de barba blanca a quien los otros diputados darían el apodo de "el Abraham de Nuevo México", por su parecido con los patriarcas que solían representar en las estampas bíblicas. Pero me dio la impresión de que todos y cada uno de aquellos diputados se consideraba en posesión de la verdad y no estaban dispuestos a escuchar las razones del contrario. En ese momento me vino a la cabeza la primera reunión de los notables de Nuevo México en torno a la mesa del gobernador; a pesar de las diferencias de sus convicciones, ellos también pensaban que tenían el monopolio de la verdad: tanto los diputados americanos como los prohombres de Santa Fe se consideraban "gente de razón".

La corte de los naufragios

Aquella noche, al regresar a la casa embarcada, no me sentía con fuerzas para esperar agazapado en la escalera a que todo se quedase en silencio para entrar en la alcoba de la viuda. Apenas oscureció me deslicé por el portón en dirección a la playa, aunque mientras caminaba miraba de reojo la luz de la lámpara que brillaba en la ventana de la habitación de doña Dolores, como una luciérnaga que con su tenue parpadeo me invitaba a regresar.

Había aprendido a recorrer en la oscuridad el abrupto sendero que bajaba por el acantilado hacia el mar y, aunque un hato de nubarrones cubría el resplandor de las estrellas, no me costó encontrar la cavidad rocosa donde me había refugiado la primera noche en que había bajado al valle submarino. Y apenas recliné la cabeza en un saliente de la roca, noté que me invadía un intenso sopor y que mi conciencia se hundía en las aguas profundas de la bahía.

Me vi caminando de nuevo por un sendero arenoso escoltado por monolitos de roca, iluminados por la aureola fosforescente de las plantas acuáticas y las bandadas de medusas. Al llegar al valle que había visitado en mi sueño anterior encontré al escribano sentado sobre la misma piedra y leyendo en la misma postura, aunque no tenía en sus manos el mismo libro que en la inmersión anterior, sino el documento sobre Iturrigaray que habían presentado esa misma tarde en casa de Beye Cisneros. No me sorprendió que ese escrito hubiera llegado tan pronto a manos de don Bartolomé, pues incluso cuando vivía aislado en el galpón había conseguido estar al corriente de lo que ocurría en el resto del mundo; pero me causó cierta desazón que la sombra del antiguo virrey pudiera proyectarse hasta el fondo del mismo océano.

Al verme llegar, don Bartolomé me recibió con aquella sonrisa algo inexpresiva que yo bien conocía, aunque creo que la permanencia en el líquido elemento le había acentuado la transparencia de su semblante, que ya de por sí era algo desvaído.

—Vaya, Juan, creía que se había olvidado usted de mí. Pensé que viviendo en esa casa que está cerca del mar, iba a bajar a visitarme con más frecuencia.

Intente balbucir una excusa pero noté que, antes de que pudiese completar la frase, mis palabras se convertían en burbujas que ascendían rápidamente hacia la superficie. Pensé que ojalá en la vida real los embustes se convirtiesen en burbujas, pues sería más fácil notar si alguien no estaba diciendo la verdad.

—Últimamente este valle se ha animado con la visita de personas procedentes de otros naufragios. Parece que los fuertes monzones que en esta época se originan en el Golfo de México han empujado hacia estos fondos marinos a algunos personajes de ultramar… o quizá más bien debería decir de ultratumba —y la boca del escribano se frunció en una media sonrisa, celebrando su propio juego de palabras.

En ese momento vi que se acercaba hacia nosotros un individuo cuyo perfil me resultaba vagamente familiar: iba cubierto con un manteo de los que usan los clérigos, y la forma con que se recolocaba aquel capote me recordó al gesto que había visto hacer esa misma tarde a don Miguel Ramos Arizpe. Pero en seguida pensé que el diputado por Coahuila no podía formar parte de la Corte de los Ahogados, pues acababa de verlo en casa de Beye Cisneros derrochando energía y vitalidad. Además, según se acercaba por el sendero noté que aquel cura era de talla más menuda y que sus hombros eran menos fornidos que los del diputado de Coahuila.

De pronto me fijé que la mano que no recogía el manteo la utilizaba para mantener en su sitio la cabeza, que un tajo profundo había separado del tronco. Por aquel macabro detalle me percaté de que quien se acercaba a nosotros no era otro que don Miguel Hidalgo y Costilla. Afortunadamente, al verlo más de cerca me pareció que el semblante del cura estaba algo menos crispado que cuando lo había visto expuesto al público en la Alhóndiga de Granaditas. Aparte de que se tapaba con la mano la ranura del cuello para evitar que se le fuera la voz, su alocución sonaba casi normal:

—La fuerza de las corrientes ha debido arrastrarnos a un lugar muy lejano, pues noto que aquí hace incluso más humedad que en las mazmorras de Chihuahua —se quejó Hidalgo, tapándose con un pañuelo la nariz para evitar que un simple estornudo le hiciera perder la cabeza—. Cuando los sacerdotes gachupines me despojaron de la vestimenta sacerdotal también me arrancaron del pecho la imagen de la Virgen de Guadalupe, y me temo que sin esa protección voy a agarrar una buena pulmonía.

—Generalísimo, acérquese donde yo estoy —le dijo don Bartolomé—; al socaire de esta piedra se está mejor, porque la roca protege de las corrientes submarinas.

El cura se quedó mirando al escribano como si estuviese haciendo un esfuerzo por reconocerlo.

—Creo, caballero, que nos hemos visto en algún sitio antes, pero no recuerdo dónde ni cuándo. En todo caso, puede apearme el tratamiento de generalísimo, porque desde que perdí la batalla del Puente de Calderón ninguno de mis hombres me ha vuelto a llamar así. ¿Pero no le importaría recordarme dónde nos conocimos?

—No me sorprende que no pueda acordarse de mí, pues nos vimos una sola vez y hace ya tiempo, cuando ambos participamos en las tertulias literarias en casa del corregidor don Miguel Domínguez. Yo servía entonces como escribano en el ayuntamiento de Querétaro, pero tuve que salir de allí a raíz del golpe de Estado de don Gabriel Yermo.

El cura hizo un gesto afirmativo, al tiempo que se daba un pequeño golpe en la frente con la mano libre.

—Ahora que lo dice, sí que lo recuerdo. ¡Dichosa cabeza la mía! Pero, en cambio, recuerdo perfectamente la consistencia del chocolate que nos daba la mujer del corregidor, doña Josefa Vergara, que era muy sabroso; fue gracias a esa mujer como pude enterarme, por Allende, de que se había descubierto la conspiración en Querétaro. Pero lo cierto es que agua pasada no mueve molino. Dígame: ¿a usted también lo ejecutaron los gachupines?

—No, me atacó la fiebre amarilla cuando acababa de embarcarme para Cádiz.

—Bueno, bien poco es lo que hubiera conseguido participando en esa asamblea espuria. ¡Fíjese que ni siquiera quise aceptar el indulto que me ofrecían estas Cortes de pacotilla!

En ese momento vi que se acercaba a nosotros otro náufrago, que al oír lo que acababa de decir Hidalgo exclamó desde lejos:

—¡Alabado sea Dios, lo que uno tiene que escuchar!

Reconocí a don Ignacio María de Allende, que había sido el principal lugarteniente del cura, y recordaba cómo se había resistido al ir a detenerlo en las norias de Baján. Aunque también tenía que sujetarse la cabeza para no perderla en el camino, Allende descendía a paso rápido el sendero submarino y venía profiriendo improperios contra quien había sido su jefe y mentor, al que se encaró al llegar a donde estábamos.

—Si ésos eran sus sentimientos, señor cura, hubiera podido comportarse ante el tribunal militar de Chihuahua con más dignidad y no intentar congraciarse con nuestros verdugos traicionando a quienes habíamos dado nuestras vidas y haciendas por la revolución… Por si lo ha olvidado, aquí tengo una copia de su declaración.

Don Ignacio se sacó de un bolsillo de la casaca un papel perforado por innumerables impactos de bala que leyó con el mismo tono declamatorio que usan los pregoneros:

"Honrad al rey, porque su poder es dimanado del de Dios: obedeced a vuestros prepósitos, porque ellos velan sobre vosotros como quienes han de dar cuenta al Señor de sus operaciones. Sabed que el que resiste a las potestades legítimas, resiste a las ordenes del Señor: dejad pues las armas; echaos a los pies del Trono, no temáis a las prisiones ni a la muerte; temed, sí, al que tiene poder, después de que quita la vida al cuerpo, de arrojar el alma a los infiernos."

Hidalgo hizo ademán de contestar, pero al abrir demasiado la boca se le metió por el gañote un buche de agua salada y sufrió un ataque de tos, que Allende aprovechó para proseguir:

—¿No cree, generalísimo, que podía haberse ahorrado esa abyecta claudicación? Sobre todo porque, como habrá comprobado, no le ha servido ni para congraciarse con sus jueces terrenales ni con los jueces divinos, que lo han condenado a pagar sus culpas en este purgatorio húmedo y fangoso.

—Se equivoca al decir eso, Allende, como se equivocó en vida en otras muchas cosas. ¿No se le ha ocurrido a usted pensar que ese arrepentimiento es lo que nos ha salvado de las llamas del infierno, tras haber cometido tantos desmanes y abusos? Siento no tener a mano sus declaraciones en el juicio, pues podría demostrarles la forma mezquina en que usted quiso salvar su pellejo, pero evito llevar documentos en lugares con tanta humedad, por miedo de que se corra la tinta...

La conciencia de la realidad a veces se mezcla con las más descabelladas fantasías, y en medio del sueño me acordé de que había bajado al fondo de la bahía con la carta del escribano colgando del pecho, y que podía haberse dañado. Afortunadamente, la bolsa donde guardaba la carta era de lona embreada, y por lo tanto impermeable, por lo que me quedé algo más tranquilo.

Enzarzados en el calor de la discusión, a pesar de la frialdad del ambiente submarino, los dos cabecillas rebeldes se acusaron mutuamente de oportunismo y deslealtad, y sólo fueron capaces de dominar sus andanadas verbales las baterías de los franceses, que empezaron a disparar sus cañones en la superficie, cubriendo con el eco de sus explosiones el fragor de la discusión.

La prima del virrey

Por un comentario de la dueña Isabel me había enterado de que la viuda de don Cristóbal era prima de doña María Francisca Inés de Jáuregui, esposa del propio virrey Iturrigaray, y que incluso tenía relación de parentesco directamente con la viuda, que había nacido en Cádiz durante un destino militar de su padre.

Pensé que quizás a través de aquella relación familiar podía hacer llegar a su destino la carta de don Bartolomé, y aproveché para sacar el tema a colación una mañana en que la viuda me invitó a dar un paseo por el sendero que corría cerca del mar. La propia doña Dolores debió de notar que estaba preocupado, porque me preguntó:

—¿Qué le ocurre, Juan de los Reyes? Lo noto taciturno y como ausente. Espero que nuestra relación no sea para usted motivo de zozobra.

—Le aseguro, doña Dolores, que mi preocupación nada tiene que ver con nuestra relación, que me produce una gran alegría; pero estaba recordando la obligación que he contraído con una persona ya fallecida a la que quería y respetaba mucho, y que me hizo en su lecho de muerte un encargo que hasta el momento no he podido cumplir.

—Si en algo puedo ayudarlo, no dude en decírmelo, y puede confiar en que guardaré ese secreto hasta la tumba.

Comprendí que tenía asegurada su reserva, no sólo porque una dama de su alcurnia estaba obligada a honrar su palabra, sino porque la viuda nunca podría revelar una confidencia mía, pues sería tanto como admitir la intimidad de nuestra relación. Así que proseguí:

—El que durante un tiempo fue mi maestro y tutor en Nuevo México me confió una carta reservada para ser entregada en mano al antiguo virrey de México, don José Iturrigaray. Pero en el tiempo que llevo en Cádiz no he encontrado ni el medio ni la ocasión de cumplir la promesa que hice a mi maestro, y es eso lo que me tiene preocupado.

La bella faz de la viuda se iluminó con una sonrisa que me recordó la mueca picaresca que hacía su hija María cuando estaba a punto de cometer alguna travesura y le nacían dos hoyuelos en las mejillas. Sin preocuparse de que alguien pudiera estar observándonos, doña Dolores me tomó las manos en las suyas, y con una alegría infantil me dijo:

—Si eso es todo lo que lo aflige, le aseguro que ese problema tiene fácil solución. Conozco al antiguo virrey y a su esposa, que es contrapariente mía, aunque hace tiempo que no los veo. Esta misma mañana les mandaré un billete a mis primos diciéndoles que esta tarde les haré una visita en su casa, y usted vendrá conmigo. Aunque para ir allí tendrá que ponerse una casaca de mi difunto esposo, pues para no levantar sospechas voy a presentarlo como mi ayudante o secretario.

Una vez más, tuve que vestirme con la ropa que había pertenecido a otra persona, como cuando mi madrastra me obligó a ponerme el traje de novio de su difunto esposo para ir al palacio del gobernador. Me asaltó cierto sentimiento de culpabilidad recordando cómo me había resistido a ponerme la chaqueta de paño y los botines de charol de don Benigno Baca, pero en cambio me había sentido halagado cuando la viuda de don Cristóbal me ofreció la elegante levita oscura y el fajín de raso del capitán.

Mi corazón casi explotó de alegría cuando vi que el mozo de la casa enjaezaba una collera de caballos que la viuda tenía en el corral y los enganchaba a una calesa que llevaba en la portezuela el escudo de los Allende-Salazar, con sus caballitos de mar y sus tritones rampantes, lo que me hizo recordar la carroza en la que viajaba el indio Guichí. Pero aún me quedé más impresionado cuando doña Dolores bajó las escaleras de mármol con un traje de muselina blanco, el pelo cubierto con una redecilla y un chal blanco, y los pies menudos embutidos en unos chapines de charol de un blanco marfil. La viuda se había convertido para mí en la Mujer del Blanco Abalorio.

Una vez que nos subimos a la calesa, el cochero dio un latigazo a los caballos, que relincharon bajo el castigo y salieron trotando por el camino que corría paralelo a la muralla. Cuando llegamos al paseo de La Alameda —por donde a esa hora de la tarde circulaba medio Cádiz—, la gente se volvía al vernos pasar y noté que algunos cuchicheaban a nuestras espaldas. Ignoro lo que sentiría el indio Guichí cuando entró en la misión de Pecos repanchingado en la carroza de ruedas relucientes, pero aquellos murmullos que reflejaban una mezcla de desaprobación y envidia me hicieron hincharme como un pavo.

Al llegar a la mansión de don José Iturrigaray —situada en la calle de San Miguel, semiesquina de la famosa Calle Ancha, donde se encontraban las más famosas tertulias y cafés de la ciudad—, el coche entró hasta el interior de un patio espacioso, donde dos lacayos de librea nos ayudaron a bajar de la calesa y nos invitaron a subir los peldaños de mármol de una escalinata que llevaba a una galería alumbrada con esbeltos candelabros, que me parecieron superfluos dado que el sol de la tarde entraba a raudales por las vidrieras del cierre. Una orquesta de cámara tocaba una sutil melodía cuyos acordes apenas se apreciaban, sofocados por el murmullo de voces que brotaba por las puertas abiertas del salón principal.

Al entrar en aquel salón tuve que pellizcarme para comprobar que no estaba de nuevo soñando, pues aquel escenario encajaba con otro momento en el tiempo y con otro lugar en el espacio: las damas iban vestidas con abultados volantes y faldas con miriñaques y los caballeros llevaban pelucas empolvadas y levitas de raso bordado en oro, con camisas de blonda y chupas de terciopelo. Yo pensaba que aquel estilo de vestir tan recargado había sido eliminado en tiempos de la Revolución francesa, al tiempo que la guillotina había cercenado las cabezas de los aristócratas que lo habían practicado.

Al ver llegar a doña Dolores, la esposa del ex virrey, doña María Francisca Inés de Jáuregui, se apartó aleteando de un grupo de elegantes cotorras para recibir a la viuda con un abrazo tan efusivo que estuvo a punto de echar a pique la nave de varios puentes de su peinado.

—Te agradezco de corazón que vengas a visitarnos, Dolorcitas, pues sé que apenas sales de tu casa desde lo que ocurrió con el pobre Cristóbal. El virrey y yo hemos pasado momentos difíciles y necesitamos el apoyo de nuestros amigos y familiares, y sabes que tú eres una de nuestras amistades preferidas. Me vas a disculpar que te reciba con este *deshabillé* tan informal, pues como ya sabrás, gran parte de mi vestuario y mis joyas fueron robados cuando entraron en nuestra casa en México; y lo poco que nos dejaron aquellos desarrapados nos lo quitaron nuestros propios guardianes cuando estuvimos presos en el presidio de San Juan de Ulúa, antes de tomar el barco que nos trajo a Cádiz.

La antesala del virrey

Una vez que doña Francisca hubo desgranado el rosario de sus desgracias, doña Dolores llamó a su prima a un lado y, señalando en mi dirección, le susurró al oído:

—Este joven acaba de llegar de México y trae un mensaje confidencial para el virrey.

Noté que al oír aquello en el semblante de la dama se producía una repentina transformación: se había despojado de la careta de cortesana parlanchina asumiendo el gesto inescrutable de una hábil conspiradora. Y, tras echar un vistazo a su alrededor para comprobar que nadie había escuchado lo que le había dicho su prima, me hizo un gesto para que la siguiera a otra habitación más pequeña y redonda, que era la antesala de otro cuarto cuya puerta estaba cerrada. La virreina dio tres golpes a espacios regulares con los nudillos en esa puerta exquisitamente labrada, y después giró el picaporte y asomó la cabeza por la rendija.

Dentro se oyó la voz de un hombre que protestaba por la interrupción, pero la virreina insistió:

—Don José, tengo conmigo a un joven que necesita hablar contigo en privado; dice que viene de México... —la misma voz dijo algo en tono aún más irritado—: Está bien, le digo que espere aquí, pero no te olvides de él.

Sin más explicaciones, la dama señaló una butaca donde sentarme y me dejó solo en la antesala del despacho donde el virrey estaba conversando con otra persona cuya voz me sonaba vagamente familiar. Aunque la virreina había dejado inadvertidamente la puerta entreabierta, me costó adivinar a quién correspondía aquella vocecilla estridente que contrastaba con la articulación pausada y grave del virrey.

—Créame, V. E., que si consigo salir de Cádiz y llegar a Londres podré realizar su encargo con mayor celo y aprovechamiento —oí que decía la otra persona—. En Londres podemos contar con un grupo de políticos y comerciantes ingleses que favorecen la revolución en América, y la obra que usted me ha encomendado para restituir su imagen pública tendrá allí una caja de resonancia infinitamente mayor que la que puede obtener en Cádiz, que se precia de ser una ciudad cosmopolita pero en realidad es un patio de vecindad; las Cortes presumen de haber proclamado la libertad de prensa, cuando la censura cercena cualquier pensamiento que no sea el de la burguesía retrógrada y meapilas de este pueblacho.

El virrey hizo entonces un comentario probablemente irónico que yo no llegué a captar, y el visitante prosiguió:

—Desde que me sacaron del convento gracias a la generosa intercesión de V. E., he notado que los corchetes de la Regencia vigilan mis movimientos y sólo esperan que dé un paso en falso para prenderme. Y lamento tener que decirle que si me metieran en chirona ello tampoco le favorecería a V. E., porque esos sabuesos averiguarían quién me había pagado para escribir lo que había ocurrido en México bajo su mandato y así desenmascarar los embustes de Cancelada, que sigue al acecho para difundir cualquier maldad.

Sólo cuando oí pronunciar el nombre de Cancelada adiviné quién podía ser el interlocutor del virrey. ¡Aquella era la misma voz ponzoñosa y el mismo tono silbante con los que fray Servando Teresa de Mier me había increpado en el paraíso de las Cortes! No tuve la menor duda de que quien conversaba con el virrey en el cuarto de al lado era el cura rebelde.

—Si V. E. tiene medios para pagarme una imprenta en Londres, allí contaré con el apoyo de Lord Holland y de su secretario el reverendo Blanco White, que edita *El Español*, periódico prohibido y vilipendiado por estas Cortes que se dicen liberales, sólo porque Blanco se atreve a contar la verdad de lo que está sucediendo en Caracas y en Buenos Aires, y el poco resultado que está teniendo la Constitución en apagar el fuego de la revolución en América.

Se produjo entonces un silencio momentáneo que interpreté como mudo asentimiento a lo que decía el cura rebelde, que prosiguió:

—Para que V. E. se haga idea de lo que podría escribir sobre López Cancelada si me sintiese más libre y menos vigilado, le leeré unos párrafos donde describo los orígenes del fulano:

"Nació ya el historiador Juan (según se dignó instruirnos en una nota de sus *Gazetas de México*) en Villafranca del Bierzo y de allí salió para Cádiz y ejerció el honroso empleo de mozo de mandado... según atestación de personas vivientes que le conocieron entonces. Y por esta seña, la falta de estudios que confiesa en su *Telégrafo Americano* (sin que se necesitase telégrafo para saberlo) y la mala crianza que prueban sus desvergüenzas, groserías y dicharachos de verdulera, se puede inferir su alcurnia, aunque él quiera entroncarla con condes y marqueses..."

Oí que el virrey se reía a carcajadas ante semejante descripción mientras que el cura rebelde coreaba la hilaridad del virrey con su risa de hiena.

—Por favor, fray Servando, no me haga reír de esta forma porque se me forman humores biliosos.

Pero el cura rebelde estaba demasiado orgulloso de su sátira para no proseguir:

"La más útil (de sus proezas) fue la de haber atrapado en matrimonio a una viuda de mediano caudal, con el cual puso su tendajo de mercachifles y géneros bastos de la tierra, que allá llaman pulpería en el pueblecito de Siloé. Aquel mostrador mugriento fue el precioso taller donde este economista político adquirió los grandes conocimientos en comercio de que blasona: y corriendo desde allí a vender sus buhonerías por las ferias de los pueblos se proveyó del saber estadístico en que pretende dar lecciones a Humboldt."

Pero al llegar a ese punto, el virrey lo cortó con tono autoritario:

—Ya está bien, no le permitiré que me haga enfermar de la risa. Además, antes de volver con mis invitados debo atender a otra persona; ya comentaremos en otro momento la posibilidad de que viaje a Londres.

Instantes después fray Servando salió del despacho y se me heló la sangre en las venas pensando que pudiese reconocerme; pero cuando el fraile rebelde salió de allí embozado en su amplio capote, parecía más preocupado de que alguien pudiera reconocerlo que de identificar a la persona que iba a ser recibida por el antiguo virrey, cuya silueta apareció en ese instante en el umbral del despacho.

La confesión del escribano

Don José Iturrigaray llevaba una casaca de raso blanco bordada con filigranas de oro, que contrastaba con la chupa y los pantalones de terciopelo rojo. Con el aplomo de quien durante muchos años ha estado acostumbrado a ser obedecido sin dilación, hizo un leve gesto con la mano ensortijada invitándome a pasar.

Ya dentro del despacho y con la puerta cerrada, el antiguo virrey me taladró con sus pupilas afiladas como saetas, utilizando el arco de la nariz aguileña a guisa de ballesta para calar más hondo en el alma de su interlocutor. Creo que, si el virrey hubiera dilatado unos instantes más aquella muda inspección, yo hubiera girado sobre mis talones y me hubiera echado a correr hacia la salida de la casa, perdiendo así una oportunidad quizás única de cumplir la promesa que le había hecho a don Bartolomé. Pero don José se dio por vencido en su intento de leer mis pensamientos y me preguntó:

—La virreina me ha indicado que usted viene desde México a entregarme un mensaje confidencial. ¿Me podría indicar de quién procede ese mensaje?

—Es una carta que escribió don Bartolomé Fernández en su lecho de muerte y que me hizo prometer le entregaría en mano a mi llegada a Cádiz. Lamento no haber podido hacerlo antes, pues no conozco la ciudad y, dada la naturaleza reservada de la carta, no me parecía oportuno darle tres cuartos al pregonero...

—Ha hecho usted bien en ser cauteloso, pues en esta ciudad hay muchos espías y sobran las personas que no me quieren bien. ¿Supongo que ha traído esa carta con usted?

Lo dedos me temblaban cuando empecé a desabrocharme los botones de la camisa de seda que había sido de don Cristóbal Allende y me descolgué del cuello la bolsa de lona embreada que había llevado todo aquel tiempo sobre el pecho; finalmente saqué la carta de su envoltorio y se la tendí al virrey.

—Parece que este papel está bastante húmedo. ¿Se ha dado cuenta de que la tinta está borrosa, como si hubiera estado sumergido en un recipiente con agua?

Aunque no era el momento de analizar la línea sutil que a veces separa la fantasía de la realidad, me asaltó la duda de si realmente habría bajado al fondo de la bahía con el mensaje colgado del pecho, como había soñado.

—Supongo que habrá sido durante el viaje por mar cuando la carta haya podido humedecerse —le contesté al virrey—, pero cuando me entregó ese escrito don Bartolomé me hizo que lo leyese de cabo a rabo y seguramente yo podría reconstruir su contenido.

—¡Pues adelante! —dijo el virrey tendiéndome la carta, y añadió en tono burlón—: ¡Le aseguro que el contenido de esa carta no será más insípido que ese papel mojado que es el texto de la Constitución del que estos imbéciles están tan ufanos!

Sólo al leer por segunda vez la carta me percaté de la gravedad de su contenido, al revelar que la información privilegiada que había recibido provenía de la sociedad secreta de "Los Guadalupes", que trabajaban por la independencia y también porque reconocía de forma clara la complicidad del gobernador con el escribano durante las elecciones a diputado:

"Cuando tuve noticia de la convocatoria a Cortes, fui al principio contrario a apoyar esa mascarada, pero siguiendo el consejo del gobernador opté por presentarme a las elecciones a diputado, y él mismo hizo de manera que mi nombre apareciese entre las personas elegidas en la primera ronda de votación, aunque mi candidatura no superó la segunda."

Cuando acabé de leer la carta, el virrey volvió a tomarla en sus manos y me perforó de nuevo con aquella mirada que parecía un bisturí de trepanación.

—¿Supongo que a pesar de su juventud es usted capaz de entender el contenido de esa carta?

Me quedé tan sorprendido por la pregunta que no acerté a responder, pero el virrey se encogió de hombros diciendo:

—No hacen falta muchos latines para comprender lo que está ocurriendo en la Nueva España: al ver derrumbarse en la península todo el aparato del gobierno borbónico que había gobernado también varios siglos en América, los criollos y los indios americanos han perdido el respeto casi reverencial que habían tenido por los peninsulares. Algo semejante a lo que sucedió cuando los aztecas se percataron de que los hombres de Hernán Cortés no formaban un solo cuerpo con los caballos que montaban y se dedicaron a flechar al jinete y al caballo por separado. Aunque algunos se resisten a aceptarlo, estamos en la Noche Triste de la presencia española en América.

A pesar de la escasa simpatía que me inspiraba aquella persona acusada de haber traicionado al Gobierno que lo había nombrado, me quedé fascinado por su elocuencia y por la perspicacia de su argumentación; pero quizá sus pupilas penetrantes detectaron en mi expresión un asomo de crítica o de rechazo, porque su voz adoptó un tono amenazador:

—Desde ahora debe usted borrar de su memoria el contenido de la carta que ha leído; no quiero que quede en su mente ni una mácula de esa información, como cuando se pasa una aljofifa con lejía por estos baldosines.

Y el pie del virrey, calzado en un escarpín adornado con una gran hebilla engarzada de brillantes —lo que me hizo pensar que los conjurados de Yermo no le habían arrebatado todas sus joyas—, restregó el suelo de mármol como escarba la tierra un toro preparándose para embestir. Y con un susurro silbante añadió:

—Recuerde que al fondo de la bahía de Cádiz yacen los cuerpos sin vida de personas que hablaron más de lo prudente. Espero que no acabe usted haciéndoles compañía.

Me hubiera gustado responder a Iturrigaray que los náufragos que moraban al fondo de la bahía eran para mí personajes más vivos y reales que los fantasmas que pululaban por los salones del ex virrey y su esposa. Pero se me ocurrió esa contestación cuando ya estaba bajando la escalinata que conducía a la calle, del brazo de la viuda.

El amigo inglés

En esos días habían desembarcado en Cádiz dos comisionados ingleses, los señores Sydeham y Cockburn, que con el apoyo del embajador británico presentaron a la Regencia una propuesta de mediación entre España y las provincias americanas en las que había prosperado la rebelión. Amparándose en el propósito aparentemente filantrópico de mediar entre las partes en conflicto, la propuesta inglesa daba a los comerciantes ingleses la posibilidad de acceso a los mercados que siempre habían deseado, y de haberse llevado a cabo hubiera supuesto la independencia comercial de las Américas con respecto a España.

Las Cortes quisieron pronunciarse sobre un asunto de tanta trascendencia y nombraron una comisión compuesta por siete diputados, cuatro peninsulares y tres americanos, y aunque los americanos eran partidarios de aceptar la mediación de Inglaterra, se impuso la mayoría representada por los peninsulares.

Aquellos acontecimientos le dieron la razón a don Juan López de Cancelada, cuando decía: "La raíz de la revolución de América está en Cádiz y el Estado Mayor en Londres". Como defensor del monopolio del Consulado de México, Cancelada era absolutamente contrario a la libertad de comercio, como había expuesto en un folleto titulado *La ruina de la Nueva España si se declara el comercio libre con extranjeros*, que le fue a llevar una mañana a don Pedro:

—Cuando le advertí, don Pedro, de que los criollos independentistas estaban compinchados con el gobierno inglés seguramente pensó que exageraba, pero ahora habrá podido comprobar que sus amigos los diputados americanos estaban dispuestos a ceder a los ingleses todo el comercio con América.

—Ya sabe, don Juan —le respondió el abuelo—, que en el tema la libertad de comercio no compartimos los mismos criterios: yo soy partidario de levantar al menos algunas de las restricciones y monopolios que impiden que los productos de Nuevo México puedan alcanzar los mercados exteriores. De hecho, cuando lea la "Exposición" que presentaré al Congreso verá que entre otras medidas propongo abrir un puerto en San Bernardo de Texas y otro en Guaymas, con la idea de prevenir el contrabando de los ingleses y de los angloamericanos en ambos mares.

—Eso refuerza mi tesis de que cuando los ingleses no han podido colocar sus productos en las provincias españolas de ultramar por medios pacíficos han recurrido al contrabando. Y ahora, aprovechándose de que son nuestros aliados, pretenden hacer lo mismo por vía diplomática.

Como don Juan solía llegar a la casa siempre a la hora del desayuno, al verlo entrar la dueña Isabel preparó rosquillas y chocolate, y esa mañana la viuda se unió a nosotros cuando escuchó desde el piso superior el hilo de nuestra conversación. Por obvias razones, en aquella casa no se respiraba un gran cariño por los ingleses, y hasta la dueña Isabel, que solía guardar silencio en presencia de doña Dolores, intervino para comentar que la actitud prepotente del embajador ante la Regencia, Sir Arthur Wellesley —hermano del comandante en jefe, Lord Wellington—, no le había granjeado el aprecio del pueblo llano.

—Al poco de llegar a Cádiz —contaba la buena mujer—, el embajador Wellesley quiso congraciarse con la multitud que había acudido a recibirlo arrojando desde el balcón de su residencia un bolsillo lleno de oro; pero uno de los ciudadanos gaditanos recogió la bolsa con el dinero y se acercó al inglés diciéndole: "Si el pueblo de Cádiz aclama a V. E. es porque en él ve al representante de la nación aliada de España para combatir a Bonaparte. Este entusiasmo no se paga con el oro sino con la gratitud. Tome, pues, V. E., este bolsillo, y no vea en ello un desaire, sino una prueba de la sinceridad del afecto de esta población".

Entonces intervino doña Dolores, corroborando lo que había dicho la criada:

—Es muy cierto que los gaditanos siempre hemos pensado que podíamos rechazar al invasor sin ayuda de ningún ejército forastero. Se cuenta una anécdota del primo de mi difunto esposo, el capitán de navío don Diego de Alvear, que tenía a su cargo las baterías de la Isla de León. Parece ser que cuando el ejército francés empezó a tomar posiciones al otro lado de la bahía, uno de los capitanes de la flota inglesa ofreció asilo en su barco a la esposa de Alvear, por ser de origen inglés. Pero cuando la mujer le pidió permiso a su marido para irse al barco de sus compatriotas, el capitán le respondió: "Di a esos señores que mientras tu marido mande la artillería, de seguro que no entrarán los franceses".

El amigo americano

El día que le tocó a don Pedro intervenir en el plenario de la asamblea, informó sobre la situación de las fuerzas militares de la provincia de Nuevo México, que era insuficiente no sólo para hacer frente a la ya antigua amenaza de las tribus de indios bárbaros que asediaban la provincia, sino sobre todo al peligro creciente que suponían los deseos expansionistas de la joven nación norteamericana, que tras la venta por Napoleón de la Luisiana a los Estados Unidos se había convertido en vecina de Texas y de Nuevo México

El abuelo se refirió a las diferentes argucias que había utilizado el gobierno angloamericano para ganarse a la población, por conocer el estado de abandono en que la tenían las autoridades españolas, ya con el halago de un comercio ventajoso, ya ofreciendo leyes suaves y protectoras, ya armando a los gentiles; y cuando estas tretas no habían dado resultado, organizaban incursiones militares como las del teniente Pike —que el abuelo pronunciaba "Paikie", como el comandante general Salcedo—, que en realidad suponían un ensayo previo a una invasión.

La intervención del abuelo fue muy comentada por los otros diputados americanos, que al no sufrir la presión inmediata que se notaba en las provincias internas por la vecindad con la joven nación, consideraban el sistema político angloamericano una verdadera panacea para lograr el bienestar y la prosperidad económica de sus ciudadanos. El cónsul norteamericano había hecho circular por los pasillos de las Cortes y mentideros de Cádiz una traducción al español de la Constitución de los Estados Unidos, poniéndolo como modelo de texto progresista y liberal.

Al término de su intervención varios de sus colegas se acercaron a felicitar al "Abraham de Nuevo México":

—Vengo a darle la enhorabuena por su intervención —le dijo don Ramón Power, tras darle un abrazo al abuelo, y añadió—: también quería decirle que ayer llegó a Cádiz don Francisco Saavedra, y como se está alojando en mi casa puede pasar a verlo cuando quiera.

Cuando esa tarde llegamos a la casa de Power, encontramos al capitán en compañía de un anciano con una peluca empolvada de arroz y que le hablaba en tono muy alto, como suelen hacerlo las personas que tienen dificultad para oír. Saavedra estaba diciendo en ese momento:

—Se ha desterrado de Cádiz a los ex regentes, pero yo me pregunto: ¿que puede hacer un grupo de ancianos ante una gran nación? Y si no hay nada que temer de ellos, ¿por qué se les destierra? Si son realmente malos, ¿adónde irán que se enmienden? Si son buenos, ¿por qué se les molesta?

Don Ramón extendió su brazo, dándole unos golpecitos en el hombro para tranquilizarlo, al tiempo que le hacía señas a don Pedro para que avanzase al ángulo de visión del ex regente. Al notar nuestra presencia, don Francisco Saavedra se levantó cortésmente de su asiento para saludarnos apoyándose en un bastón.

—Como le comentaba antes, don Pedro, tenía gran interés en conocerlo y quería hacerle unas preguntas sobre la época en que la Corona ayudó a los colonos ingleses en su lucha contra la metrópoli.

—Celebro conocerlo personalmente, don Pedro —dijo don Francisco con una ceremoniosa inclinación de cabeza, que le hizo regar el piso de polvo de arroz—. Ya me han comentado que ha realizado en las Cortes una intervención brillantísima sobre la situación militar de nuestras posesiones en la América Septentrional.

Y añadió, dirigiéndose esta vez a Power:

—Hace un momento le estaba precisamente comentando al capitán que tras la Guerra de Independencia y antes de que se firmase el tratado con los Estados Unidos, nuestro embajador en París, el conde de Aranda, había advertido: "Esta república federativa que ha nacido, digámoslo así, pigmea… mañana será gigante, y después un coloso irresistible en aquellas regiones, se olvidará de los beneficios que ha recibido de ambas potencias (España y Francia)".

Me pareció sorprendente que el viejo Saavedra, que apenas podía tenerse en pie sin ayuda de su bastón y que posiblemente le costaba recordar lo que había hecho el día anterior, pudiese repetir sin la menor vacilación lo que había dicho alguien hacía treinta años. Pero para impedir que don Francisco se perdiese en los vericuetos de la historia, don Ramón le recordó a su amigo:

—Lo que a don Pedro Pino le interesa es lo relativo a la ayuda financiera a los colonos rebeldes, tanto por parte de la Corona como de los propios comerciantes de Bilbao. Parece ser que uno de sus paisanos le ha pedido a don Pedro que intente recuperar la deuda de un comerciante de Bilbao que envió material y ropa a las fuerzas rebeldes sin que hasta el momento le hayan pagado. Yo ya le he dicho que uno de los principales agentes comerciales tanto durante la guerra como después fue don Diego María Gardoqui, pero él ya murió.

—En efecto, la firma Gardoqui fue una de las primeras que facilitaron uniformes, mantas y tiendas a los colonos rebeldes —dijo Saavedra, tras sacar una toma de su caja de rapé—. Aunque en muchos casos esa ayuda se mandaba a costa del erario público, no resultará fácil desglosar esas cantidades, debido a la reserva con que se hacían esos envíos por temor a la reacción inglesa y sus posibles repercusiones en nuestros propios territorios de ultramar, por lo que ni siquiera los propios dirigentes de la revolución norteamericana conocieron la importancia de nuestra contribución. Como suele decirse vulgarmente, "ni agradecido ni pagado".

Intervino entonces en la conversación don Pedro, que hasta entonces no había querido interrumpir el diálogo entre el capitán Power y don Francisco.

—Supongo que los comerciantes españoles que enviaban en sus barcos armas y material de guerra a las colonias rebeldes desde Bilbao deberían conocer el importe de la contribución española, y eso es lo que me interesaría averiguar.

—Ya le he comentado a nuestro amigo de Nuevo México —dijo entonces el capitán Power— que el único lugar donde podría tener información fidedigna sobre el montante exacto de esas consignaciones sería el Consulado de Bilbao, donde se guarda un registro escrupuloso de todas las transacciones.

—En efecto, si quiere saber ese dato, tendría que pedir información a los comerciantes de Bilbao —advirtió don Francisco—. Por cierto, quiero prevenirle de que nadie debe enterarse de que estoy en Cádiz, aunque le diré que he decidido irme mañana, al ver que se avecina un temporal de levante. Tengo el mejor pronóstico del tiempo en mi propia cabeza, pues cuando me levanto con jaqueca sé con toda probabilidad que el tiempo va a cambiar, y no quiero arriesgarme a que me pille un temporal en el estrecho.

Noticias de Texas

Al poco tiempo, el capitán Power nos volvió a llamar a su casa. Y cuando volvimos a entrar en aquellos miserables aposentos pensé en la injusticia de que mientras aquel honesto representante de la nación vivía en la miseria, el antiguo virrey que había sido acusado de cohecho e infidencia no se privaba de ningún lujo. El capitán Power debió de adivinar lo que estaba pensando, pues se dirigió a mí con su franca sonrisa, que en aquel caso tenía un rictus burlón:

—Lamento, muchacho, que no voy a poder ofrecerles el chocolate y las otras golosinas con que el otro día nos obsequió en su casa el amigo Beye Cisneros. El gobernador de Puerto Rico, don Salvador Meléndez Bruna, no me ha perdonado que las Cortes le hayan retirado a petición mía los poderes omnímodos que le había asignado la anterior Regencia. Y para vengarse de este triunfo de la libertad y la justicia, está intentando hacer conmigo lo que no ha conseguido ni siquiera el emperador de los franceses con su asedio: matar de hambre a los diputados.

Tras ese comentario irónico, el semblante de don Ramón volvió a tornarse serio. Tenía que darle a don Pedro una mala noticia que se había conocido en la Comisión de Guerra de la que el capitán formaba parte. A través de un despacho del representante diplomático en Filadelfia se había sabido que una partida de facinerosos al mando de un tal Gutiérrez de Lara, con ayuda de un destacamento angloamericano, había tomado San Antonio de Béjar y tras hacer prisionero al gobernador don Manuel de Salcedo, habían declarado a Texas como república independiente.

—Pensé que le interesaría saberlo, porque supongo que lo que ocurra en Texas puede repercutir en la provincia de Nuevo México.

Don Pedro se quedó un momento en silencio antes de responder:

—Entre la capital de Nuevo México y la de Texas, donde han ocurrido esos sucesos, media la misma distancia que entre Cádiz y París, por lo que no es probable que esas conmociones hayan tenido una repercusión inmediata en nuestra provincia. Pero me preocupa sobremanera la suerte que haya podido correr don Manuel Salcedo, a quien tuvimos ocasión de conocer en nuestro viaje hacia Chihuahua. ¿Se sabe qué ha sido de él? Don Manuel participó en la emboscada que permitió capturar al cura Hidalgo y sus secuaces, por lo que temo que esos malhechores hayan querido vengarse en la persona de Salcedo de la muerte del cabecilla de la revolución.

—Las noticias que tenemos sobre el gobernador Salcedo son inciertas y hasta contradictorias. Sabemos que antes de que rindieran la plaza los cabecillas insurgentes se habían comprometido a respetar la vida de los oficiales españoles, pero también hemos sabido que sus captores querían trasladarlo a Nueva Orleans para tenerlo más seguro, pero en ese trayecto se le ha perdido la pista.

Mientras volvíamos hacia la casa embarcada recordé la expresión de abatimiento que tenía el gobernador Salcedo en su campamento cerca de Chihuahua. Ya entonces había intuido que en torno a la triste figura de aquel caballero flotaba una aureola trágica.

Justicia y misericordia

Al descender esa noche al lecho de la bahía noté que había mar de fondo: las corrientes arrancaban capas de arena del piso submarino y formaban remolinos que dificultaban la visibilidad. Por lo que tardé más que otras veces en localizar a don Bartolomé en el fondo del valle, sentado al pie del farallón rocoso. Apenas había llegado noté que por la senda arenosa venía caminando al valle submarino otro náufrago, cuya silueta me resultaba familiar.

Al llegar más cerca de nosotros pude comprobar que aquel despojo humano era lo que quedaba del apuesto coronel don Manuel Salcedo. El ex gobernador tenía la pechera de la elegante casaca de húsar de la reina tan perforada de estocadas como un alfiletero y un tajo brutal en la garganta, en cuyos bordes picoteaban pequeños pececillos. El náufrago se detenía a cada rato para apartar con la mano los peces que se ensañaban en la herida de la garganta y para reajustar los harapos de su uniforme, que apenas conservaban vestigios del empaque y la elegancia que nos habían impresionado cuando lo fuimos a saludar en su campamento.

Don Manuel me reconoció enseguida, y en pocas palabras nos contó lo que había sucedido en San Antonio:

—Al comprender que no podía luchar contra las fuerzas combinadas de los rebeldes de Gutiérrez de Lara y de los mercenarios angloamericanos, para evitar una carnicería decidí rendirme, pero con la condición de que los facciosos respetarían la vida de los oficiales que habíamos combatido en buena lid contra ellos. Pero bajo el pretexto de que querían llevarme a Nueva Orleans para tenerme más seguro, me entregaron a un grupo de mal nacidos que en el primer recodo del camino me hicieron bajar del caballo, me insultaron y, cuando intenté contestar, me acuchillaron sin compasión.

Mientras que el pobre don Manuel contaba las incidencias de su pasión y muerte, vi que se acercaba hacia nosotros otro personaje, que reconocí por la forma con que se echaba el manteo eclesiástico sobre el hombro cuando lo descolocaba el flujo de la resaca: era don Miguel Hidalgo y Costilla. No necesitaba ser adivino para saber que del encuentro entre Hidalgo y Salcedo iban a brotar chispas que no serían capaces de sofocar ni los efluvios de la corriente submarina.

Noté que, al reconocerse mutuamente, en los semblantes de los dos archienemigos se pintaba tal expresión de odio que por un momento pensé que iban a agarrarse del pescuezo, aunque pronto comprendí que, en las circunstancias en que se encontraban ya ambos rivales, hubiera sido aquél un gesto completamente superfluo.

Tras un intenso duelo de miradas, fue el cura Hidalgo quien rompió el silencio:

—Está visto que, en su infinita bondad, Dios ha querido que se cumpla la maldición bíblica "quien a yerro mata a yerro muere".

—También rezan los textos sagrados: "No invocarás el santo nombre de Dios en vano", aunque viniendo de usted, esas palabras no tienen más valor que las bocanadas de estos peces que se entretienen en picotear nuestras heridas. Debo confesar que me sorprende encontrarlo en este ameno jardín submarino, pues confiaba en que la justicia del Señor lo hubiera mandado a purgar sus pecados a un lugar más tórrido.

—La misericordia divina ha querido mandarme a donde pueda afear su conducta a los enemigos de la libertad y encontrarme cara a cara con mi verdugo.

—El término *misericordia* suena extraño en boca de quien mandó ejecutar a tantos inocentes, aunque por fortuna las corrientes marinas se llevan sus palabras y las sepultan en el fango.

—Si tanto le molesta al coronel Salcedo oír en mis labios la palabra misericordia, más me sorprende a mí oírla pronunciar a quien se negó a ejercer la compasión cuando pedí el indulto al tribunal militar.

—No fuimos los jueces quienes lo condenamos a usted, sino los horrores que había cometido y reconocido. ¿Acaso escuchó usted la petición de clemencia de los inocentes a quienes Marroquín degollaba en la barranca del Salto?

—Me consta que fue usted quien urdió la traicionera emboscada de Baján y más tarde fue también usted quien presidió el juicio, por lo que ante el tribunal de la historia su sentencia quedará invalidada, al haber sido al mismo tiempo juez y parte en mi proceso.

—Como veo que sólo se acuerda de lo que le interesa, me permito recordarle que en la emboscada de Baján los oficiales dimos instrucciones a la tropa para apresarlos a todos vivos, en contra de lo que aconsejaba la prudencia y la superioridad numérica de las fuerzas rebeldes. Aunque estábamos al corriente de sus delitos queríamos someterlos a un juicio regular y permitir que se defendiesen, a diferencia de lo que hizo conmigo la horda de desalmados que me degolló en un camino solitario.

El cañón de Villantroys

La noche siguiente, estábamos sentados a la mesa en la casa embarcada cuando un viento huracanado empezó a fustigar las puertas y ventanas, y recordé que el anciano Saavedra había vaticinado que se avecinaba un temporal en el estrecho. La viuda se fue a sus aposentos diciendo que el viento de levante le producía jaqueca, pero la dueña nos comentó que aquellas condiciones atmosféricas le traían a doña Dolores recuerdos de la noche en que se produjo el desastre de Trafalgar.

Más que nunca sentí como si un golpe de mar podría arrancar de sus cimientos aquel edificio y precipitarlo al fondo de la bahía. Las rachas de viento apagaban el resplandor vacilante de las velas, obligando a los criados a volverlas a encender. Al acabar de cenar, don Pedro, Leiba y yo nos quedamos un buen rato en torno a la mesa en silencio, escuchando el tamborileo de la lluvia que el viento huracanado impulsaba contra los cristales, y cuando finalmente nos decidimos a subir a nuestros aposentos, al pasar frente a la habitación de la viuda, me pareció oír sollozos entrecortados.

Me entristeció pensar que mi pasión de adolescente no había sido capaz de borrar del alma de aquella mujer el recuerdo de la muerte de su esposo durante una tormenta semejante a la que esa noche desgarraba el lienzo del firmamento. Y entonces recordé que don Pedro llevaba algunos días dando muestras de interés por doña Dolores; antes de bajar a desayunar, cuando sabía que iba a encontrarse con la viuda, el abuelo se vestía de punta en blanco, e incluso se recortaba la barba y las cejas con unas pequeñas tijeras, a riesgo de perder el desaliñado encanto que le había valido el apodo de "El Abraham de Nuevo México".

Inicialmente la mujer sólo le correspondía con el sentimiento de cariño y simpatía que todos le profesábamos, pero luego empecé a notar que doña Dolores no era completamente insensible a los halagos del viejo. Don Pedro me había llamado una mañana a su alcoba para preguntarme si creía que a doña Dolores le gustaría que le regalase el collar de perlas que había comprado al joyero judío de Veracruz. Aquella idea no dejó de producirme cierto desasosiego, porque si el collar había pertenecido realmente a la virreina ¡menudo escándalo podía montar aquella arpía si algún día veía brillar esas perlas en el cuello de otra mujer!

A la mañana siguiente continuaba el tiempo desapacible y, como los males nunca vienen solos, vimos acercarse por el camino que corría al borde del acantilado la silueta desgalichada de don Juan López de Cancelada, cuyo capote revoloteaba bajo las ráfagas de lluvia como las alas de un ave de mal agüero; y ciertamente en algunos casos lo era.

—El día en que se proclamó la Constitución caían chuzos de punta, y la comitiva, que arrancando del oratorio de San Felipe de Neri fue proclamando la Carta Magna en diversos puntos de la ciudad, apenas si podía avanzar a causa del ventarrón: en vez de un desfile triunfal aquello parecía una procesión de vía crucis. El viento era tan fuerte que arrancó de cuajo un árbol de gran tamaño, lo que el populacho interpretó como un signo de mal fario para la recién estrenada Constitución. Y para contribuir a amedrentar al personal, los cañones de las baterías francesas empezaron a retumbar del otro lado de la bahía con salvas en honor del rey José Bonaparte, que ese mismo día celebraba su onomástica.

Sin interrumpir su soliloquio, Cancelada daba sonoros sorbetones a su taza de chocolate humeante al tiempo que giraba en redondo sus grandes ojos oscuros; su aspecto cómico se acentuó cuando los goterones de agua que se le habían acumulado en el pelo ensortijado empezaron a resbalarle sobre los párpados y el gacetista empezó a hacer guiños grotescos, y tuve que taparme la boca con la mano para que don Juan no se diese cuenta de que me estaba riendo de él. Pero lo que contó a continuación me heló la sonrisa en los labios.

—Mientras venía hacia aquí por la Alameda, he oído decir que el ingeniero francés Villantroys acaba de fundir en las atarazanas de Sevilla un tipo de cañón con el que los franceses pueden alcanzar con sus proyectiles el mismo centro de la ciudad desde el fuerte de La Cabezuela. He visto que la gente se estaba ya subiendo a los miradores de las casas para ver llegar por el camino del Puerto de Santa María ese último regalo que nos hace Bonaparte.

Don Pedro y yo nos fuimos dando un paseo por la Alameda y pudimos comprobar que varias personas señalaban desde las azoteas de las casas con los brazos extendidos algo que estaba ocurriendo del otro lado de la bahía. La atmósfera, que había quedado muy limpia y transparente tras el aguacero, permitía ver cómo por el camino del puerto bajaba hacia el fuerte de La Cabezuela un cañón de bronce de gran tamaño, transportado en una cureña gigantesca y rodeado por un vistoso destacamento de húsares imperiales.

El espectáculo hubiera podido ser pintoresco de no haber sido estremecedor pues aun en la distancia se podían apreciar el brillo de las lanzas de los húsares, el caracoleo de los briosos caballos y sobre todo la dimensión excepcional de aquel cañón, que venía montado sobre una inmensa cureña metálica que representaba un dragón con las alas y las fauces abiertas, dispuesto a atacar. En las expresiones de los vecinos que se miraban de una a otra azotea se podía adivinar una pregunta que nadie se atrevía a hacer en voz alta: ¿qué ocurriría si los artilleros franceses hubiesen perfeccionado un arma capaz de llegar con sus granadas al mismo centro de la ciudad?

Para ver mejor, don Pedro y yo nos subimos a una de las azoteas y yo le pedí a uno los señores que estaban en el mismo mirador que me prestase su catalejo. Con la lente de aumento pude observar que, tras el gigantesco cañón, venía una calesa abierta con un oficial francés repantigado en el asiento. Pensé que aquel individuo de gran corpulencia debía de ser el encargado de utilizar aquella arma mortífera, y cuando enfoqué la lente hacia la cara del oficial casi se me cayó el catalejo de las manos: su semblante estaba surcado por profundas arrugas como la faz de piedra del cerro Cabezón, reencarnación del malvado gigante Yeit-só.

Entonces me acordé de que la niña María, que siempre comparaba al monstruo Yeit-só con Napoleón, solía ir por las mañanas a jugar en la playa que estaba justo enfrente del fuerte de La Cabezuela, donde los franceses iban a colocar el cañón. Tras devolver el catalejo a su dueño, me escurrí entre los vecinos que abarrotaban la azotea y una vez en la calle corrí como alma que lleva el diablo hacia la casa embarcada.

Sin dejar de correr iba imaginando lo que tendría que hacer para eliminar aquel peligro. Siguiendo las enseñanzas de los Gemelos Guerreros, cuando fueron a desafiar al gigante en la cima del monte San Mateo, tenía que buscar un compañero para realizar esa proeza. Me paré un momento en el cuartel de los guacamayos, donde se había enrolado François, y le pedí al mulatito que se viniese conmigo. Lo necesitaba para que jugase el papel de Tobadzístsíni (el hermano menor) mientras que yo asumiría el papel del mayor, Nayénézgani. Además, según la tradición, al hermano menor le correspondía cortar la cabeza del gigante, si éramos capaces de vencer al gigantón francés.

Al llegar cerca de la casa embarcada miramos hacia la playa y, como suponía, al mismo borde del agua estaba María, haciendo castilletes de arena que adornaba con conchitas blancas. Descendimos el acantilado saltando de roca en roca, y cuando la niña nos vio llegar con la respiración entrecortada me preguntó con aquella vocecita un poco chillona y sus grandes ojos muy abiertos:

—¿Por qué vienes tan apurado, acaso pasa algo malo?

—Nada por el momento, pero no debes quedarte en esta playa porque los franceses han fabricado un cañón muy grande y lo utilizarán tan pronto como lo tengan listo en el fuerte que tenemos justo enfrente, al otro lado de la bahía.

—¿Cómo es de grande el cañón, tan grande como el gigante de tu cuento?

—Es lo bastante grande como para que lleguen hasta aquí las balas que antes caían al agua de la bahía.

La niña hizo un mohín y continuó sentada al borde del agua, terminando su castillo de arena:

—No tienes por qué preocuparte, porque ya hiciste la magia de las rayas que evitará que puedan alcanzarnos las bombas —dijo la niña, al tiempo que trazaba rayas en la arena con un palito, como me había visto hacer a mí.

—Creo que esta vez vamos a necesitar un conjuro más poderoso para evitar las balas de ese cañón. Si te vienes con François y conmigo te enseñaré cómo se hace ese conjuro.

Por la senda del enemigo

A pesar de su aspecto angelical y su vocecita de jilguero, María podía ser desobediente y testaruda, pues la dueña Isabel la tenía consentida por la pena que le daba que la niña se estuviera criando sin padre. Para sacarla de la playa tuve que prometerle que iba a enseñarle nuevos trucos de magia, y la llevé a la cavidad en la roca donde yo había guardado la bolsa de gamuza con mi arco y mis flechas y los otros objetos que me había dado Padilla al despedirse.

Girando rápidamente la punta de pedernal de una flecha sobre un pedazo de madera seca, conseguí prender un manojo de algas que la marea había arrastrado hasta la cueva; y, una vez que la leña empezó a chisporrotear haciendo una humareda muy densa, les dije a mis amigos que se sentaran en torno a la hoguera en la misma posición que yo me sentaba cuando Padilla recitaba sus plegarias en el patio de armas del presidio de Santa Fe. Entonces les dije:

—Lo que voy a contaros forma parte del ritual que nos dará fuerzas a François y a mí para poder vencer al perverso gigante. Ese ritual es el mismo que practicaron los Gemelos Guerreros antes de ir a luchar contra el gigante Yeit-só en la cumbre del monte San Mateo.

Aunque la niña ya la conocía, me pidió que repitiera la historia de los dos gemelos:

"Pocas semanas después de haber nacido, los hijos de la Mujer del Blanco Abalorio habían crecido mucho y eran capaces de corretear por doquier. Y, en una de sus correrías, acertaron a pasar cerca de la cabaña donde vivían sus abuelos, el Primer Hombre y la Primera Mujer, y oyeron que los viejos estaban hablando de la forma extraordinaria en que la Mujer del Blanco Abalorio había concebido a los Dos Gemelos, gracias a la intervención del Sol, que se había metido de rondón en su cabaña y luego la había dejado preñada deslizándose entre sus nalgas bajo la cascada como un rayo de luz.

"Cuando estuvieron de vuelta al hogan de su madre, le preguntaron: 'Madre, nunca nos hablaste de nuestro padre: ¿puedes ahora decirnos quién es nuestro padre?' La Mujer del Blanco Abalorio se quedó tan sorprendida por aquella pregunta que no supo responder, y cuando los niños volvieron a insistir, la Mujer se puso aún más nerviosa, y contestó lo primero que le pasó por la cabeza: 'Está bien, queréis saber quién es vuestro padre: ¡el cactus redondo y el cactus alargado, ésos son vuestros padres!'

"Para que se distrajesen y no le hicieran más preguntas, la Mujer le dio al mayor de los chicos un arco negro y al pequeño un arco de caoba, y les dijo: 'Andad a jugar con esto, pero no os alejéis de la cabaña ¡y sobre todo no se os ocurra ir hacia al oriente!', (Porque la Mujer sabía que los monstruos andaban por el oeste). Por supuesto, los niños se alejaron hacia el oriente, hasta que encontraron un gran pajarraco negro posado en un árbol. Los dos se prepararon para dispararle sus flechas, pero justo cuando iban a disparar, el pajarraco se alzó y se fue volando.

"Al volver al hogan, los chicos contaron a su madre: 'Madre, hoy fuimos hacia el oriente y por allí vimos un gran pajarraco negro; pero justo cuando íbamos a disparar sobre él, se levantó y se fue volando'. '¡Desgraciados! El Cuervo es uno de los espías de Yeit-só, y en cuanto le cuente al gigante que os ha visto, vendrá a devoraros.'

"El gigante Yeit-só estaba protegido con siete capas de pedernal, por lo que era prácticamente invulnerable. Sin embargo, el Sol poseía una flecha llamada flecha relampagueante, y otra llamada flecha del rayo recto, y otra llamada flecha del rayo de sol, y otra llamada flecha del arcoíris. Los gemelos habían oído decir a sus abuelos que para poder vencer al gigante Yeit-só tenían que conseguir esas armas pidiéndoselas al Sol, por lo que decidieron emprender un viaje hacia su morada, aunque sin saber que habían sido concebidos por él.

"Comprendiendo que no podía hacer nada por recuperar a sus hijos, la Mujer se volvió a su hogan y se sentó en el suelo a llorar."

Al acabar el cuento le entregué a la niña la bolsita de polen sagrado que me había dado Padilla, para que espolvorease su contenido sobre François y sobre mí, hasta que sentí que ambos estábamos impregnados por la misma fuerza que me cosquilleaba desde la punta de los pies hasta el nacimiento de la nuca, y le expliqué a mi compañero:

—Hasta que volvamos de nuestra excursión en territorio enemigo no debes ni siquiera recordar tu nombre, porque ese polen nos ha convertido en los Gemelos Guerreros. Yo no soy Juan, sino Nayénézgani (Matador de Dioses Extraños), y tú no eres François, sino Tobadzístsíni (Nacido de las Aguas). A ti también te llaman Naidikísi (El-Que-Corta-Alrededor) porque el menor de los hermanos fue quien cortó la cabeza al gigante Yeit-só, como deberás hacer tú con el oficial francés si se nos presenta la ocasión.

El fuerte de la Cabezuela

Al estudiar la configuración del terreno, pensé que no era extraño que las tropas del ejército más poderoso del mundo no hubieran sido capaces de triunfar en el asedio de Cádiz, pues el perímetro exterior de la ciudad estaba protegido por un cinturón de obstáculos naturales casi insalvables.

Los obstáculos que protegían el fuerte eran semejantes a los que habían tenido que superar los Gemelos Guerreros en su jornada hacia el Sol, como me había advertido el indio Padilla antes de despedirse de mí, y ahora tendríamos que franquear esos obstáculos para atacar el fuerte donde estaba el artillero francés.

No se podía cruzar la bahía en una barca, pues la otra orilla estaba vigilada por las baterías de tierra y las lanchas francesas patrullaban la ensenada noche y día. Y para llegar hasta el fuerte de La Cabezuela por tierra era preciso dar un gran rodeo, subiendo hasta el Caño del Trocadero, cuyo flujo de agua subía y bajaba con el movimiento de la marea, semejante al arroyo que menguaba y crecía, como también había mencionado Padilla. Una vez pasado el caño, era preciso atravesar un extenso erial con dunas de arena y después cruzar una zona de marismas protegida por un cañaveral muy cerrado donde crecían espadañas puntiagudas y apretadas como gavillas de lanzas, lo mismo que me había contado Padilla sobre los obstáculos que encontraron en su camino los Gemelos Guerreros.

Cuando vi que mi compañero se había quedado dormido, lo toqué suavemente en el hombro para que me acompañase en mi recorrido nocturno por el camino que iba al fondo de la bahía.

Sin despertar del todo, François me siguió por el sendero de arena submarino, intentando no llamar la atención de los ahogados que sesteaban entre las rocas y las algas del fondo.

No había amanecido todavía cuando llegamos por aquel atajo submarino al otro lado de la bahía, y pudimos atravesar el Caño del Trocadero, donde aún no había empezado a subir la marea. Después nos arrastramos como lagartijas por las dunas de arena, que estaban aún cubiertas de rocío hasta el mismo borde del cañaveral. Pero si entrábamos a rastras en el carrizal las espadañas afiladas nos cortarían la cara y las manos, y si nos poníamos en pie para rodearlo quedaríamos al descubierto ante los centinelas del fuerte. Susurré entonces en voz baja la plegaria de la senda de la hermosura:

La senda es hermosa.
Biké hozoní.
¡Quédate en paz!

Inmediatamente se levantó del otro lado de la bahía una brisa suave que arrancó de las panochas de las espadañas un polen muy liviano que nos permitió cruzar el descampado arropados bajo su estela.

Al ver emerger la mole de piedra entre la niebla, comprendí que ya no era un fortín de la artillería francesa, sino el promontorio rocoso del gigante Yeit-só, de igual forma que el Caño del Trocadero era en realidad el río Puerco, al pie del monte San Mateo. Pero la misma capa de polen que había ocultado nuestra presencia hizo que confundiésemos la silueta de los centinelas que hacían la ronda en la playa con los monolitos de roca que se erguían en la arena. Y cuando quisimos darnos cuenta, estábamos a diez pasos de los soldados.

—*Qui va la?* —oímos muy cerca la voz de un centinela, y en la penumbra brilló el destello metálico de su fusil—. *C'est un ami ou un ennemi?*

—*Nous sommes des amis de la France. On porte des vivres pour le colonel* —contestó Tobadzístsíni en su francés impecable.

—*C'est bien, mais vous devez nous donner le mot de passe.*

Para dejarnos pasar el guardián nos pedía el santo y seña, pero como François frecuentaba a los contrabandistas que vendían las vituallas que sobraban en Cádiz a los soldados franceses, se sabía la contraseña:

—*Vive la France et vive notre Empereur Napoleón! Vive le Roy Joseph!*

El centinela nos dejó pasar. El portón del fuerte estaba abierto y su guardián dormía profundamente en su garita. Cruzando el patio desierto subimos sigilosamente por las escaleras de piedra hasta el primer piso, donde unos profundos ronquidos nos revelaron el emplazamiento del cuerpo de guardia.

El duelo con el gigante francés

Guiándonos por la claridad de un candil que se colaba bajo una puerta de cuarterones encontramos los aposentos del comandante; el cerrojo no estaba echado, así que empujando el grueso batiente con cautela pudimos echar un vistazo al interior de aquella habitación.

Un individuo de gigantescas dimensiones se estaba afeitando de espaldas a nosotros y tenía parte de la cara enjabonada; por su reflejo en el espejo comprobé que era el mismo oficial que había visto cuando viajaba dando escolta al gran cañón. Pero el hombre también vio nuestra silueta reflejada en el espejo y se volvió, con la cuchilla de afeitar en la mano, dirigiéndose a nosotros en un tono entre sorprendido y divertido:

—*Voyons, voyons, qui est ce qui nous visite de bon matin... Je me demande pourquoi je ne suis pas parti à la chasse, puisqu- il y plein de petit gibier aux alentours...* (Veamos, veamos quién nos visita por la mañana temprano; siento no haber salido antes de caza, pues veo que abunda la caza menor por esta vecindad.)

Temiendo no haber entendido todo lo que decía el gigante, le susurré al oído a Tobadzístsíni:

—Contéstale enseguida en el mismo tono zumbón. ¡Que ese gigantón se trague sus palabras!

Y mi compañero le dijo al gigante en tono burlón:

—*Voyons, voyons, on ne savait pas qu'on allait trouver ici du gros gibier, tellement déforme el repugnant!* (¡Veamos, veamos, no sabíamos que nos íbamos a encontrar aquí una pieza de caza mayor tan deforme y repugnante!)

Cuando oyó esa respuesta, la faz del gigante se demudó y la gran cicatriz que yo había visto en el catalejo se le iluminó como una lamparilla, aunque aparentó conservar la calma al preguntarnos:

—*Puisque que vous estes venus pour m'insulter, je serais obligé de vous faire passer par les armes. Mais avant de vous tuer je vodrais savoir d'ou est ce que vous venez. Vous ètes des insurgents, des* guerrilleros *ou des petits indiens?*

El gigante nos estaba preguntando si éramos indios, guerrilleros o insurgentes —pues los franceses daban a los patriotas españoles el mismo apelativo que los peninsulares aplicaban en América a los revolucionarios criollos—. Pero antes de que pudiésemos contestarle, el gigante había dejado a un lado la cuchilla de afeitar y sacado de la vaina el sable descomunal que le colgaba del cinto.

Yo estaba ajustando la flecha al arco cuando el gigante lanzó su primer mandoble; afortunadamente la punta del sable tocó el candil de aceite que colgaba del techo, desviando el golpe, pero la hoja plana me golpeó en la muñeca haciéndome soltar el arma. El segundo mandoble pretendía segarme la cabeza pero me aparté a tiempo, y sólo alcanzó a rozarme la frente, cortando limpiamente la bandana que me recogía el pelo. Cuando vio que los dos primeros golpes habían fallado, el gigante se impacientó y empezó a lanzar mandobles a diestro y siniestro. Mi cuate y yo saltábamos como ardillas de un lugar a otro, y la fuerza del golpe se perdía en el aire.

Entonces el gigante cerró la puerta y se metió la llave en el bolsillo, y cuando nos tuvo acorralados en un rincón se abalanzó hacia nosotros lanzando un alarido de alegría. Pero en su trayectoria las suelas de sus botas patinaron sobre el charco de aceite que había formado el candil al romperse, y con el impulso del ataque su inmenso corpachón se estrelló contra la pared como un meteorito. En su aparatosa caída el sable se le fue de las manos, con tan mala fortuna para él que le atravesó el abdomen de parte a parte. El gigante intentó incorporarse y agarró con las manos la hoja que acababa de perforarle el pecho para arrancarla de la herida, de donde brotaban borbotones de una sangre muy oscura.

—Rápido, rápido —le dije a Tobadzístsíni—, éste es el momento de cercenarle la cabeza como hicieron los gemelos con Yeit-só. No podemos permitir que esos chorros de sangre se junten porque entonces el gigante reviviría.

El mulato se había convertido en Naidikísi y el rayo de sol que entraba por la ventana proyectaba sobre la pared su silueta agigantando su tamaño. Sacando el machete de pedernal de su funda, mi cuate cercenó el cuello del gigante con tal fuerza que la cabeza salió por la ventana y empezó a rodar por el talud del fuerte.

—Vamos rápido, porque si la cabeza del gigante llega a tocar el agua de la bahía el monstruo revivirá.

Alcanzamos la cabeza del coronel que bajaba rodando el talud del fuerte cuando empezaban a brotarle del cuello dos grandes chorros de sangre, y yo tracé con la punta de una flecha cuatro marcas profundas en línea recta y cuatro marcas en zigzag que separaban un reguero del otro, como habían hecho los Gemelos

Guerreros con los flujos de sangre de Yeit-só. Al tiempo que canturreaba la plegaria que me había enseñado Padilla para evitar que el gigante reviviese. Luego salimos corriendo intentando llegar al carrizal.

Pero al mirar hacia atrás vi que en las almenas del fuerte los artilleros estaban cargando las bocas de los cañones y preparando la mecha para disparar contra nosotros. Sabía que no podríamos ocultarnos en la maleza del cañaveral antes de que empezasen a disparar, pero entonces recordé que llevaba conmigo las mismas flechas con las que había segado la vida de un cíbolo a la carrera. Me paré y tomé puntería con el arco.

Cuando la primera saeta penetró por la boca de fuego del cañón se oyó un sonoro estampido y el bronce estalló en mil pedazos. Con la segunda flecha apunté al segundo cañón, cuando aún lo estaban cebando con un escobón de estopa, y al entrarle por la boca la saeta también hizo añicos el alma de bronce. Con la tercera flecha apunté al tercer cañón cuando el artillero ya le estaba metiendo la bola de hierro, y la granada se atascó allí. Con la cuarta flecha apunté al cuarto cañón, que era el que habían traído la víspera desde Sevilla, y cuando el artillero había encendido ya la mecha, la flecha relampagueante penetró hasta la recámara y se produjo una gran explosión. Las almenas del fuerte saltaron en pedazos mientras subía al cielo un humo tan oscuro como la sangre del gigante.

Cuando desperté de aquel sueño en el interior de la cueva, el sol ya estaba alto en el firmamento, y François todavía estaba profundamente dormido. Con cuidado de no despertarlo, le quité de la cintura el cuchillo de Naidikísi y fui a lavarlo de la sangre en la orilla del mar.

El final del asedio

Poco después, por los mentideros de la Calle Ancha empezaron a circular rumores de que los franceses estaban abandonando las fortificaciones que tenían del otro lado de la bahía preparándose a levantar el sitio; pero no era la primera vez que corrían bulos semejantes pronto desmentidos por el retumbar de las baterías francesas, por lo que las sesiones de las Cortes continuaron celebrándose con normalidad.

Pero cuando el propio *Diario de las Cortes* anunció que las tropas de Wellington estaban a punto de entrar en Madrid, los vecinos de Cádiz corrieron a las azoteas de sus casas y con sus catalejos pudieron comprobar que por el mismo camino del Puerto de Santa María por el que unos días antes había llegado el cañón del ingeniero Villantroys, ahora circulaban en sentido contrario las tropas que habían puesto cerco a la ciudad. Y cuando empezaron a oírse las fuertes explosiones con las que el enemigo destruía el arsenal que no podía llevarse consigo en su retirada, quedó bien claro que el sitio había llegado a su fin.

Cuando se confirmó esta noticia, la sensación de alivio de los ciudadanos se materializó en canciones, bailes y procesiones religiosas en las que los fieles agradecían a la Virgen del Carmen el feliz desenlace del asedio. Pero los recovecos del alma humana son insondables y, apenas habían pasado unas horas desde que empezó a circular la feliz noticia, noté que aquella alegría popular desbordante iba bajando en intensidad y pronto era sustituida por una sensación de melancolía y hasta cierta tristeza que se pintaba en las caras de los gaditanos.

Recordé lo que había sentido cuando, al enterarme de la captura de Hidalgo y sus secuaces, eché de menos el aguijón de la incertidumbre que había aliviado la monotonía del largo camino. De forma semejante, con la partida de los franceses los vecinos de Cádiz habían perdido su principal argumento de conversación; ya no podrían fabricar más bulos y comidillas sobre la evolución del sitio y ya no tendrían excusa para inventarse las coplas y chirigotas con las que ridiculizaban al enemigo y mantenían alta su propia moral. Y hasta se había retirado del puerto la flota inglesa que suscitaba entre los gaditanos, a partes iguales, recelo y tranquilidad.

La retirada de los franceses también significaba que el diputado y sus acompañantes nos mudaríamos de la casa embarcada a aposentos en el centro de la ciudad más cercanos a la sede de las Cortes, que habían quedado libres cuando se marcharon los soldados forasteros que ayudaron a su defensa. Debo confesar que la idea de interrumpir la absorbente relación amorosa con la viuda provocó en mí una sensación de alivio más que de tristeza. En cambio, sentía tener que alejarme de los grandes ojos azules y la carita expresiva de María, que cuando venía a buscarme por la mañana para que le contase historias, con su aureola de pureza me limpiaba de los excesos carnales de la noche anterior.

Por su parte, don Pedro no había desesperado en sus propósitos de conquistar los favores de doña Dolores y aparecía cada mañana a desayunar con la barba y la melena más peinadas y recortadas que el día anterior, aprovechando cualquier ocasión para dispensar piropos y pequeñas atenciones a la viuda. Y finalmente me pareció que ella no había permanecido insensible a esos halagos, pues en una de mis últimas visitas a doña Dolores, bajo el resplandor de la luna vi brillar sobre el velador en su alcoba el valioso collar de perlas que don Pedro había comprado al joyero de Veracruz.

El funeral de Power

Estábamos ya cerrando nuestro equipaje cuando apareció Cancelada en la casa embarcada, con su expresión avinagrada y sus noticias que nunca eran del todo tranquilizadoras.

—Parece ser que entre Inglaterra y los Estados Unidos se ha declarado la guerra y que la Armada británica ha desembarcado en Virginia, sitiando e incendiando Washington. En principio, para nosotros debería ser una buena noticia, porque mientras las potencias anglosajonas se estén peleando dejarán de presionar en nuestras posesiones, pero mucho me temo que esta guerra sea como esas desavenencias de familia por cuestiones de herencia: una vez que los deudos consiguen partir la hacienda vuelven a reconciliarse entre ellos, y entonces tendremos que echarnos de nuevo a temblar.

Aparte de esa noticia que él mismo no sabía si era mala o buena, Cancelada nos comentó algo que provocó a todos una gran tristeza.

—Me he cruzado por la calle con don Esteban Ayala, que iba a buscar al párroco para que le diesen a Power los últimos sacramentos. Me ha contado que el capitán había caído con unas fiebres días atrás y que en el reciente temporal el agua ha inundado su vivienda, haciéndolo empeorar.

Aquella mala nueva le afectó mucho al abuelo, pues aquellas dos personas con orígenes sociales y profesionales tan diferentes habían establecido una relación de confianza y de mutuo respeto beneficioso para ambos. Cuando fuimos a su casa para saber cómo evolucionaba la enfermedad de Power, ni siquiera pudimos entrar porque la miserable vivienda estaba abarrotada de diputados que habían acudido a darle el último adiós a quien se había hecho querer y respetar por su capacidad de conciliar voluntades opuestas, lo que había salvado de la ruptura en más de una ocasión a bandos que representaban intereses e ideologías opuestos.

La enfermedad y muerte de su amigo Power contribuyó no poco a la decisión que tomó don Pedro de abandonar su escaño y ausentarse de Cádiz para volver a su provincia. El abuelo alegó motivos de salud pero yo sabía que hacía ya tiempo albergaba planes de realizar un largo viaje, antes de regresar a Nuevo México.

A la salida del funeral, que se celebró en la catedral de Cádiz con honores militares —pues atendiendo a sus especiales méritos se había hecho una excepción a la regla dictada por las Cortes de no hacer exequias a los diputados—, se formaron grupitos de personas que comentaban los últimos acontecimientos. Entre ellos, que finalmente Napoleón había accedido a devolverle el trono al rey Fernando VII, tras hacerlo firmar un acuerdo en Valençay que tenía todo los elementos de una claudicación.

Aquellas noticias, que eran en parte positivas, llegaban empañadas por preocupantes rumores, según los cuales un grupo de diputados serviles estaban elaborando un manifiesto para pedir al rey que anulase los trabajos de las Cortes e hiciese tabla rasa de la Constitución. Contaban que, cuando la delegación enviada a Valencia por las Cortes y encabezada por su presidente, el cardenal de Borbón, a su regreso de Francia fue a recibir al rey, éste le había tendido al cardenal la mano con su anillo, y con un gesto imperioso le había dicho: "¡Besa!" Tras unos instantes de vacilación, el cardenal se habría arrodillado ante Fernando VII y le habría besado el anillo, lo que sólo podía interpretarse como una vergonzosa sumisión del representante de la nación ante un monarca absoluto.

El carruaje submarino

No quise partir de Cádiz sin despedirme de mis amigos de las profundidades, pues había aprendido mucho más de las Cortes de los Ahogados que escuchando los conceptuosos discursos de los diputados de la tierra firme. La noche en que, en vísperas de nuestra partida hacia Madrid, bajé al fondo de la bahía vi que el valle submarino estaba poblado de nuevos visitantes.

Encontré en animada conversación al capitán Cristóbal Allende con el capitán Ramón Power, lo que no me sorprendió, pues en su profesión de marinos de guerra ambos habían tenido vivencias semejantes. Anteriormente había evitado conversar con don Cristóbal, pero al haber acabado mi relación con la viuda no tuve reparos en acercarme al oficial de la Armada.

—Le estaba contando al capitán Allende —me dijo Power al verme llegar por el sendero de arena— que poco antes de que se produjese el desastre de Trafalgar estuve a punto de perder la vida cuando los dos navíos de línea de la Armada española, el *Real Carlos* y el *San Hermenegildo*, se dispararon mutuamente al confundirse con buques enemigos a causa de la niebla, y tras haber explotado la munición se fueron ambos a pique. Así pereció toda la oficialidad y tripulación del *Real Carlos*, donde yo había estado embarcado hasta entonces, y me salvé de milagro al haber sido trasladado pocas horas antes de la tragedia a la fragata *Sabina* como ayudante del general Moreno.

—El destino gasta a veces bromas crueles —dijo el capitán Cristóbal Allende—, porque mi navío *El Centauro* había sobrevivido a lo más duro de la batalla de Trafalgar, y cuando desarbolado y con vías de agua me estaba acercando al puerto de Cádiz, el viento nos empujó contra la costa y la quilla de la nave se partió en dos contra un escollo. Me acometió una horrible desazón cuando me di cuenta de que iba a perecer a las puertas de mi propia casa.

En aquel momento vi que por el camino de arena venía caminando un soldado vestido con una casaca azul y un pantalón con un vivo rojo que identifiqué como el uniforme de caballería del ejército de los Estados Unidos. Lo reconocí por la forma que tenía de andar, con el sable sujeto debajo del brazo, pero tuve que pellizcarme para asegurarme de que no estaba soñando: ¡el náufrago era Zebulón M. Pike!

Casi experimenté el mismo sentimiento de pánico que había sentido de niño cuando, años atrás, el teniente Pike al pasar por Santa Fe me había taladrado con el bisturí de sus ojos azules. Me pareció que no había cambiado en nada el ademán de superioridad de Pike y lo único que notaba diferente era la herida de metralla en un muslo que lo hacía cojear, quitándole algo de elegancia al caminar. Y en ese momento recordé lo que había contado don Juan López de Cancelada sobre la guerra entre Inglaterra y los Estados Unidos.

Pike se acercó a otro corrillo de náufragos donde estaba el coronel Manuel Salcedo y se presentó al oficial español:

—Soy el capitán Pike, del ejército de los Estados Unidos —seguramente en el tiempo transcurrido desde que lo había conocido había sido ascendido de teniente a capitán—, y sufrí este percance defendiendo una posición cerca de Washington contra el avance de las tropas inglesas.

Los dos oficiales se dieron la mano, al tiempo que don Manuel Salcedo se sacudía con un gesto de fastidio los pececitos que se ensañaban en picotearle la herida del cuello. Tras quedarse un momento observando al recién llegado, el antiguo gobernador de Texas le preguntó:

—¿No será usted el mismo oficial estadounidense que entró hace unos años con su destacamento por la frontera norte de Nuevo México y construyó un fuerte en el río Conejos?

—En efecto, me había extraviado en medio del mal tiempo y me encontraron allí un grupo de dragones españoles, que me llevaron a Chihuahua para ser interrogado por el comandante general don Nemesio Salcedo. ¿No será usted por casualidad de la misma familia que el general? —preguntó Pike.

Salcedo no contestó directamente a aquella pregunta, pero en cambio le comentó al oficial:

—Mi predecesor en el cargo de gobernador en Texas, don Antonio Cordero, me dijo que lo había conocido, y tenía mucha simpatía por usted. Me comentó que era un buen soldado y un experto jinete —al oír aquel cumplido, las mejillas de Pike acusaron un intenso rubor.

—En efecto, don Antonio me acompañó parte del trayecto desde Chihuahua hasta la frontera de Texas, y yo también lo considero un valiente soldado y un intachable caballero entre los que he conocido.

El coronel Salcedo hizo una pequeña pausa y me pareció que tenía ciertas dudas antes de añadir:

—Puede que lo que voy a decir vaya a sonarle extraño, pero aunque hasta ahora no había tenido el gusto de conocerlo personalmente siempre me ha inspirado una gran simpatía, porque gracias a usted, o más bien debería decir por culpa de usted, a mi tío don Nemesio Salcedo le cayó una buena reprimenda de sus superiores por haber sido demasiado tolerante con usted, al dejarlo libre en la frontera de Texas después de haber recorrido toda la región y de haber tomado notas de todo lo que le interesaba.

El capitán Pike se sintió tan sorprendido por aquella confidencia que no supo cómo debía reaccionar, y Salcedo aprovechó su silencio para añadir:

—Como ha llovido mucho desde entonces, y pienso que aquí abajo puedo expresar los sentimientos que durante muchos años me he callado, puedo ya decir que cuando serví a sus órdenes, mi tío don Nemesio hizo todo lo que no está escrito por hacerme la vida imposible, por razones que hasta ahora no he llegado a comprender.

En ese momento la conversación se vio interrumpida por la aparición de un curioso carruaje que venía por el sendero de arena levantando un remolino de lodo y piedras. Aquel vehículo me recordaba la cureña donde habían transportado el cañón gigante, pues también estaba adornado con águilas de bronce, pero, en vez de tener un tiro de corceles, el carruaje submarino estaba enganchado a una doble collera de grandes caballitos de mar, cuyos pescuezos escamados se arquearon bajo la presión de las riendas que empuñaba un jinete con uniforme de húsar francés.

Me quedé de una pieza cuando reconocí, sentado en la parte de atrás del carruaje, al oficial francés con el que François y yo habíamos luchado en el fuerte de La Cabezuela, cuya cabeza había rodado por el talud del fuerte tras ser cercenada por el machete de piedra de mi amigo. Y, en efecto, al verlo de cerca me fijé que un tajo profundo le separaba la cabeza del tronco y que la mantenía en su sitio gracias a la misma correa que sujetaba el gran gorro peludo de húsar imperial.

Al llegar junto al grupo de los demás náufragos el oficial francés paró en seco su curioso carruaje y saltó a tierra, con cuidado de agarrarse el gorro con una mano para no perder la cabeza, e hizo una reverencia muy cortesana con la otra mano ante los oficiales allí reunidos.

Pero ninguno de los soldados y los marinos españoles de aquel corrillo le devolvió el saludo al oficial francés. Y hasta el propio coronel Salcedo, que me había impresionado por sus buenos modales, le dio deliberadamente la espalda al gigantón. A Pike le sorprendió tanto que nadie devolviera el saludo que se dirigió a don Manuel para preguntarle:

—¿Qué les ocurre, por qué no saludan al oficial francés? Sé que están ustedes en guerra, pero creo que no merece la pena que arrastremos hasta el fondo del mar las rivalidades de allá arriba.

—Como soldados, siempre debemos estar dispuestos a obedecer las órdenes de nuestros superiores, pero dentro de ciertos límites, y le aseguro que el ejército francés ha sobrepasado con mucho los límites que imponen la humanidad y la caballerosidad; me sería imposible describirle ni siquiera una fracción de los crímenes y abusos que han cometido los franceses en nuestro territorio, violando a niñas y ancianas, profanando iglesias y destruyendo todo lo que no podían llevarse en sus mochilas.

Al ver que todos los náufragos le hacían el vacío, el francés recorrió con la vista la concurrencia, quizás esperando en vano un gesto de bienvenida. Y cuando se fijó en mí, me reconoció inmediatamente y sin dudarlo un momento, se volvió a subir a su carromato y, desenvainando el sable, dirigió su carruaje contra mí, por lo que puse pies en polvorosa o, para ser más exacto, en agua lodosa.

Mientras corría por el fondo del mar, oía detrás de mí las voces del gigante descabezado que iba profiriendo terribles amenazas y juramentos.

—*C'est un des voyous qui m'ont attaqué, mais ça ne vas pas se passer comme ça. Cette fois je vais t'arracher la peau de miserable indien! Sacré nom de Dieu!*

Me sentí perdido cuando resbalé en el fondo fangoso, cayendo a los pies de los corceles marinos que tiraban del carromato, pero agarrándome al pescuezo de uno de los caballitos de mar conseguí levantarme, aunque la crin erizada de espinas me hizo un tajo profundo en la mano. Después me escurrí en una cavidad rocosa por la que no podía pasar el armón de artillería.

Desde mi refugio seguía oyendo al francés profiriendo amenazas:

—*Il ne vaut pas la peine de courrir comme un lapin, parce que je t'aurai a la fin. Vermine, assasin, sauvage!*

Me desperté de madrugada en la cueva cercana a la playa, y cuando acabé de desperezarme, noté que en la arena había unas gotitas de sangre que me brotaban de una herida en la palma de la mano.

Tempestad en la bahía

Una vez que se confirmó que los franceses se habían retirado de sus posiciones para no volver, algunos gaditanos tuvieron la curiosidad de contemplar de cerca el emplazamiento de la artillería que había estado bombardeando la ciudad, y cruzaron en botes la bahía a la otra orilla. Los excursionistas desembarcaban en la playa del fuerte de La Cabezuela con sus capachos de merienda y bien surtidos de vino de Jerez, que no habían podido disfrutar mientras aquella ciudad había estado bajo el control de los franceses. Aunque el asedio no hubiese impuesto grandes privaciones, los gaditanos habían echado de menos la libertad de acercarse a las marismas, donde solían recoger setas de cardo en otoño y espárragos trigueros en primavera.

Las barcas volvían al puerto de Cádiz con manojos de hierba sujetos con trenzas de junco al mástil de la embarcación, como si fuera la banderola de su recién recuperada libertad. Aquel gesto me recordó lo que había visto hacer a los vecinos del vado de San Miguel, cuando don Pedro se había encargado de distribuir las parcelas a orillas del río Pecos y los nuevos propietarios también arrancaban manojos de hierba y arrojaban piedras a los cuatro puntos cardinales para demostrar que habían tomado posesión de su lote de tierra.

Para endulzar el trago amargo de la despedida, don Pedro fletó una chalupa y nos llevó a todos los inquilinos de la casa embarcada al otro lado de la bahía, donde disfrutamos en una playa de arena dorada de una merienda servida en platos de loza y regada con buen vino de La Rioja. Ya había notado que, durante la travesía de la bahía, entre don Pedro y la viuda se cruzaban miradas de entendimiento; y cuando el abuelo la ayudó a bajar del bote la mujer apoyó el busto en el brazo solícito, más de lo necesario para llegar a la orilla sin novedad.

Pero cuando, acabado el ágape, volvimos a subir a la lancha para cruzar la bahía, se había levantado un viento racheado que en pocos minutos encrespó la superficie de la ensenada con olas fuertes que sacudían la frágil embarcación. Aunque el batelero intentaba capear el temporal, la chalupa cabeceaba y se bamboleaba, y no tardaron en leerse en las caras de los pasajeros los efectos de aquel rabioso cabeceo. El único que se mantuvo impávido, sentado en la proa de la barca con su fusil entre las piernas como si fuese un mascarón, fue el veterano Leiba, que soportaba el embate de las olas con la misma sangre fría con que había aguantado la embestida del bisonte en medio de la llanura.

Se me ocurrió pensar que si el temporal no amainaba, podríamos acabar compartiendo los restos de la merienda con los miembros de las Cortes de los Ahogados; pero la niña María, que desde que empezó a moverse la barca había escondido sus rizos dorados en el regazo de su madre, se acercó a mí y agarrándome la mano entre las suyas me preguntó:

—¿Podría usted hacer algo para que aflojase la tormenta?

La dueña Isabel llamó a María:

—Hija, no molestes al señor, vuelve con doña Dolores y agárrate bien, no te vayas a caer al agua.

Pero la niña no se movió de mi lado, y de los grandes ojos azules empezaron a caer lagrimones como puños.

—Este señor sabe lo que hay que hacer para que amaine el viento —exclamaba la niña, entre sollozos.

En ese momento intervino doña Dolores, llamando a su hija.

—Disculpe, señora —le dije a la viuda—, pero tengo yo la culpa de lo que está diciendo María, pues cometí la imprudencia de enseñarle algunos trucos y sin darme cuenta quizá le he hecho creer que tenía poderes mágicos.

—¡No es verdad, no es verdad! —protestaba la niña, intentado dominar sus hipidos—. Yo vi cómo este señor pintaba con un palo unas rayas en la arena de la playa y por eso no nos ha caído ninguna bomba en la casa. Ahora podría hacer algún truco para que bajasen las olas.

No sé si lo hice para acallar el llanto de la niña o para impresionar a la madre, pero saqué de la bolsita los últimos puñados que me quedaban del polen sagrado y, procurando no caerme al mar, me puse de pie en la proa de la embarcación y espolvoreando el polvillo amarillento sobre las aguas turbulentas musité la plegaria:

> Pon tu cabeza abajo con polen.
> Pues ya tus pies son de polen,
> Tus manos son de polen,
> Tu voz es de polen.
> La senda es hermosa
> ¡Quédate en paz!

Apenas hube acabado de recitar la última estrofa de aquella oración el viento amainó y las olas dejaron de batir el costado de la chalupa. La superficie de la bahía se quedó tan planchada como si se hubiese derramado un barril de aceite sobre las aguas. El sol de la tarde incendiaba las cúpulas de las iglesias de Cádiz, que reflejaban su mole majestuosa sobre el espejo del mar, como si fueran los muros revestidos de pedrería de los monumentos de Cíbola.

V

EL TORNAVIAJE

La salida de Cádiz

La silla de posta que tomamos para salir de Cádiz era un landó cerrado, en cuya exigua cabina nos apelotonábamos en las dos banquetas colocadas frente por frente. A un lado iba el diputado, que había ganado peso debido a la buena mano en la cocina de la dueña Isabel mientras estuvimos en la casa embarcada; el veterano Leiba, cuyos largas piernas y brazos cabían malamente en aquel estrecho receptáculo y un oficial de caballería que se apearía en Sevilla. Y en la banqueta del otro lado iba yo, emparedado entre una dama vestida de luto de hechuras generosas que llevaba un frasco de sales en la mano para no marearse con el traqueteo del vehículo y un fraile franciscano tampoco muy enjuto que me recordaba algo a don Celedonio, el párroco de la aldea de Tomé.

Aún de madrugada cruzamos la Puerta de Tierra y tomamos hacia la Isla de León por el istmo que tenía a la derecha el océano y a la izquierda las marismas. La extensión de aguas cenagosas que había servido de protección a la ciudad frente a los ejércitos franceses no protegía al viajero del tedio que producía aquel paisaje chato, donde el azul plomizo del cielo se fundía en los bordes romos de las marismas.

Aquel monótono escenario no ofrecía el menor detalle pintoresco o la más pequeña variación que pudiera distraerme de unas cavilaciones que eran más bien sombrías, pues no teníamos ninguna garantía de lo que el futuro inmediato pudiera depararnos.

En las tertulias de la Calle Ancha que frecuentaban los liberales cada vez tomaba más cuerpo el rumor de que, al sentirse respaldado por un puñado de militares y de diputados absolutistas, el soberano estaba dispuesto a hacer tabla rasa de todas las libertades que se habían acuñado en la Constitución. Los diputados con fama de progresistas no querían acudir a la nueva sede de las

Cortes en Madrid, temiendo ser arrestados; y algunos se estaban organizando para viajar a Londres o a París, donde estarían a salvo si se producía un golpe de Estado reaccionario.

Pero, llevado por su inagotable entusiasmo y su indomable energía, don Pedro se había empeñado en pasar por Madrid y seguir después hacia Bilbao, en contra de lo que nos aconsejaban personas de mucha experiencia. Tras lo que había oído decir al capitán Power y a don Francisco Saavedra, el abuelo quería ir a esa ciudad para realizar las gestiones que le había encomendado el predicador de Santa Fe con vistas a recuperar la deuda familiar, y quién sabe si en su mente inquieta pajareaba la idea de indagar también sobre la deuda del Congreso norteamericano con la Corona española por las armas y provisiones enviadas a los rebeldes durante la guerra, pensando que quizás aún se podrían reclamar al gobierno de Washington esas sumas.

El viaje desde Cádiz a Madrid se me hizo muy largo porque apenas si me quedaba espacio en la banqueta para poder respirar, encajonado entre el fraile y la viuda, y, para no molestarlos en sus largas siestas, no me atrevía ni a mirar por la rendija del ventanuco, por donde a veces se vislumbraban escenarios pintorescos, como el desfiladero de Despeñaperros, el puerto que daba acceso a Castilla desde Andalucía.

Según nos fuimos alejando de Cádiz, donde se había gestado el proceso constitucional con el beneplácito del pueblo, nos dimos cuenta de que en el resto de la península existía una ignorancia generalizada hacia los cambios en el sistema político que se habían producido en las Cortes. Y por ciertos comentarios que pude oír en boca de los arrieros y de los propietarios de las ventas, tuve la sensación de que el pueblo llano albergaba cierto resentimiento hacia el puñado de privilegiados que nos habíamos refugiado en la ciudad amurallada, mientras que en el resto de España los patriotas habían tenido que verse las caras con el invasor.

Igual que había ocurrido en la Nueva España, la guerra en la península había durado demasiado para que uno de los bandos en lucha pudiera sentirse vencedor. Las pequeñas aldeas y cortijadas que quedaban al borde del camino presentaban a la distancia un aspecto pulcro y encantador, con sus muros enjalbegados, su zócalo de un color añil muy vivo y sus palomares donde revoloteaban bandadas de palomas de plumaje variopinto. Pero cuando llegábamos más cerca apreciaba en sus muros el impacto de las balas o de la metralla, las aspas de los molinos estaban tronchadas y las trojes desfondadas. A veces los pozos hedían por la putrefacción de los cadáveres de soldados franceses que los campesinos habían arrojado allí para evitar represalias. Rara era la persona que no había perdido en el conflicto a un familiar cercano, padre, hermano o marido; o que no hubiese visto con sus propios ojos un acto de violación o de degüello.

Por ello, el ambiente que se respiraba en las ventas y en las cortijadas no era el de la euforia y satisfacción que podía haber sentido un pueblo que a pecho descubierto había sido capaz de derrotar al ejército más poderoso del mundo. Me vino a la cabeza lo que don Bartolomé le había respondido en Guanajuato al veterano, cuando se le ocurrió decir que las autoridades habían expuesto las cabezas de los líderes rebeldes en la plaza para que sirviese de escarmiento a la población: "Esta ciudad ha sido objeto de varios saqueos, violaciones y degüellos por parte de los insurgentes y de las tropas realistas. ¿No piensa que los ciudadanos están ya suficientemente 'escarmentados'?"

Quedaban sólo un par de jornadas para llegar a Madrid cuando, durante la parada en una venta, el fraile franciscano —que se había pasado la mayor parte del camino roncando y guardando silencio cuando estaba despierto— me pidió que lo llevase al cuarto de don Pedro, pues tenía necesidad de hablar con él en privado.

Toqué a la puerta de la habitación que ocupaba el abuelo, donde el techo era tan bajo que tuvo que indicarle al fraile, para que no diese con la cabeza en las vigas de madera, que se sentase junto a él en el frágil camastro, que se tambaleó bajo el peso de los dos ancianos. Juzgué que debía de tener algo importante que decir por la forma que el tonsurado manoseaba las gruesas cuentas del rosario que llevaba atado al cinto y por el sudor que empapaba sus gruesas mejillas.

—Espero que me sabrá perdonar si perturbo su descanso después del ajetreo del día, pero verá que el asunto que me lleva a hablarle no puede esperar… —el fraile interrumpió un momento su discurso y me echó una mirada de reojo que sólo podía indicar que yo sobraba en esa reunión.

Pero al ver ese gesto el abuelo lo tranquilizó:

—No se preocupe por hablar delante de mi nieto, pues el muchacho me ha acompañado todo el viaje y es tan capaz de guardar un secreto como cualquier persona adulta. Usted me dirá, reverendo.

—Pronto entenderá los motivos de mi cautela; ante todo quiero que sepa que aunque no tuviese el gusto de conocerlo tenía ya de usted buenas referencias antes de salir de Cádiz, a través de don Juan López Cancelada, con quien me une una antigua amistad. Y también me consta que, a diferencia de algunos de sus colegas americanos que llevan el odio a España y las ansias de independencia a sus últimas consecuencias, usted es de los que, como yo mismo, pensamos que todavía entre los españoles de ambos hemisferios podemos llegar a entendernos.

La advertencia del fraile

A pesar de tantos prolegómenos, las noticias que fueron saliendo de los labios gordizuelos del fraile, mientras repasaba las cuentas del rosario, eran poco tranquilizadoras. Por el tonsurado nos enteramos de que la idea de llevarse las Cortes desde Cádiz a Madrid había partido de los diputados conservadores, para así apartar a los progresistas del ambiente liberal que se respiraba en esa última ciudad y llevarlos a la que durante muchos años había sido la sede del gobierno absoluto.

Con gran aplomo el fraile nos contó que casi setenta diputados conservadores se habían reunido en Madrid en el convento de Nuestra Señora de Atocha, donde habían redactado el llamado "Manifiesto de los Persas", que reclamaba la vuelta al régimen anterior a la invasión francesa de 1808. Y de la forma más natural el fraile sacó de su faltriquera un ejemplar de ese escrito, cuyos párrafos iniciales nos leyó: "Era costumbre en los antiguos persas pasar cinco días en anarquía después del fallecimiento de su rey, para que la experiencia de los asesinatos, robos y demás desgracias los obligase a ser más fieles a su sucesor..."

Y, como ya se rumoreaba en Cádiz, al sentirse respaldado por un grupo de aristócratas y de militares absolutistas, como el general Elío, el rey decidió asumir los postulados de los persas, e incluso antes de llegar a Madrid había mandado publicar un real decreto por el que declaraba que el texto de la Constitución y sus decretos eran nulos y de ningún valor y efecto, "ahora ni en el tiempo alguno, como si no hubiesen pasado jamás tales actos y se quitasen de en medio del tiempo".

El fraile daba aquellos datos con tanta precisión y aplomo que enseguida comprendimos la gravedad de la situación: el mismo monarca que había cruzado la frontera con Francia como rey constitucional había llegado a Madrid como monarca absoluto. A continuación el tonsurado nos contó que, desde la misma noche de la promulgación del decreto, piquetes judiciales habían procedido a detener a los regentes Agar y Ciscar y a varios ministros del gobierno constitucional, y que se había dado orden de búsqueda y captura de diputados liberales, como Argüelles, Quintana y Muñoz Torrero. También estaban metiendo en la cárcel a algunos de los diputados americanos más significados, como Miguel Ramos Arizpe.

Al oír aquello, el abuelo lo interrumpió:

—Me entristece comprobar que se han cumplido las predicciones más pesimistas que había oído ya en Cádiz. ¿Me podría decir de qué se acusa a esos diputados y en virtud de qué leyes se les mete en prisión? ¿Han olvidado ya que el principal propósito de esos diputados era mantener la integridad del reino hasta el regreso del monarca?

—Ya sabe que el camino al infierno está empedrado de buenas voluntades; y aun suponiendo que su motivación fuese noble, el haberse atribuido una soberanía que sólo pertenece al rey constituye ya un delito de lesa majestad.

Don Pedro se había quedado tan sorprendido por la noticia de la detención de sus amigos y colegas que probablemente se olvidó de pensar que también su vida y su libertad podían correr peligro, pero el propio fraile se encargó de tranquilizarlo:

—El amigo Cancelada me contó que usted no llegó a tiempo de firmar la Constitución y por lo tanto no pueden acusarlo de haber refrendado ese texto espurio. Pero como medida de precaución le recomendaría que se quedase en Madrid en un lugar modesto y tranquilo, apartado del centro bullicioso de la ciudad, porque el gentío está soliviantado con lo que considera una usurpación de las prerrogativas del soberano y pudiera ocurrir que acabasen pagando justos por pecadores.

Aunque en su fuero interno estuviese indignado, don Pedro le agradeció al fraile que hubiera tenido la amabilidad de facilitarnos esa información, pero antes de dejarlo salir de la habitación no pudo menos que preguntarle:

—Perdóneme, Su Reverencia, pero me causa una tremenda curiosidad saber cómo ha podido enterarse de todo lo que está pasando, pues llevamos ya varias semanas viajando juntos sin que lo haya visto conversar con nadie, ni apartarse de la diligencia excepto para hacer las necesidades de nuestra condición. ¿Cómo ha podido tener una idea tan exacta de los acontecimientos en Madrid?

El semblante del fraile se iluminó con una sonrisa maliciosa:

—Podría contestarle de la misma forma como Nuestro Señor Jesucristo hizo con sus apóstoles: "¡Ay! ¡Hombre de poca fe!" Usted es un hombre de campo y habrá notado que las aves del cielo se comunican entre ellas por medios silenciosos para concurrir en el manantial donde encuentran el agua más cristalina o la mata de algarrobo más suculenta. ¿Y no cree que siendo el ser humano dotado de inteligencia e iluminado por el Espíritu Santo puede tener formas de comunicación mejores que las aves y las alimañas del desierto?

Nos dejó con la palabra en la boca con tan enigmática respuesta y se fue a su habitación a descansar el poco tiempo que nos quedaba hasta que el ventero nos avisara para subir a la posta.

El carruaje de piedra

Estaba cayendo la tarde cuando la diligencia entró en la capital. Siguiendo el consejo del fraile, don Pedro decidió albergarse en una fonda algo apartada del centro, cerca de la Puerta de Toledo, por donde de madrugada pasaban carros y acémilas cargados con provisiones para los mercados de la ciudad, como las carretas que salieron temprano de Santa Fe por la puerta de Corrales.

Tras la primera reacción de alarma ante la nueva situación, el abuelo se tranquilizó pensando que su mejor salvoconducto era el contenido de su "Exposición", donde había expresado en forma inequívoca su fidelidad a la Corona española y donde todas sus propuestas estaban encaminadas a que España pudiera conservar las posesiones de ultramar.

Aunque la ciudad se hubiera tranquilizado aparentemente después del cambio de timón hacia el absolutismo, me pareció que aún flotaba en el ambiente algo de la excitación que se había vivido en los días anteriores; como el populacho reaccionario no tenía en quien descargar su vesania antiliberal —al haber sido recluidos los diputados más destacados—, la plebe había arremetido contra los símbolos de la democracia que había encontrado más a mano, por lo que arrancaron las lápidas conmemorativas de la Constitución y arrastraron hasta las cárceles la estatua de la Libertad que por algún tiempo había presidido el Palacio de las Cortes, ya cerrado a cal y canto.

Me pareció percibir, flotando sobre las calles de Madrid, una atmósfera cargada, como la que producen los nubarrones oscuros de los que en cualquier momento puede desgajarse un rayo o vertirse un chaparrón. Por si acaso, el abuelo y yo evitamos visitar los mentideros que frecuentaban los pocos ciudadanos de tendencia liberal que no estaban ya entre rejas, como el café de La Fontana de Oro y la botillería de Canosa. Y nos entretuvimos recorriendo lo que llamaban "salones" del Prado bajo cuya arboleda se congregaban grupos de majas y chisperos, ellas con sus mantones de seda y ellos con el sombrero calañés y el capote que apenas ocultaba la descomunal faca que llevaban bajo el refajo, todo ello con gran encanto y colorido.

En una plazoleta cercana a la Puerta de Alcalá, que aún mostraba impactos de las bombas de los franceses, encontré, rodeada de cantineras y aguadores, una gran fuente de piedra sobre cuyo pedestal había una figura femenina montada en un soberbio carruaje. Era parecido al vehículo que estaba representado en el medallón del palacio del gobernador, y también este coche estaba tirado por dos leones, aunque en este caso el pasajero no representaba a un indio con túnica de obispo y con báculo pastoral, sino a la diosa mitológica Cibeles, también tocada con una tiara y empuñando su cetro. Era notable que, tras haber cruzado medio mundo soñando con un carruaje semejante, fuese a encontrarme una semblanza del mismo, cuyo parecido no era casual, pues supe que las fechas en que habían hecho la escultura de la fuente y el dibujo del mapa de Miera y Pacheco eran cercanas.

Una mañana, cuando el abuelo y yo nos preparábamos a salir de la fonda para dar nuestro paseo cotidiano, recibimos la visita del fraile franciscano, que no habíamos vuelto a ver desde nuestra llegada a Madrid.

—Creo que tengo buenas noticias para ustedes: el nuevo gobierno de Su Majestad quiere estrechar vínculos con los diputados americanos que obedecieron de buena fe la llamada de la patria en peligro —dijo el tonsurado y, tras una pequeña pausa, añadió con un guiño cómplice—: Claro que de este gesto de generosidad no pueden beneficiarse aquellos diputados que sólo fueron a Cádiz como paso previo a la independencia de su provincia.

Al ver que don Pedro guardaba silencio con un gesto de desaprobación, el fraile prosiguió:

—Siempre atento al bienestar de sus súbditos, S. M. ha querido atender algunas de las peticiones que hicieron en las Cortes los diputados de ultramar para mejorar la suerte de sus provincias. Con tal motivo, el recién nombrado ministro de Estado, don Miguel de Lardizábal, me ha pedido que los acompañe a palacio para que puedan expresar de viva voz sus deseos.

Yo recordé que aquel Lardizábal debía de ser el mismo que había firmado el decreto de convocatoria a Cortes, a quien don Bartolomé criticaba tachándolo de falso criollo, y yo pensé que seguramente había también demostrado ser un falso liberal al haberse unido al gobierno absolutista.

Don Pedro le dijo al fraile que no tenía inconveniente en ir a hablar con Lardizábal, pero que todas las peticiones que había hecho ante las Cortes estaban también publicadas en la "Exposición", por lo que no tenía nada que ocultar.

El palacio real

Al pasar por la verja de gruesos barrotes de bronce que daba acceso al patio de armas del Palacio Real, vimos que los alabarderos dejaban pasar al fraile con un saludo respetuoso, por lo que imaginamos que debía de ser un asiduo visitante del palacio. En medio del patio había dos magníficos carruajes enganchados a unos tiros de cuatro corcele, cada uno de capa alazana y crines lustrosas. No fue preciso preguntar a quién pertenecían esos lujosos vehículos, pues el ujier que nos acompañaba le comentó al fraile, con un guiño malicioso:

—Hoy nos visitan Espoz y Mina y su sobrino el joven y famoso Xavier Mina, al que apodaban el Estudiante. Se nota cuando llegan a palacio los guerrilleros por el lustre de los caballos y el brillo de las lanzas: se nota que han metido mano en las arcas de los franceses.

Acompañados por el mismo ujier pasamos ante el cuerpo de guardia de la entrada, cuyos oficiales también parecieron reconocer la rechoncha silueta del fraile, y ascendimos una gran escalinata recubierta de una mullida alfombra que amortiguaba de tal forma nuestros pasos que por un momento me pareció como si estuviese flotando en aquel espacio de altísimos techos, poblado de candelabros de largos brazos y de figuras mitológicas de bronce y piedra.

Según la leyenda de los orígenes del pueblo navajo cuando, huyendo del Diluvio, los primeros hombres habían ascendido del Tercer al Cuarto Mundo, se supone que también habían crecido en estatura física y espiritual; pero allí pasaba lo contrario, pues según iba ascendiendo los peldaños de la inmensa escalera me iba sintiendo cada vez más pequeño e insignificante.

En la antesala del despacho del ministro Lardizábal esperaban a ser recibidas otras personas, y me fijé que un par de caballeros aguardaban de pie, quizá porque al ir vestidos con un completo uniforme militar, que incluía botas de montar con sus espuelas y los sables que colgaban del tahalí dorado, no les resultaba cómodo sentarse. Los dos hombres eran de edades diferentes, aunque tenían una afinidad de rasgos que denotaba su parentesco, y ambos tenían sus facciones cuarteadas por el sol y la intemperie como prueba de que habían participado en numerosas campañas militares. Me llamó la atención el gesto resoluto, casi insolente, con el que el más joven miraba al resto de la concurrencia, con la seguridad de quien se había ganado la admiración de sus conciudadanos, siendo aún muy joven, por sus hechos de armas. El fraile comentó en un susurro de voz:

—Ése que veis ahí es el sobrino de don Francisco Espoz, don Xavier Mina, el famoso guerrillero que tantos quebraderos de cabeza dio a los franceses creando el Corso Terrestre de Navarra hasta que cayó herido y fue hecho prisionero por Napoleón.

Pensé que, en aquel largo pasillo adornado con guerreros de bronce de perfecta anatomía, el único individuo de carne y hueso que podía competir en belleza con las figuras mitológicas era el joven Mina, cuya rubia cabellera se juntaba con sus largas patillas. Pero a diferencia de las estatuas de bronce, que tenían forzosamente una postura estática, el joven guerrillero recorría de uno a otro lado la larga antesala, dando muestras de desasosiego e impaciencia, mientras que las espuelas plateadas tintineaban al chocar con las baldosas.

Por ello me sorprendió que, después de una larga espera, cuando el lacayo de calzón corto hizo pasar a los militares cerrando a sus espaldas la puerta de dos batientes, en pocos minutos la puerta del despacho volvió a abrirse y por delante de nosotros cruzaron de nuevo el tío y el sobrino con el gesto crispado; y le oí decir a Xavier Mina en voz que denotaba una profunda irritación:

—¿Cómo se atreve ese tunante a ofrecerme el mando de un destacamento que envían a América para sofocar la revolución?

¿Pensarán que después de haber dado mi sangre para liberar a mi patria de un tirano voy a usar mi espada para someter a un pueblo que pretende librarse de otra tiranía similar?

Por una claraboya de la sala vi que cuando los carruajes de Xavier Mina y su tío salían del patio de armas, un grupo de curiosos en la calle reconocieron a los dos héroes guerrilleros y les aplaudieron al pasar. Pero en ese momento nos avisaron de que nos iba a recibir el ministro.

Cuando Lardizábal se levantó de su despacho y se dirigió a nosotros para darnos la bienvenida, me sorprendió la forma respetuosa, casi servil, con la que el ministro trataba al fraile, ofreciéndole la butaca más mullida y refiriéndose a él en tercera persona como Su Reverencia o Su Eminencia, como si fuese un obispo o un cardenal. Me llamó la atención que el ministro tuviese sobre su mesa un ejemplar de la "Exposición de Nuevo México" publicado en Cádiz, aunque se suponía que el nuevo gobierno había tenido acceso a toda la documentación de las Cortes, que en muchos casos había servido para inculpar a los diputados.

—He estado revisando, don Pedro, las peticiones que usted había hecho a las Cortes con arreglo a sus instrucciones, y me parecen bastante razonables, especialmente la petición de un obispado en Santa Fe, por la lejanía de la sede pastoral en Durango, así como el establecimiento de un colegio seminario de estudios mayores. Ya le habrá contado Su Reverencia el predicador Ostolaza que una de las prioridades del nuevo gobierno es encarrilar por la senda de la fe y de la religión a los ciudadanos que durante los últimos tiempos han estado desorientados por los cantos de sirena de la democracia.

Nos quedamos de una pieza al enterarnos de que aquel fraile gordinflón, que durante el largo viaje desde Cádiz no había querido revelar su identidad, era nada menos que don Blas Ostolaza, predicador de palacio y sobre todo miembro de la ya famosa "camarilla" del rey Fernando VII, que, según decían, tenía más influencia sobre el monarca que los ministros de su gabinete, a los que el rey nombraba y cesaba por un quítame allá esas pajas.

El ministro Lardizábal demostró que había leído de cabo a rabo la "Exposición", y cumplimentó al abuelo por sus advertencias de la amenaza que suponía la joven nación angloamericana tras la adquisición de la Luisiana, como consecuencia de una intriga entre Napoleón y Godoy, el antiguo valido de Carlos IV que había sido el principal enemigo del actual monarca.

—Su opinión al respecto coincide con la información que nos envía nuestro ministro en Filadelfia, que intenta a duras penas contener las continuas presiones de los angloamericanos para ensanchar su territorio hacia el oeste. A condición de la más absoluta reserva puedo decirle, don Pedro, que nuestro representante en el Congreso de Viena, el señor Labrador, está intentando recuperar la posesión de la Luisiana, que Godoy nunca hubiera debido ceder a Napoleón.

—Yo también tuve ocasión de comentar con el comandante general de las Provincias Internas, a nuestro paso por Chihuahua, la amenaza que supone esta joven y ambiciosa nación. Pero habrá sin duda leído Su Excelencia en la "Exposición" que la amenaza más inmediata proviene de las treinta y tres tribus gentiles que rodean la provincia, constituyendo un obstáculo casi insuperable para nuestro comercio...

Al llegar a ese punto, noté que don Pedro tuvo un momento de vacilación, pero finalmente tuvo el valor de plantear al ministro una petición que llevaba preparada desde hacía tiempo:

—Sin querer abusar de la hospitalidad con la que S. E. nos ha recibido en esta ilustre morada, me atrevería a solicitar respetuosamente que Su Majestad el rey tenga a bien enviar algún pequeño recuerdo o regalo para un jefe comanche. Todos los indios de la región, con los que tengo tratos comerciales, saben que he venido a ver al "Capitán Grande" y valorarán de forma muy especial un obsequio que venga de manos de Su Majestad, lo que será motivo de inmenso agradecimiento y ayudará a equilibrar la precaria situación de la provincia; no creo que sea una exageración pensar que podemos dar por perdidas las Provincias Internas si los gentiles se uniesen al bando de los rebeldes, como ya ocurrió durante el alzamiento de Hidalgo.

El regalo para el jefe indio

Aquella petición pareció provocar un gran nerviosismo en el ministro, que por un lado parecía inclinado a denegarla y por otro no se atrevía a llevar la contraria al abuelo, quizá por desconocer el grado de amistad que unía a don Pedro con Ostolaza, que tras arremangarse el capote clerical con gesto autoritario tomó la palabra:

—Don Pedro, creo que para el señor ministro resulta delicado hacer esa petición a Su Majestad, pero como yo tengo el privilegio de reunirme en privado con nuestro soberano, voy a asumir la responsabilidad de realizar esa petición, que juzgo razonable.

Acompañando al predicador por un dédalo de corredores y salas de espera donde aguardaban racimos de pretendientes y cortesanos, llegamos a un estrecho pasadizo que por la cantidad de centinelas que lo vigilaban supuse que daba acceso a los aposentos reales. Nadie se atrevió a detener al predicador ni a preguntarle hacia dónde se dirigía, por lo que resultaba evidente que don Blas de Ostolaza tenía el privilegio de acceder en cualquier momento del día o de la noche al sanctasanctórum de Su Majestad.

Me llevé una gran sorpresa cuando, al franquear la última puerta, entramos a un cuartucho pequeño y mal iluminado, donde se mezclaban el hedor del tabaco frío y un tufillo inconfundible de alcohol. Ni el tamaño del aposento ni la catadura de los que allí se encontraban hubieran permitido imaginar que aquélla era la sede desde donde se tomaban las decisiones más importantes que afectaban al futuro de la nación. Pero tan absortos estaban los miembros de la camarilla en el manejo de sus naipes que ninguna de las personas allí reunidas se molestó en alzar la vista del tapete para ver quiénes éramos, excepto un hombre mayor que estaba sesteando en un diván y abrió medio párpado al vernos llegar. Entre los miembros de la camarilla había un duque, un embajador y un aguador, aunque por las trazas que tenían parecían todos miembros de esta última profesión. Ninguno tenía el empaque con que yo imaginaba a los grandes de España, aunque pronto supe que el anciano que dormitaba era el duque del Infantado.

Blas Ostolaza se dirigió a ese hombre, que llevaba una casaca tan oscura que le daba aspecto de verdugo o de enterrador.

—Señor duque, acabamos de despachar con el ministro Lardizábal que ha recibido a estos visitantes de Nuevo México —ya había notado que el predicador evitaba pronunciar la palabra diputado—, don Pedro Pino es un honrado comerciante que se gana la vida tratando con las tribus de salvajes que pululan en esos parajes. Y para mantener la paz espera obtener de la liberalidad de nuestro monarca, que Dios guarde muchos años, un pequeño obsequio o regalo destinado a uno de los jefes indios que permita asegurar la paz en esos vastos territorios.

El duque se frotó los ojos y se calzó en la punta de la nariz unos espejuelos con los que nos observó a todos detenidamente, como si estuviera reconociendo a un grupo de enfermos mentales, y sacudió la cabeza en sentido negativo:

—Su Majestad se encuentra posando para un retrato por el que tiene gran interés, y no quiere ser molestado. Ya sabe su reverencia que ese pintor tiene muy mal genio y no le gustan las interrupciones. ¡Pero además, en qué cabeza cabe que el rey de España tenga que hacer un regalo a un cabecilla indio!

—Según nos ha informado don Pedro, y lo confirman los comandantes militares de la región, estos jefecillos tienen una gran capacidad guerrera debido a su fiereza natural y al crecido número de sus huestes. Si esos salvajes se unieran a las tropas rebeldes, como ha ocurrido ya durante la revolución de Hidalgo, las consecuencias para nuestras posesiones en esa zona podrían ser fatales.

—Está bien, está bien, como buen predicador, es usted muy persuasivo, y puede usted intentarlo. Pero que conste que si don Fernando se enoja y me echa a patadas del estudio, Su Eminencia será el responsable de ese desaguisado —el duque se puso en pie y se sacudió con la mano la levita oscura para alisar las arrugas; después me señaló a mí al tiempo que decía—: Venga usted conmigo, pues si no le llevo al rey una muestra de indio, va a pensar que estamos todos locos o borrachos.

A diferencia del cuartucho sombrío donde se reunía la camarilla, la habitación contigua tenía grandes ventanales que daban a la sierra del Guadarrama, y los picos nevados que parecían muy cercanos en el aire limpio de la mañana me recordaron a los montes Sangre de Cristo. En lo alto de una tarima había un butacón y en él estaba sentado un hombre corpulento y desgarbado; y aunque nunca llegué a verle la cara, pude contemplar el semblante que aparecía en el retrato que estaba pintando un hombre de pelo blanco que le caía en guedejas sobre las espaldas cargadas, tan concentrado en su trabajo que ni siquiera se volvió en nuestra dirección.

A pesar de los nervios que me atenazaban el estómago, pude valorar la maestría del pintor al reflejar la expresión de los ojos, que delataban al mismo tiempo que arrogancia una profunda inseguridad; y la media sonrisa que se dibujaba en sus facciones parecía la mueca picaresca de un adolescente que acaba de cometer una gran travesura; tan grande, pensé, como haber mandado a la cárcel o al exilio a quienes habían hecho posible su regreso al trono.

Pero el rey nos había visto entrar con el rabillo del ojo y, sin moverse ni un milímetro de la postura que tenía en el estrado, protestó contra la intromisión:

—Os tengo dicho que no quiero interrupciones cuando estoy posando para un retrato, porque ya sabéis que Goya tiene malas pulgas y es capaz de tirar los pinceles al suelo y no querer volver. Además, en este cuadro pretendo que me saque menos feo que en los anteriores, donde estoy para darle un susto al miedo.

Entonces me percaté de que si el monarca se atrevía a decir aquello era porque el pintor estaba completamente sordo. El duque se colocó donde el monarca pudiera verlo sin cambiar la postura y, tras una profunda reverencia, le dijo:

—Majestad, perdone que le importunemos en tan digna ocupación, pero el predicador Ostolaza ha insistido en que debía pasar a preguntarle si podemos darle un obsequio de parte de S. M. a uno de sus súbditos, que ha viajado desde Nuevo México a Madrid para conseguir esa merced. El regalo está destinado a uno de los jefes de las naciones indias que han pactado una tregua con nuestros colonos, y me aseguran que si no le llevan un obsequio los indios lo considerarán un desaire, que para estos bárbaros equivale a una declaración de guerra.

—Está bien, con tal de que no nos corten la cabellera, le mandaremos un regalito con mi efigie a ese indio bravo; mira, Infantado, acércate a esa alacena, procurando no molestar a Goya, y toma uno de esos cacharros de porcelana que acaban de mandarme de La Granja; todos ellos tienen mi efigie y creo que eso les gustará a los indios.

El duque fue al lugar que le indicaba el soberano y volvió con un objeto de porcelana de forma cilíndrica y un asa a un lado, pero al verlo el monarca lo increpó:

—Ese cacharro no, imbécil, ¿no ves que es un orinal? ¿Me puedes decir qué va a hacer un jefe indio con un orinal, cuando tiene todo el despoblado por delante para mear y cagar? Agarra uno de esos botijos que tienen también mi retrato pintado en esmalte, pues tengo entendido que en esa zona hay grandes tramos sin agua, por lo que un botijo les vendrá de perlas.

El duque regresó de la alacena con un botijo de porcelana esmaltado con dos pitorros y un asa arriba, que tenía adornada la panza con un retrato del rey, que me entregó, al tiempo que me hacía un gesto imperioso de que saliera de allí. Cuando le entregué a don Pedro la pieza de porcelana con el retrato del rey, el abuelo no hizo el menor comentario, aunque debió de comprender lo difícil que sería que aquel frágil presente llegase intacto a manos de su destinatario, el gran jefe de la nación comanche, a quien le habían prometido un presente del Capitán Grande.

El carruaje del rey José

Aparte del regalo para el jefe comanche, la visita a palacio sirvió para que el ministro nos diera un salvoconducto que nos permitiría emprender nuestro viaje y suponía una garantía de que cualquier alguacil celoso no llevase a la cárcel al abuelo, como habían hecho con otros diputados.

El camino desde Madrid a Bilbao pasaba por la ciudad de Vitoria, donde poco tiempo atrás el rey José y su ejército habían parado, ya de camino hacia la frontera francesa. Junto con el rey intruso huían hacia Francia doce mil familias españolas que por temor a las represalias habían decidido seguir al rey José con todas sus posesiones de valor. En la caravana también viajaban cortesanos y funcionarios, sus barraganas —se decía que había unas quinientas prostitutas— y frailes secularizados. El fruto de la rapiña organizada por la administración francesa durante la ocupación se cifraba en cinco millones de doblones, sin contar las doscientas pinturas que se habían arrancado de las paredes de los palacios reales y particulares antes de abandonar la capital.

Precisamente la rémora que suponía esa abigarrada caravana que se extendía varias leguas por la carretera de Francia hizo que se les adelantara un destacamento inglés, que con un movimiento envolvente cortó la carretera hacia Bayona. Lo que había empezado como una batalla entre dos ejércitos de fuerzas equilibradas, al imponerse la superioridad táctica de los atacantes acabó en una huida vergonzosa de las tropas francesas en la semioscuridad de una madrugada fría y lluviosa. El propio rey José estuvo a punto de caer prisionero y para impedirlo tuvo que huir a caballo, abandonando en el coche en el que había viajado hasta entonces su espada, sus documentos secretos y hasta el código de cifra que usaba para comunicarse con los mandos militares en París.

En esta huida precipitada el rey dejó a la merced del enemigo a buena parte de su séquito y de los refugiados españoles que habían confiado en su protección. Cuando supieron que el camino principal hacia Francia había sido cortado por el enemigo, los fugitivos intentaron tomar con sus carruajes y berlinas por caminos rurales, hasta que se encontraron con un arroyo que les cortaba el paso, lo que los obligó a abandonar sus vehículos y cruzar los campos como un rebaño de ovejas perseguidas por una jauría de lobos hambrientos. Cuando una partida de guerrilleros alcanzaba a una de esas familias de afrancesados cuyo carruaje había quedado atascado en el fango al borde del camino, lo primero que hacían era degollar a sus ocupantes y después saquear el contenido de los baúles y compartimentos de equipajes, llenando sus bolsillos y zurrones de monedas y alhajas.

Como todo aquello había ocurrido sólo unas semanas antes de nuestro viaje, al borde de la carretera encontramos carruajes y furgones desvencijados que habían sido sometidos a sucesivos saqueos, pues tanto los soldados regulares como los guerrilleros no se contentaban con el botín que afanaban en la primera pasada, sino que, como las bandadas de buitres, volvían a picotear la carnaza. Cualquier objeto que hubiese pertenecido a los franceses se convertía en un grotesco amuleto que los nuevos propietarios usaban para burlarse de quienes hasta hacía poco habían impuesto una férula despiadada en el país: vimos recuas de mulas que llevaban colgando de la cola las cruces de la Legión de Honor, la máxima condecoración civil francesa, que oscilaban como el badajo de una campana a cada movimiento de sus cuartos traseros.

En una venta donde pernoctamos, cerca de Vitoria, el posadero nos contaba con lágrimas en los ojos cómo había visto correr a través de un rastrojo a una joven de bella y distinguida apariencia, calzada con zapatillas de satén y con un vestido de muselina que ondeaba en la brisa, que miraba hacia atrás con el horror de ver acercarse a sus perseguidores pintado en sus bellas facciones.

Pero esos sentimientos no les impedían intentar aprovecharse del fruto de la rapiña, como demostró el mismo ventero al ofrecernos una vajilla de plata que tenía grabada la "J" de José Bonaparte, aunque don Pedro rehusó comprar nada que fuera parte del expolio. Esa misma noche llegó a la fonda un pelotón de soldados que regresaba de Pamplona; entre grandes risotadas, los soldados sacaron de una mochila un recipiente de oro macizo que resultó ser uno de los orinales que llevaba en su coche Jose I, pues tenía grabado en el metal el escudo regio.

Lo que había ocurrido en Vitoria me recordó la emboscada de Baján donde habían caído los cabecillas de la revolución de Hidalgo; y en sueños volví a revivir la escena que me había mostrado la piedra de cuarzo: la comitiva rebelde desfondada por la sed y el agotamiento, las mulas cargadas de lingotes de plata, los carruajes atestados de prostitutas que se protegían del sol ardiente con ungüento de almagre que les daba un aspecto fantasmagórico, convirtiendo a aquellas profesionales del amor en ángeles de la muerte.

Los papeles de Gardoqui

En el Consulado de Bilbao nos recibió don José Joaquín Orueta y Gardoqui, —caballero de edad mediana con anteojos de montura de plata que parecían concentrar la mirada de sus intensas pupilas, era descendiente por línea materna del Gardoqui que había sido primer embajador de España en los Estados Unidos y también había sido prior del Consulado. Aquella institución estaba controlada por unas pocas familias de Bilbao, pues otro de los priores era un familiar de don Ramón Power.

Don Pedro se identificó como ex diputado a Cortes y le explicó cuál era el motivo de nuestra visita.

—Pensé que todos los diputados estaban entre rejas o camino de Londres —dijo Gardoqui con un brillo irónico tras el cristal de sus anteojos—, pero me alegro de que no sea así.

—Posiblemente de aquí vayamos a Londres, pero sólo porque me inspira curiosidad quiero conocer esa ciudad; considerando mi avanzada edad creo que debo aprovechar este viaje para ver un poco de mundo antes de volver a Nuevo México.

Don Pedro le comentó a Gardoqui la conversación que habíamos tenido en Cádiz con el capitán Power sobre la deuda de los navieros norteamericanos, y sin más preámbulos le entregó la documentación que le había dado el predicador don Francisco del Hocio, al tiempo que le preguntaba.

—¿Cree usted que todavía pueden quedar en este Consulado los documentos que acrediten la deuda de un comerciante de Nueva Inglaterra con la familia Hocio?

Tras repantigarse en su butaca y ajustarse los lentes, Gardoqui estudió los papeles con detenimiento. Después se levantó de su asiento e hizo un gesto para que lo siguiéramos. Al final de un largo corredor había una puerta de doble batiente que daba acceso a un sótano muy oscuro, del que brotaba un relente de humedad y al que se bajaba por una escalera de piedra con escalones mellados y escurridizos.

Precedidos por un ujier con un farol encendido fuimos recorriendo estanterías atiborradas de documentos y legajos que correspondían a antiguas operaciones comerciales registradas en el Consulado. Gardoqui se detuvo frente a unas baldas donde con letra gruesa algo borrosa estaban marcados los años 1776, 1777 y 1778, y le dijo al ujier que subiese a su despacho las carpetas correspondientes a esos años.

De vuelta al despacho, Gardoqui colocó las carpetas de documentos sobre una mesa auxiliar y le dijo al abuelo:

—Si no tiene miedo a mancharse las manos de polvo, entre esos legajos debería encontrar el registro de la transacción que está usted buscando. También debería estar ahí la copia de la letra o pagaré emitido por el naviero norteamericano a favor del comerciante de Bilbao; y en el caso de que la factura estuviera ya pagada, debería estar anotado al margen del pagaré.

A continuación Gardoqui se sacudió las manos del polvo del archivo y se colocó un gabán para salir a la calle, al tiempo que le decía a don Pedro:

—Ahora tengo que acercarme al muelle para revisar precisamente un cargamento fletado a Baltimore, pero si siguen aquí cuando yo regrese, los invitaré a almorzar en una fonda vecina, donde hacen bien el bacalao y dan un aceptable vino de Rioja.

La tenacidad del abuelo, ayudada por mi buena vista y por la fuerza física del veterano, que iba apartando de la mesa las pesadas cajas de documentos según íbamos revisando su contenido, se vio recompensada cuando finalmente encontramos en uno de aquellos libros la anotación correspondiente al envío por parte de un tal don Íñigo de Hocio de un cargamento de mantas, tiendas y pólvora, con la indicación exacta de la cantidad y el precio. En esa misma carpeta había una copia del pagaré por el que el naviero norteamericano, un tal Smith Brown, se comprometía a pagar la cantidad de ciento cincuenta mil reales y dieciséis maravedís.

Cuando Gardoqui volvió al despacho, el abuelo le comentó:

—Creo que hemos encontrado la prueba de que la deuda sigue vigente, y le estoy muy agradecido de que nos haya dado la posibilidad de cumplir lo que le había prometido al predicador. Espero que sepa usted perdonar tanta molestia.

—Al contrario, celebro que el viaje a Bilbao no haya sido en balde —dijo el comerciante y con un guiño irónico añadió—: Ahora sólo le queda embarcarse para Boston para reclamar la deuda al comerciante o a sus herederos.

—Pues no tenga la menor duda de que estoy dispuesto a viajar a Boston y al fin del mundo, si es necesario, para rematar esta operación.

Aunque no lo expresó de palabra, la mirada de Gardoqui demostraba que estaba sorprendido por el espíritu aventurero de aquel anciano y que estaba dispuesto a ayudarlo:

—Por mi parte —dijo el prior—, voy a extender un certificado de que en este Consulado donde en su día se registró la operación no tenemos constancia alguna del pago de esa deuda. —y, tras abrir la tapa del reloj que colgaba de su leontina con dijes de oro, Gardoqui le hizo un guiño al abuelo—: Ya corren las dos de la tarde y supongo que estará de acuerdo conmigo en que con el estómago vacío no se trabaja bien ni se piensa bien; si no tienen inconveniente en compartir un tentempié en un sitio modesto, los invito a tomar un bocado y a degustar un buen caldo de Rioja en el colmado de mi amigo Iñaki.

Mientras dábamos buena cuenta de una ración de bacalao en una salsa espesa que por lo visto era la especialidad del lugar, Gardoqui, don Pedro y el veterano llenaron sus copas de un vino con un color rojo muy encendido, que pronto encendió también los ánimos de los comensales. Y don Pedro aprovechó el ambiente que se había creado en torno a la mesa para plantear el otro tema que yo sabía le estaba rondando en la cabeza.

—En Cádiz conocimos a don Francisco Saavedra, el antiguo regente, que había sido ministro de Hacienda en el gobierno anterior. El propio don Francisco nos dijo que la persona que conocía más a fondo las operaciones de envío de armas y pertrechos a las colonias rebeldes era su abuelo, don Diego María Gardoqui.

—En efecto, mi abuelo fue nombrado embajador ante el presidente Washington pero creo, don Pedro, que usted y sus acompañantes han llegado con buen pie a Bilbao, pues al ser en este momento gerente de la firma familiar Gardoqui y Hermanos, y ocupar el mismo cargo que ocupó mi abuelo en el Consulado, la familia me ha confiado el cuidado de su archivo y de su correspondencia personal, que desde este momento pongo a su entera disposición.

Cuando volvimos al Consulado la luz había caído, y Gardoqui tuvo que pedir al ujier que trajese unos grandes candelabros de bronce que colocaron sobre la mesa de un pequeño despacho, al que se accedía desde el despacho principal por una entrada disimulada en uno de los paneles de la biblioteca.

—Pueden ustedes estar seguros de que en este sanctasanctórum no han entrado muchos forasteros, por lo que les ruego que guarden el secreto de su existencia.

Después Gardoqui echó mano a un pequeño llavín que tenía colgado del cinto y con él abrió una gran papelera de marquetería con incrustaciones de marfil, de donde sacó unos fajos de cartas, abriendo el lazo de seda casi traslúcido, que tendió a don Pedro.

—En la correspondencia del abuelo están recogidos importantes acontecimientos de la historia de España, pero lo que a usted le interesa sobre la ayuda de la Corona a las colonias norteamericanas estará en una de estas cartas, como ésta que escribió cuando era secretario de Hacienda, cuando el valido Manuel Godoy le pidió que cuantificase la deuda.

Y, tras deshacer con cuidado el lazo de seda que anudaba el paquete, sacó una carta cuyo papel parecía casi transparente y se puso a leer su contenido:

"Las ventajas que los norteamericanos recibieron de la España fueron muy importantes, respecto a que se les socorrió en dinero y efectos por el Gobierno español en 1776, 77 y 78 con la cantidad considerable de 7 944 906 reales y 16 maravedís de vellón, sin contar la remesa de 30 mil mantas que se les hizo en el momento en que tenían absoluta e indispensable necesidad de ese socorro para que no pereciese su ejército..."

Gardoqui interrumpió en ese momento la lectura de la correspondencia, y me tendió a mí el fajo de cartas:

—Como me falla la vista y me tiembla el pulso, quizá deberíamos confiar en ese joven ayudante de usted, que parece un muchacho bastante despabilado, para que vaya ojeando las cartas y apuntando en un papel las cifras que cuantifican la ayuda a los norteamericanos, que es lo que a usted le interesa.

Pasamos varias horas dedicados a aquella ardua y absorbente tarea, y confieso que a partir de cierto momento las cifras me empezaron a bailar en la cabeza, pero el prior me ayudó a sacar la suma total con lo que yo había ido anotando en un papel.

—Aunque suponía que la cifra resultaría elevada —le comentó al abuelo—, no podía imaginar que ascendiese a treinta y siete millones de reales en los años que había durado la contienda —confesó Gardoqui, y después preguntó—: Dado que le he ayudado a valorar el importe de la deuda, me gustaría saber qué utilidad podría sacarse de esta información, si es que tiene usted, don Pedro, la intención de que sirva para algo, aparte de satisfacer su lícita curiosidad.

—Aunque haya pasado tanto tiempo desde que les dimos esa ayuda, que por lo que sospecho jamás fue pagada, le sorprendería saber que en fechas relativamente recientes visitó Cádiz un agente norteamericano que aún reclamaba a la Regencia indemnizaciones por el cierre del derecho de asiento en Nueva Orleans, que data de la misma época en que su abuelo era embajador en Washington.

Gardoqui se quedó mirando al abuelo con aquella mirada penetrante que tanto me había impresionado desde el momento en que nos había recibido en su despacho, y después se dio una palmada en un muslo:

—¡Vaya, vaya, con el diputado de Nuevo México! Creo que esa idea debe más bien su origen a la mente de un comerciante que a la de un político. Y si pasa por Londres le aconsejaría que hablase de ese tema con mi amigo el banquero Fermín Taster, que tiene excelentes relaciones con círculos políticos y financieros de esa ciudad, y con el propio embajador de España, el conde de Fernán-Núñez.

A los pocos días de aquella visita al Consulado, don Pedro, Lieba y yo estábamos a punto de zarpar en el barco que nos llevaría a Londres, cuando un mensajero de Gardoqui llegó al puerto y nos contó que Xavier Mina y su tío don Francisco habían intentado tomar con sus tropas la ciudad de Pamplona, para que en España volviera a proclamarse la Constitución, y que al haber fracasado en ese intento, ambos habían huido por la frontera francesa, aprovechando su conocimiento de los pasos del Pirineo que databa de su época de guerrilleros.

La niebla londinense

La mañana en que el bergantín *Portugalete* surcó las caudalosas aguas del Támesis, bullía en mi interior un flujo de sensaciones y pensamientos contradictorios tan intenso como la corriente de la pleamar que chocaba con la proa de la nave. Era imposible no tener ciertos prejuicios sobre ese país, que algunos consideraban la panacea de la libertad y la democracia, y otros un nido de piratas y mercachifles.

No se equivocaba don Juan López Cancelada cuando nos dijo que el cuartel general de la revolución americana estaba en Londres, pues tras haber fracasado los movimientos de independencia en América, aquella ciudad se había convertido en el punto de encuentro de los independentistas americanos que pensaban obtener algún apoyo a sus pretensiones. A partir del advenimiento del absolutismo en España, también se habían refugiado allí los políticos españoles de tendencia liberal, huyendo de la represión del gobierno de Fernando VII.

Pero como el gobierno conservador británico seguía siendo aliado del español, la postura del secretario de Relaciones Exteriores, Lord Castlereagh, era de una tal ambigüedad que no acababa de satisfacer las pretensiones de ninguno de los bandos que cortejaban sus favores. Sin llegar a apoyar a los líderes independentistas, los hombres de negocios ingleses veían con buenos ojos que se abriese el comercio de las Américas que hasta entonces había monopolizado España; pero el embajador español, conde de Fernán-Nuñez, estaba pendiente de que el gobierno no hiciese un gesto que pudiera interpretarse como un apoyo a la revolución, fuese en América o en España.

Aquella estudiada ambigüedad favorecía la presencia en la capital de Inglaterra de una muchedumbre de aventureros, agentes y oportunistas de toda nacionalidad y condición, que esperaban agazapados como la araña al fondo de su trampa. Y los visitantes de aluvión que —como nosotros— nos paseabamos por las calles de Londres sin una agenda oculta ni un propósito concreto, difícilmente podríamos imaginar que una trama de intereses tan densa como la niebla que se cernía sobre las aguas del Támesis podía en cualquier momento atraparlos en esa tupida red.

Si algo caracterizaba a los ingleses era su interés por todo lo exótico, y el trío que formábamos el "Abraham de Nuevo México", con sus floridas barbas blancas y su larga melena; yo mismo, con mi túnica de gamuza y belduque colgado al cinto, y el veterano Leiba, tocado con un amplio sombrero de fieltro, su vieja casaca de cuero y su fusil colgado del hombro —como los ingleses imaginaban que iban vestidos los bandoleros de Sierra Morena—, no podía pasar inadvertido.

Cuando nos presentamos en el despacho de don Fermín Taster con la carta de presentación que le había dado Gardoqui a don Pedro, el banquero miró al abuelo de arriba abajo y con gran franqueza le advirtió que, en su condición de ex diputado a Cortes, sería difícil que no lo tomasen o por un refugiado político o, por el contrario, como agente del gobierno de Fernando VII.

—Debe usted comprender, don Pedro —le dijo el banquero esbozando una sonrisa que marcaba dos hoyitos en sus carnosas mejillas—, que cuando sepan que acaban de llegar de España, donde han sido encarcelados muchos de sus colegas, será muy difícil que crean que ustedes han venido a Londres sólo para conocer mundo antes de volverse a su provincia.

—Pues lo cierto es que en este caso los que piensan mal se equivocan de medio a medio —contestó don Pedro—, pues si es cierto que en parte he venido a Londres para satisfacer la curiosidad que siempre me ha inspirado esta ciudad, también vengo con un propósito concreto, que poco tiene que ver con los intereses políticos, aunque sí con mi condición de diputado. Como podrá comprobar en la carta que le dirige a usted el señor Gardoqui, he querido aprovechar este viaje para recoger información sobre una deuda que contrajo hace tiempo con los familiares de un clérigo de Santa Fe un comerciante de Boston, y precisamente el prior del Consulado de Bilbao me indicó que usted tiene excelentes relaciones con los comerciantes de Nueva Inglaterra.

El banquero estudió con detenimiento los albaranes y las letras de crédito que habían sido selladas en el Consulado y, tras consultar un grueso cuaderno de piel que tenía sobre su despacho, le dijo al abuelo.

—A pesar del tiempo transcurrido desde que se generó ese crédito, estas facturas son perfectamente válidas y la deuda está vigente, tal como certifica el Consulado de Bilbao. Yo estoy dispuesto a endosar esa letra contra el crédito de mi consignatario en Boston, William Edbridge; pero como seguramente le indicaría el amigo Gardoqui, para cobrar esta deuda tan antigua tendrá que desplazarse hasta allí, lo que tampoco es muy difícil pues desde los puertos ingleses salen muchos barcos con destino a Nueva Inglaterra.

Pero cuando unos días después volvimos a recoger el endoso de la letra y los documentos originales del predicador, el banquero le entregó al abuelo, junto con una carta al comerciante de Boston William Elbridge, otra carta cuyo contenido no tenía nada que ver con el negocio del comerciante bilbaíno y en cuyo sobre figuraba un escudo nobiliario.

—Ya le advertí, don Pedro, que su presencia en Londres no iba a pasar desapercibida; y, al haberse enterado que se encuentra en la ciudad, un grupo de antiguos colegas suyos de Cádiz han querido invitarlo a un almuerzo que organiza el honorable Lord Holland, muy interesado por todo lo que ocurre en España, en cuya secretaría trabaja, como sabe, el famoso escritor Blanco White.

La tertulia de lord Holland

Lamentablemente, la invitación para el almuerzo y la tertulia de Lord Holland era sólo para don Pedro, y cuando yo lo acompañé a la casa —un auténtico palacio adornado con pinturas y obras de arte que el duque había ido adquiriendo en sus viajes por toda Europa—, me relegaron a un gran vestíbulo o distribuidor por donde circulaba un ejército de criados y mayordomos, que en ningún momento se molestaron en dirigirme la palabra y mucho menos en ofrecerme un pequeño bocado de las fuentes humeantes que salían de las cocinas con rumbo al comedor.

Lo cierto es que, tras haber sido admitido en lugares importantes —como en la sala de juntas del gobernador de Nuevo México, aunque la primera vez fuese de polizón, o como en la tertulia de los diputados americanos en Cádiz, y hasta en los aposentos del rey de España—, me tomé a mal que en la ciudad que se suponía el crisol de las ideas igualitarias no aceptasen a un joven indio en una reunión de notables.

Al término del almuerzo —que al ir seguido de una prolongada sobremesa duró varias horas—, el abuelo me contó todo lo que había oído en la tertulia del duque. O más bien quiso ponerme al corriente de lo que pensaba que allí se había hablado, pues el abuelo tan sólo conocía el idioma inglés necesario para negociar pieles de nutria y venado con tramperos angloamericanos, en cuyas transacciones no entraban las consideraciones de altos vuelos de la mesa de un aristócrata inglés ilustrado. Y, como consecuencia, creo que don Pedro no se enteró de la mayor parte de lo que allí se había hablado, aunque pudo departir en español con el secretario del duque, Blanco White —cuyos artículos circulaban en Cádiz clandestinamente—. Hasta había departido con la propia Lady Holland, que participó en la sobremesa y también dominaba la lengua de Cervantes. Pero como conocía la debilidad de don Pedro por el bello sexo, no acabé de fiarme de la objetividad de su criterio cuando —aún bajo los efluvios de los vinos generosos que se habían servido en la sobremesa— describió a la duquesa como la mujer más inteligente y atractiva que había conocido en su ya larga existencia.

Aquel día, sin embargo, resultó memorable por otra razón, pues mientras volvíamos de casa de Lord Holland nos perdimos en un dédalo de calles estrechas y retorcidas, y fuimos a parar a una barriada industrial con los muros de los edificios tiznados de hollín de las chimeneas. Inesperadamente, al volver una esquina, dimos de manos a boca con el taller de un maestro de coches, en cuyo patio vimos el carruaje más elegante con el que jamás pude haber soñado. Cierto que aquella berlina no tenía un astro flamígero en las ruedas ni estaba tirado por un par de leones, como aparecían en el medallón del mapa de Miera y Pacheco. Pero la armonía de sus formas, la delicadeza de sus ruedas, reforzadas con llantas de acero y provistas de zapatas con almohadillas de fieltro para hacer más suave el frenado; el acabado perfecto de los asientos recubiertos de un cuero verde muy brillante y perfectamente encerrado; todo en aquel vehículo daba una sensación de comodidad y seguridad que no pasó desapercibida al ojo experto del abuelo, que ya para entonces empezaba a sacudirse los vapores del alcohol y el embrujo de la atractiva duquesa.

Creo que don Pedro supo adivinar la emoción que reflejaba el brillo de mis ojos y —en un gesto de generosidad que lo caracterizaba— me hizo un guiño al tiempo que me decía:

—Si vamos a tener que atravesar todo el continente americano para llegar desde Boston a Santa Fe, más nos vale ir en un carruaje como éste.

No sé si fue más milagroso que encontrase el carruaje de mis sueños en un arrabal de Londres o que consiguiésemos entendernos sobre el precio de compra con el artesano que lo había fabricado, pues aquel hombre ataviado con un mandil de cuero y las manos cubiertas de la grasa se expresaba en un endiablado dialecto galés imposible de comprender. Pero de pronto se acordó que había sido unos años prisionero de guerra de los franceses y consiguió articular unas frases en un *patois créole* que recordaba mucho al dialecto que hablaba el mulatito François.

La referencia a Lord Holland, cuya tarjeta de invitación con el escudo ducal tenía don Pedro en el bolsillo, acabó de facilitar el trato. Aquél era un país donde el sistema parlamentario igualitario estaba sustentado por un sistema de clases completamente rígido, y todo lo que tuviera relación con un aristócrata de tal abolengo causaba verdadera reverencia en las clases bajas. El ayudante de Lord Holland, John Allen, cuyos servicios había ofrecido a don Pedro para cualquier eventualidad, nos proporcionó en un santiamén una collera de caballos alazanes que procedían de las bien provistas caballerizas del duque.

El mismo ayudante nos recomendó que nos mudásemos de la modesta fonda del puerto donde nos hospedábamos a un hotel de más prestigio, el Príncipe de Gales, de lo que me alegré porque el nuevo alojamiento tenía unas magníficas cocheras donde el carruaje del diputado podía estar protegido del lluvioso clima londinense.

El conde de Fernán-Núñez

La primera vez que dimos una vuelta por Hyde Park en aquel carruaje elegante y con un tiro brioso y bien enjaezado, dirigido por la mano experta del veterano Leiba en el pescante, nos dimos cuenta que tan sólo ir en aquel vehículo nos proporcionaba unas credenciales de las que hasta ese momento carecíamos; y notamos que, a nuestro paso, caballeros con elegante levita y damas con sombreros aderezados con nidos de pájaros, sin conocernos previamente nos saludaban con una cortés reverencia.

Curiosamente, la primera invitación que le hicieron a don Pedro después de adquirir el carruaje fue a una reunión de caballeros de una logia masónica, algunos de cuyos miembros había conocido ya en Cádiz, pues varios diputados americanos de tendencia liberal acudían al salón Lautaro. Yo había ido provisto de compresas y vendajes, que eran necesarios después de que el abuelo asistiese a una de las reuniones de la Hermandad de Penitentes en Santa Fe, pero comprobé que esta sociedad secreta no tenía entre sus ritos la flagelación.

No habían pasado muchos días desde que don Pedro había asistido a la reunión de la logia masónica cuando recibimos una nota del ministro Fernán-Núñez dándonos una cita en su legación, y a ésta sí pude asistir porque —según la Constitución de Cádiz— los indios éramos ciudadanos españoles de pleno derecho. El embajador iba elegantemente trajeado con una levita oscura, pero con su pelo ensortijado, sus cejas muy pobladas y sus largas patillas, se daba un aire a los majos que yo había visto en mis paseos por los barrios populares de Madrid.

—Me va a perdonar, don Pedro, que no lo haya convocado antes —dijo Fernán-Núñez tras darnos la bienvenida a su despacho—, pero debe comprender que sus primeras citas en esta ciudad no eran muy tranquilizadoras para un representante de la Corona española. De hecho, sus visitas al banquero Taster, a Lord Holland y a la logia masónica podían despertar sospechas. Pero después he sabido que antes de viajar a Londres ustedes tuvieron una audiencia con el secretario de Indias, don Miguel Lardizábal, el cual ha tenido la amabilidad de enviarme la "Exposición" en la que defiende con gran elocuencia las medidas necesarias para asegurar la integridad de nuestras posesiones en la América Septentrional.

El embajador tenía sobre la mesa de su despacho un ejemplar de la "Exposición", y me sentí sumamente halagado de que aquel informe que yo había ayudado a redactar estuviese considerado en círculos tan importantes.

—Al exponer los problemas que afectan a mi provincia —dijo don Pedro— sólo estaba cumpliendo con mi deber de diputado. Por otro lado, me permito con todo respeto manifestarle que sería necesario que el nuevo gobierno de S. M. considerase favorablemente las peticiones que contiene ese escrito, si quieren atajar los males que han aquejado a esa provincia y evitar que la semilla del descontento fructifique y se extienda como la mala hierba.

—Me temo, don Pedro —contestó el embajador—, que esa mala semilla que en su momento pudo haberse originado en el mal gobierno que usted denuncia, ha sido regada y aventada en alguno de los cenáculos y tertulias a las que usted ha asistido.

—Puedo asegurarle que hasta este momento no tenía ni la más remota idea de que en esos lugares se estaba fomentando la rebelión.

—Pues de forma reservada y confidencial puedo indicarle que en ciertos círculos financieros de esta ciudad, como el que capitanea el banquero Fermín Taster, están conspirando para formar un pequeño ejército formado por soldados españoles y extranjeros cuyo objetivo es desembarcar en un puerto del Golfo de México para ayudar a los rebeldes y declarar a la Nueva España una república independiente.

—Lo que me llevó a entrevistarme con el banquero Taster era una gestión relativa al pago de una deuda contraída por un comerciante de Boston con uno de mis conciudadanos en Santa Fe. Y ya que sale el tema, le diré que, al investigar este asunto, he tenido acceso a unos datos que quizá pudieran interesar a su gobierno para sus negociaciones con el gobierno de Washington.

A continuación, don Pedro sacó de una carpeta las notas y los documentos que habíamos obtenido revisando los papeles de Gardoqui y le explicó que, según esos datos, podía deducirse que la deuda del Congreso de los Estados Unidos con la Corona por su ayuda en la Guerra de Independencia no había sido nunca satisfecha.

El conde escuchó con gran interés todas las explicaciones de don Pedro y tomó en sus manos los papeles que le tendía el abuelo, leyéndolos durante unos minutos antes de comentar:

—Aunque quizá no debería decirle esto, debo reconocer que nuestro gobierno está haciendo equilibrios para evitar que el gobierno inglés se vuelque a favor de la revolución en Hispanoamérica, pues hay muchos intereses comerciales que abogan por la libertad del comercio en ese continente. Por esa razón me parecería un gesto muy poco diplomático que en este momento aireásemos las cifras de la ayuda que en su momento dimos a las colonias rebeldes, pues les estaríamos dando un magnífico pretexto para devolvernos la papeleta treinta años después. "Como ustedes ayudaron a independizarse a nuestras colonias —podrían ahora decirnos los ingleses—, vamos a hacer lo mismo que ustedes ayudando a la independencia de sus colonias."

Y después de decir esto, el embajador le devolvió a don Pedro los documentos como si le quemasen las manos, y dando ciertas muestras de nerviosismo le dijo:

—Por favor, llévese estos papeles, y le estaría muy agradecido de que no le dijese a nadie que me los ha enseñado. No discuto que la documentación que usted ha recogido resulte valiosísima en manos de quienes puedan y sepan utilizarla, pero me temo que esa persona no seré yo.

Antes de despedirnos en la puerta de su mansión, el embajador le dijo al abuelo:

—Si llega usted a viajar a Boston para solucionar el asunto de su compatriota, le recomendaría que se acercase a Filadelfia para saludar a nuestro ministro, don Luis de Onís, que quizá pueda utilizar con más libertad y utilidad que yo esos mismos datos.

VI

LA EXPEDICIÓN DE XAVIER MINA

El anónimo

Pocos días después de haber visitado al embajador, al entrar en la habitación del hotel Príncipe de Gales nos encontramos un sobre sin ninguna indicación de su procedencia, en cuyo interior encontramos el recorte de un periódico donde se anunciaban las llegadas y salidas de barcos del puerto de Liverpool. En el apartado correspondiente a los buques que salían próximamente de los puertos ingleses, alguien había marcado en tinta roja la indicación: "U. S. Caledonian 15 sept. Liverpool-Baltimore". En el espacio en blanco que había al pie del anuncio se leía en letras de molde un comentario que nos pareció curioso: "El buque tiene espacio para transportar un coche de caballos".

—Como solía decir el gobernador de Nuevo México, parece que aquí las paredes tienen oídos —dijo don Pedro, torciendo el gesto.

En efecto, en la habitación del hotel donde se había recibido el anónimo habíamos estado la víspera comentando entre nosotros las diversas rutas posibles para el tornaviaje hacia Nuevo México.

El veterano había desaconsejado la posibilidad de que tomásemos un barco directamente a Nueva Orleans para luego seguir por tierra en el carruaje, pues tras la guerra entre Inglaterra y los Estados Unidos los islotes en torno a la desembocadura del Misisipi se habían convertido en nidos de piratas, que atacaban a los barcos con destino a aquel puerto. Y tampoco era recomendable intentar llegar a Veracruz, debido a que en la zona del Bajío se había recrudecido la lucha entre la insurgencia y las tropas realistas bajo el mando del nuevo virrey, el brigadier Calleja.

Según se había enterado don Pedro durante el almuerzo en casa de Lord Holland, las actividades revolucionarias iniciadas por Hidalgo habían sido continuadas por su lugarteniente López Rayón —uno de los pocos cabecillas del alzamiento que no habían caído en la emboscada de Baján— y a él se había unido un nuevo líder, José María Morelos, que había conseguido victorias importantes sobre los realistas, como la toma de Oaxaca y de la fortaleza de Acapulco, y había formado el Congreso de Apatzingán, que daba a la insurgencia una apariencia institucional respetable y aceptable para los comerciantes ingleses.

—Si ese barco llega a Baltimore —dijo don Pedro, tras analizar las distintas posibilidades que figuraban en el mismo recorte de periódico—, creo que esa ciudad no está lejos de Boston, donde debo cobrar la deuda de Hocio. Seguramente desde allí podemos cruzar el continente por tierra utilizando el carruaje, pues existen buenas carreteras desde la costa este hasta el Misisipi, que podemos remontar en una gabarra para desembarcar en San Luis y de allí cruzar las praderas hasta Nuevo México. Si algún día llego a conocer a la persona que nos ha mandado esta nota, tendré que darle las gracias.

El abuelo no hubiera sido de la misma opinión de haber sabido entonces que el viajar en aquel buque nos iba a meter en un enredo que hubiera podido costarnos la vida. Pero estábamos todos tan ilusionados con el viaje que ni la forma anónima con que recibimos la información sobre el *U. S. Caledonian* ni otras circunstancias que olían a chamusquina suscitaron la menor desconfianza en ninguno de los integrantes de la comitiva.

El recorrido hacia Liverpool en el carruaje inglés fue una de las experiencias más agradables de todo el viaje. La campiña del sur de Inglaterra —que el resto del año debía de ser bastante deslucida por la lluvia y el frío— ofrecía una variedad increíble de colores en los campos cuajados de cosechas maduras y frutales en flor.

El mismo día en que llegamos a Liverpool nos acercamos al puerto para embarcar el carruaje en la fragata *Caledonian*. Yo mismo supervisé que la magnífica berlina quedase bien estibada en la bodega, para evitar que pudiera dañarse con un golpe de mar. El contramaestre, Barry McGruder, que había sido pescador de ballenas de Nantucket, nos enseñó nuestros camarotes, que me parecieron muy limpios y espaciosos para lo poco que don Pedro había pagado por el pasaje. Al recorrer el entrepuente, eché un vistazo a otros camarotes más grandes y suntuosos, que según el contramaestre estaban reservados para los viajeros distinguidos que habían fletado el barco; pensé que ésa podía ser la razón por la que podían ofrecer los otros pasajes a buen precio.

Todo había ido a las mil maravillas, y estábamos en nuestro fuero interno agradecidos al amigo anónimo que nos había alertado sobre la partida del barco desde Liverpool, cuando empezaron a subir a la fragata una caterva de individuos de aspecto tan patibulario que, si no hubiéramos bajado ya nuestros enseres y el carruaje estuviese amarrado en la bodega, le hubiera propuesto a don Pedro que buscásemos otro barco para realizar nuestro viaje.

Los dos primeros pasajeros que llegaron al *Caledonian*, unos españoles llamados Humendia y Escaño, pasaron delante de nosotros sin saludarnos. Por mi anterior experiencia hubiera jurado que aquella pareja olía desertores a media legua, pues sus trazas me recordaban al dúo que formaban Rogelio y Fulgencio, que se habían unido a la conducta en el rancho de La Parida. Pero era comprensible que si un conflicto de ámbito relativamente reducido había llenado los caminos de la Nueva

España de prófugos y desertores, las diversas campañas que durante varios años habían asolado el continente europeo hubiesen generado un flujo importante de desterrados y apátridas. Lo que no dejaba de ser preocupante era que mucha gente de esa calaña hubiera elegido para viajar a América el mismo barco que nosotros.

Entre los que estaban subiendo a cubierta me llamó la atención un militar que cruzó el puente con un ademán tan pomposo como si fuera el mismo almirante de la flota, aunque su vestimenta parecía hecha con retazos de diversos uniformes. Me enteré de que el individuo se llamaba Pavía, y en contraste con sus aires marciales, lo seguía a poca distancia una tropa poco disciplinada, formada por la que aparentaba ser su esposa y una patulea de mocosos de ambos sexos, que seguían a la madre haciendo mañas mientras que la mujer intentaba meterlos en vereda a fuerza de sonoros cachetes. Otro de los pasajeros, que también subió a bordo acompañado de sus familiares, seguramente era un artillero que se hacía llamar coronel Jocosa y, de toda aquella caterva que parecía recién sacada de una cordada de galeotes, era el que tenía un aspecto más digno y profesional.

Cuando la mayor parte de los pasajeros estuvimos embarcados, el capitán, que no había aparecido en el puente de mando hasta entonces, se puso a dar instrucciones a la marinería para que se metiera en bodega la mercancía que estaba preparada en el muelle, al costado del barco. Yo había visto en el muelle de Cádiz bastantes buques de guerra como para poder reconocer las cajas de fusiles y los estuches de madera con balas de cañón, y tampoco me costó mucho adivinar el contenido de unos barriles sellados y reforzados donde solía transportarse la pólvora.

Cuando todo ello estuvo a bordo, el capitán mandó retirar la pasarela y el barco se separó del muelle, con instrucciones de que quien quisiera bajar a tierra tenía que pedir antes permiso al contramaestre. Don Pedro, el veterano y yo bajamos al camarote del abuelo dispuestos a deliberar, pues nos sentíamos cautivos. Nos acordamos de lo que había dicho el conde de Fernán-Núñez sobre el contingente militar que se estaba formando en Londres para ir a combatir en México; pero era sólo una mera hipótesis y no nos quedaba más remedio que confiar en que nuestras sospechas fueran infundadas y esperar para ver en qué concluía todo aquello.

En eso oímos voces en cubierta, y al asomarnos al puente vimos que se acercaba una chalupa al buque con dos personas a bordo. Y aunque sus perfiles se confundían con la niebla que ya flotaba sobre el puerto, por la forma en que se apartó el manteo para echar el pie a la escalerilla me pareció reconocer al menos a una de esas personas. Podía estar delirando, pero hubiese jurado que aquella silueta embutida en un capote descomunal sólo podía corresponder a ¡fray Servando Teresa de Mier! En ese mismo momento me cruzó por la mente la sospecha de que el autor del mensaje anónimo que habíamos recibido en el hotel era también el cura rebelde, pues aquella forma de actuar solapada cuadraba en el carácter del fraile. ¿Pero por qué quería el fraile que nos embarcásemos en el *Caledonian*?

Las malas compañías

La fragata había sido construida en los Estados Unidos para el comercio de esclavos —lo que no dejaba de constituir una paradoja si el buque resultaba ser el medio de transporte de un ejército de liberación—, y había sido fletada por un comerciante inglés llamado Stewart, que actuaba en el círculo de Lord Holland. El lord había conocido a Xavier Mina por recomendación de Lord Russell, otro político liberal que estaba horrorizado de la represión que Fernando VII estaba llevando a cabo en la península, y había animado a Holland a ayudar a la insurgencia mexicana, convenciéndolo de que ya nada bueno podía esperarse en esos territorios de la dependencia de España.

Tras haber fracasado en su intento de hacerse fuerte en la guarnición de Pamplona para volver a instaurar en España la Constitución, el joven Mina se había refugiado primero en Burdeos pero, ante las presiones del gobierno de Fernando VII con el gobierno francés, había tenido que emigrar a Inglaterra. Allí entró en contacto con otros liberales, llegando a la conclusión de que era imprescindible ayudar a conseguir la independencia de México e implantar allí la Constitución de Cádiz, como un paso previo para reponer las libertades en España.

Gracias a las poderosas influencias de Lord Holland y de su esposa, que quedó cautivada por el atractivo físico y moral del guerrillero, Mina había conseguido que Stewart y otros comerciantes de Londres, algunos de origen mexicano, financiasen el proyecto de constituir un cuerpo expedicionario que desembarcase en la costa del Golfo para ayudar a los revolucionarios en México, contando con que las victorias de Morelos sobre las tropas realistas y el establecimiento en zona insurgente de una Constitución suponían una cierta garantía para la inversión de los banqueros ingleses.

Mientras que, como miembro de un gabinete conservador aliado de España, Lord Castlereagh estaba obligado a guardar una postura ambigua, el partido de oposición *whig*, que desde hacía tiempo capitaneaba Lord Holland, no tenía ningún empacho en favorecer una empresa que podía presentarse como un respaldo a la democracia y, por otro lado, abría buenas expectativas a los negocios que los comerciantes ingleses confiaban establecer con el nuevo gobierno independiente. Se sabía ya que, una vez independizado México, los otros países caerían como fruta madura, haciendo realidad el sueño del comercio libre del Imperio británico en todo el hemisferio.

Bajo esa perspectiva, Lord Holland había gestionado una entrevista para el joven Mina con el general estadounidense Winfield Scott —héroe de la reciente guerra de su país con Inglaterra—. Como resultado de esa entrevista, en la que se habían conocido dos personas con grandes afinidades, incluyendo que ambos eran de la misma edad, el general Scott se había convertido en uno de los más firmes apoyos del proyecto, facilitando al guerrillero español contactos en círculos militares y financieros de los Estados Unidos.

Sólo cuando el impulso de la expedición estaba dado e incluso estaba apalabrado el buque que serviría para la travesía hacia México, se había enrolado en el proyecto el cura rebelde Servando Teresa de Mier, que también había huido a Londres desde Francia. Aunque Mina y el fraile fueran de edades muy diferentes, ambos comulgaban con ideas semejantes, como su profunda aversión al absolutismo, su ambición de honores y gloria, y —aunque menos adecuado para un religioso— su debilidad por el bello sexo. Cuando Mier se encontraba aún en París, con sólo vagos planes de regresar a México, recibió una misiva de Mina invitándolo a viajar con él a Baltimore, y al fraile rebelde le gustó la idea de favorecer la libertad en España mediante la independencia de México, en la que hacía tiempo estaba empeñado. Al poco tiempo de haber llegado a Londres, tuvo que tomar precipitadamente la decisión de viajar desde Liverpool, pues en esos días en el parlamento inglés se estaba debatiendo la relación con España, y el gobierno podía ceder a las presiones del embajador de España y detener la partida del *Caledonian*.

Evidentemente, cuando nos embarcamos ni el diputado ni Leiba ni yo estábamos al corriente de esos antecedentes, y cuando nos percatamos de que la fragata transportaba un cargamento poco pacífico y unos pasajeros indeseables era demasiado tarde para desembarcar. Los detalles a que antes me he referido me los contó el propio fray Servando una vez que zarpamos del puerto, en los paseos que dábamos por cubierta; a diferencia de la primera travesía que hicimos desde Veracruz en el barco de la Armada española, cuando él iba bajo registro de navío, en este viaje el fraile no estaba limitado ni en sus movimientos ni en su propensión a contar los sucesos de su vida, que eran sumamente variados e interesantes. Así que paulatinamente fueron desvaneciéndose las reservas que había sentido antes; además, si lo comparaba con el resto de la tripulación y el pasaje, todos medio analfabetos, el fraile era un dechado de cultura y amenidad.

Lo que ignorábamos tanto nosotros como el cura cuando nos embarcamos en el *Caledonian* era que muchos de los amigos y oficiales favorables a la causa de Mina que iban a unirse al guerrillero en Liverpool habían sido detenidos en Burdeos por gestiones del gobierno español ante el francés. De los cincuenta pasajeros que estaban previstos, sin contar la tripulación, sólo veinte se habían presentado a la hora de zarpar el barco —lo que explicaba que el consignatario nos hubiera dado un buen precio por el pasaje y el transporte del carruaje—. Tanto fray Servando como el joven guerrillero —a quien el fraile llamaba "General"— se percataron del deplorable espíritu de los que se habían presentado en el muelle de Liverpool cuando era ya demasiado tarde para rechazarlos.

Al día siguiente de hacerse a la mar Mina llamó al puente a todo el pasaje y se dedicó a distribuir cargos y grados como si fuese una tómbola: a Pavía —el de la familia churretosa y llorícona— lo hizo comandante de escuadrón; a Humendia, capitán de caballería y edecán; a Escaño, capitán de infantería. Aunque a fray Servando lo hiciera vicario general de la expedición, el chorreo de títulos, que consideraba injustificado, suscitó comentarios negativos por parte del cura, que raramente se mordía la lengua.

—Capitanes los dos pretendidos habaneros —oí que el fraile mascullaba entre dientes—, pretendidos barones, pretendidos guardias de corps ahora marqueses de la Bastida, pretendidos tenientes coroneles y en realidad brutalísimos y bajos cabos de escuadra.

Era cierto que, en el estado de convulsión por el que atravesaba Europa tras las guerras de Napoleón cualquiera podía adjudicarse un título de nobleza o un grado militar que no le correspondía sólo con cruzar una frontera y olvidar lo que había sido en su país de origen. Humendia y Escaño, que se daban tantas ínfulas, habían sido simples soldados en las tropas de Porlier, que había intentado en Galicia algo semejante al golpe de Estado de los Mina en Pamplona, con la diferencia de que él había sido capturado por las tropas del rey y fusilado.

La pésima educación de aquellos individuos quedó en evidencia cuando, tras haber dado el general Mina unas reglas elementales para asegurar ciertas horas de reposo y una rutina de trabajo, los dos "porlerianos", como los llamaban los otros viajeros, desobedeciendo las ordenanzas se quedaron hasta altas horas de la noche hablando muy alto en su camarote.

Tras haber intentado hacerlos callar desde el suyo, Mina mandó al despensero para que les advirtiese de la necesidad de recoger vela, entre otras razones porque en la bodega contigua iban doscientos barriles de pólvora. Aquellos indeseables se enredaron de palabras con el despensero, al que insultaron, y éste les respondió que él no conocía el miedo, por lo que tuvo que intervenir directamente el general, obligándolos a apagar la luz, a lo que los otros respondieron que no obedecían a los caprichos de un déspota. Pavía corroboró ese desacato diciendo que aquél era un tratamiento indigno con unos oficiales, lo que pudo oírse en medio del silencio nocturno.

Aquel incidente dio pie a que al siguiente día Mina reuniese a todo el pasaje y dijera que como general de la expedición esperaba ser obedecido por todos, y que el que no quisiera lo dijese y sería desembarcado en Irlanda al pasar frente a Cork, y que él estaba dispuesto a pagarle de su bolsillo la vuelta hasta Liverpool. Aquella declaración de Mina, que parecía muy razonable considerando lo que había sucedido la víspera, suscitó nuevos desplantes y comentarios ofensivos por parte de aquellos deslenguados.

Humendia y Escaño dijeron al principio que desembarcarían en Irlanda, pero al acercarse a Cork cambiaron de idea y le pidieron al general permiso para continuar el viaje, a lo que accedió Mina, mostrando su caballerosidad ante aquellos badulaques. Y Pavía, que se había mantenido en sus trece hasta que vio llegar la barca que lo llevaría a tierra, cambió repentinamente de parecer en la misma barandilla de cubierta y, tomando en brazos al más churretoso de sus hijos, dijo que estaban bajo la protección de la bandera británica y amenazó al general que si lo echaba por fuerza le habría de pesar. Por lo que finalmente, Mina consintió en que prosiguiera viaje con su familia, por miedo a que lo delatase si lo obligaba a desembarcar, como decían que había hecho Pavía con el venezolano Miranda, al que había traicionado ante el Congreso de Venezuela por quinientas libras.

Según fray Servando, todo el mundo sabía en Londres que Pavía era un espía inglés y se preguntaba cómo era posible que nadie se lo hubiese advertido a Mina, al que a veces consideraba excesivamente ingenuo y demasiado tolerante con aquellos indeseables, que no habían hecho otra cosa que molestar y dar mal ejemplo a los demás diciendo a voz en grito que Mina no era un oficial, sino un salteador de caminos.

Por haber salido en defensa del general cuando aquellos cobardes lo atacaban a sus espaldas, los dos "porlerianos" y Pavía la tomaron contra fray Servando, haciéndolo objeto de continuas vejaciones e insultos. En cuanto el cura se atrevía a abrir la boca en su presencia lo hacían callar de la forma más grosera: "¡Cállate, so ignorante, pillastrón, ladrón!" Y en otros casos —sabiendo que había sido nombrado capellán del destacamento— atacaban a la religión, diciendo en su presencia todo tipo de blasfemias, cagándose en Dios y acusando a la Virgen de haber tenido relaciones con Gabriel. Cuando el fraile estaba intentando descansar lo despertaban vertiendo sobre él cualquier desperdicio o inmundicia, gritando: "¡Levántese el marrano y váyase al escotillón de proa, que la cámara se hizo para los caballeros, y no para un canallón semejante!"

Todo el barco estaba escandalizado de oír tanta blasfemia, y algunos decían que era sorprendente que Dios no hubiera enviado ya un rayo para hacer volar la pólvora de la santabárbara. Tanto por su edad como por andar con un brazo en cabestrillo a consecuencia de un accidente, fray Servando no estaba en condiciones físicas de responderles a aquellos bellacos.

Y cuando Mina aprovechó un almuerzo donde estaban todos los oficiales para intentar convencerlos de la bondad de Jesucristo y de la necesidad de no proferir juramentos ni blasfemias, Humendia trató el general de ignorante, por lo que Mina lo desafió a duelo. Humendia rehusó batirse diciendo que el general se aprovechaba de haberlo encontrado desarmado, aunque Mina le ofreció dos sables. Tuvieron que sujetar al general, porque finalmente perdió la paciencia y salió corriendo por el puente detrás de aquel deslenguado, amenazando con cortarle las orejas.

Ni que decir tiene que en ese ambiente tan enrarecido la travesía se hizo interminable. Tardamos en total cuarenta y cinco días, a lo que contribuyeron vientos adversos y también algún periodo de calma. Durante todo ese tiempo, fray Servando aprovechaba cualquier pretexto para venir a mi camarote, con frecuencia provisto de libros que guardaba en grandes arcones de cuero.

Creo que como resultado de mis conversaciones con el cura rebelde y de las lecturas que me daba se produjeron en mi conciencia cambios notables. El primero fue el asimilar ciertas ideas que quizás había escuchado de boca de don Bartolomé pero con poca atención, posiblemente porque entonces aún no estaba maduro para absorber el proselitismo del escribano. Lo otro que hizo el cura fue contagiarme su reverencia por el joven Mina, pues tratándose de una persona tan escarmentada y resabiada, cuando hablaba del joven general entraba como en éxtasis:

—Debe de haberse producido un verdadero milagro para formar a tal persona pues ese conjunto de virtudes no podrían hallarse ni buscando con candela. Republicano de corazón, animado por el grito mismo de sus compatriotas más ilustres y creyendo con ellos que en América se ha de conquistar la libertad de España, reúne una claridad de talento muy grande junto con una gran rectitud de intenciones.

Lo cierto es que por entonces yo no había tenido ocasión de conocer bien al general, que se pasaba la mayor parte del tiempo en su camarote, escribiendo cartas y revisando los estados de cuentas de la expedición, que, por lo que me decía fray Servando, no debían de ser muy halagüeños.

Una vez que fuimos dejando atrás las tempestades naturales y las humanas, y que nos acercamos a la costa de Nueva Inglaterra, don Pedro pidió ser recibido por el general y yo lo acompañé a su camarote.

—Como estamos cerca de llegar a nuestro destino —le dijo a Mina el abuelo—, quería agradecerle su hospitalidad en este buque, aunque deseo también indicarle que cuando me embarqué en el *Caledonian* no conocía el propósito de este viaje ni las metas que inspiran esta expedición, que por diversas razones no comparto. Aunque debo añadir que siempre he admirado a las personas que son capaces de entregar su vida por un ideal.

Mina se quedó mirando a don Pedro con una expresión de respeto antes de decir:

—Sé por el capellán del navío que usted y sus acompañantes son gente de bien. Lo único que les pido es que si entran en contacto con el gobierno de España no den detalles sobre esta expedición ni sobre el cargamento del navío, aunque si no es por ustedes supongo que los conocerán a través de los deslenguados que han viajado con nosotros.

Los patos de Cheseapeake

Las inmensas bandadas de patos que al amanecer revoloteaban sobre los mástiles del barco, cuando el *Caledonian* surcó la bahía de Cheseapeake, parecían darnos la bienvenida a la costa americana, después de la prolongada travesía. Ciertamente el vuelo de las aves fue interpretado como un signo de buen augurio por el general Mina, que apareció en el puente de mando con su uniforme de jefe del "Corso de Navarra", vestido exactamente como en el grabado que me había regalado el abuelo en Madrid y yo había colgado en mi camarote.

Tras una breve escala en el puerto de Norfolk, donde Pavía, Humendia y Escaño exigieron desembarcar, como si no pudieran aguantar ni un día más la compañía de los otros pasajeros —cuando hubiera debido ser lo contrario—, continuamos viaje hacia Baltimore, donde desembarcamos con el carruaje y nos despedimos del general y de fray Servando. Yo pensaba que, a partir de aquel momento, nuestras vidas tomarían rumbos muy diferentes, y me estremecí cuando estreché la mano del guerrillero, pensando en la ardua y peligrosa tarea que tenía por delante, especialmente si sus colaboradores eran de tan baja estofa y escasa disciplina como los que habían viajado en el *Caledonian*.

Pero gracias a la amistad que el guerrillero había trabado en Londres con el general norteamericano Winfield Scott, Mina consiguió, nada más desembarcar, establecer contactos entre importantes comerciantes y militares estadounidenses, a los cuales Scott había transmitido la fama y el prestigio que el general había adquirido en España durante la lucha contra los franceses. Uno de esos contactos, que tenía gran relevancia como jefe de la Oficina de Patentes y Marcas, se ocupó personalmente de que oficiales y soldados estadounidenses se enrolaran en el proyecto. También le presentó a Mina en Baltimore al comerciante Dennis Smith, que no sólo se interesó inmediatamente por la expedición, sino que contagió su entusiasmo a un círculo de comerciantes dispuestos a financiar la invasión de México a cambio de promesas de un trato comercial ventajoso cuando el país adquiriese la independencia.

El propio secretario de Estado, James Monroe —que había sido ya prevenido por Scott en una carta de la expedición de Mina y su paso por los Estados Unidos—, aunque no podía ofrecer explícitamente su ayuda a los insurgentes en el mismo momento en que estaba negociando con España la compra de las Floridas, tampoco hizo nada por impedir las gestiones de Mina para adquirir pertrechos y armamento, y, haciendo caso omiso a las protestas del gobierno español, incluso recibió a Mina en su despacho.

Por su parte, fray Servando había utilizado sus amistades liberales en Londres para que le diesen cartas de presentación para los exilados políticos de la América española en los Estados Unidos. Especialmente importante era el contacto con don José Manuel de Herrera, que había sido designado por José María Morelos representante ante el gobierno de Washington; sin el conocimiento y la bendición de Herrera, la expedición de Mina no podía desembarcar en el territorio dominado por la insurgencia mexicana. Y con José Álvarez de Toledo, que había tenido que huir de Cádiz por sus tendencias radicales y se había establecido en los Estados Unidos, desde donde participó en la incursión a Texas de Gutiérrez de Lara en la que había resultado muerto don Manuel Salcedo. Pero cuando desembarcó en Baltimore, fray Servando se enteró de que ni Herrera ni Álvarez de Toledo habían podido ausentarse de Nueva Orleans y viajar a la costa este para encontrarse con Mina.

La ventaja de tener nuestro propio medio de transporte era que podíamos recorrer a nuestro aire un país que nos inspiraba a todos muchísima curiosidad que, como en el caso de Inglaterra, estaba teñida de muchos prejuicios y reservas. Debo decir, sin embargo, que en el poco tiempo que llevábamos en tierra estadounidense nos habíamos percatado de que sus habitantes eran por lo general más abiertos y hospitalarios que sus parientes del otro lado del océano. Y gracias a un amigo que se había hecho Leiba en una taberna conseguimos un par de caballos robustos a buen precio, aunque menos finos que los que procedían de las cuadras del duque de Holland.

Y una vez que el carruaje estuvo listo, viajamos a Boston para entrevistarnos con William Edbridge, el comerciante que había designado Taster para negociar la deuda de otro naviero de la misma ciudad con la familia Hocio. Edbridge nos recibió inmediatamente y nos trató con gran deferencia y, tras estudiar detalladamente la documentación que le habían enviado tanto el Consulado de Bilbao como el banquero de Londres, se limitó a decirle al abuelo:

—Esta operación está perfectamente documentada y justificada, y el que el banquero Fermín Tester haya endosado desde Londres la letra que está librada por el consulado de Bilbao indica la vigencia de esta deuda, a pesar del tiempo transcurrido desde que fue contraída. Por otro lado, los directivos de la firma Jones & Jones, a quienes conozco, son personas honestas y solventes, por lo que tan sólo necesito un par de días para dirigirme a ellos y espero que pronto nos den una respuesta positiva.

Nos quedamos boquiabiertos al ver que, después de haber recorrido medio mundo para satisfacer la petición del predicador de Santa Fe, la solución de aquel tema fuese tan fácil e inmediata, pero no era cuestión de poner en duda la palabra del comerciante; don Pedro se limitó a darle a Edbridge la dirección del hotel en Baltimore donde podía localizarnos y con la misma nos fuimos de Boston.

Los enredos del embajador

Los comerciantes que había reunido el señor Dennis Smith para financiar la expedición de Mina eran personas honestas y solventes y habían puesto ya a disposición del proyecto los fondos necesarios para fletar barcos, comprar material de guerra y empezar a pagar los salarios a oficiales y soldados. Pero cuando todo parecía bien encauzado para el proyecto de incursión en la costa mexicana, como reguero de pólvora cundió la noticia de que el Congreso de Apatzingán había sido disuelto y el máximo dirigente de la insurgencia, José María Morelos, había sido fusilado por las tropas realistas, por lo que el ejército rebelde se había visto obligado a dispersarse por los más remotos rincones del territorio.

La expedición de Mina estaba planteada como un contingente de apoyo a un ejército revolucionario que había proclamado su propia Constitución y formado un congreso soberano, lo que suponía la principal garantía para los comerciantes de un país democrático que estaban dispuestos a invertir en la empresa. Pero si la semblanza de Estado parlamentario se había esfumado, la expedición de Mina se convertía en una intentona desesperada de recuperar el control militar uniéndose a unas pandillas de guerrilleros dispersas en un inmenso territorio. Coincidiendo con esa mala noticia, se difundieron ciertas críticas y graves descalificaciones sobre la persona del propio Mina, que seguramente provenían de los individuos que se habían enfrentado con el general durante la travesía.

En pocos días, la estructura financiera de apoyo a la expedición en Nueva Inglaterra se derrumbó como un castillo de naipes; a los comerciantes honestos y solventes no les gusta arriesgar su fortuna en una empresa de difícil consecución y cuyo líder ha caído bajo la sombra de la sospecha. Tan sólo permaneció fiel al proyecto el señor Smith, quien dijo que, si era necesario, financiaría el proyecto solo con sus propios medios, a condición de que Mina se encargase de reclamar el pago de los gastos de la expedición ante el nuevo gobierno mexicano cuando triunfase la revolución.

Al desmoronamiento del entramado político y económico que con tanto entusiasmo y con tanta fuerza de persuasión habían conseguido formar Mina y fray Servando contribuyeron varios factores, y sin duda uno de los más importantes era la falta de apoyo explícito de los dirigentes de la revolución, como el ministro don José Manuel de Herrera y el ex diputado José Álvarez de Toledo, que no se atrevían a salir de sus madrigueras por temor a ser apresados, como había ocurrido con los otros líderes rebeldes.

Aunque, se decía que Herrera —como representante del Congreso de Apatzingán ante el gobierno de los Estados Unidos— estaba de viaje desde México hacia Washington para exponer sus peticiones ante su gobierno, a medio camino lo había sorprendido la noticia de la caída de Morelos y se había quedado en Nueva Orleans a la espera de la evolución de los acontecimientos. Caso más complejo era el de Álvarez de Toledo, ex diputado suplente a Cortes por Santo Domingo, que huyó de España cuando se interceptó una carta suya defendiendo el derecho a la independencia de los americanos y quejándose de la desigualdad de representación en el congreso de Cádiz. Aunque inicialmente había secundado la declaración de independencia de Texas a las órdenes de Gutiérrez de Lara, consiguió desplazarlo al convencer al agente norteamericano en la zona de que podría ser más maleable a los intereses de los Estados Unidos. Pero tras haberse instalado en San Antonio de Béjar como nuevo líder, Toledo había sufrido una derrota ante las tropas españolas al mando del brigadier Joaquín Arredondo, por lo que tuvo que cruzar de nuevo la frontera y regresar a Nueva Orleans.

Estando allí, Toledo tuvo noticias de la llegada a Baltimore de Mina, cuyo proyecto competía de alguna forma con sus designios de obtener fondos de patrocinadores privados para declarar una república independiente en México. Quizá porque ambos jóvenes tenían ambiciones similares, cuando Toledo viajó finalmente a Baltimore y se entrevistó con Mina saltaron chispas entre los dos cabecillas. El prestigio de Mina era sin duda superior al de Toledo por la fama que había conseguido en su lucha contra Napoleón y su gran carisma personal. Posiblemente en lo único que aventajaba Toledo a Mina era en su conocimiento de la mentalidad del criollo mexicano y de la situación real de aquel país. Para socavar su prestigio, el ex diputado se dedicó a difundir la idea de que Mina nunca sería tomado en serio por los insurgentes y que siempre lo tratarían como un intruso. En relación con esto último, los acontecimientos subsiguientes le iban a dar la razón a Toledo.

Afortunadamente, la información negativa difundida por los enemigos de Mina no tuvo reflejo en la prensa liberal norteamericana, que desde el principio había sido favorable a la empresa. El *Aurora* de Filadelfia, cuando se conoció que Mina había llegado a Baltimore, afirmaba: *It is not improbable that he will join the standard of liberty in South América* ("No es improbable que se una a la bandera de la libertad en Sudamérica"). E incluso, cuando se difundió la noticia de la disolución del Congreso de Apatzingán y de la muerte de Morelos, el *Aurora* seguía apoyando el proyecto de liberación de México: *The revolutionist of the southern republic appear to derive vigor from disaster* ("Los revolucionarios de la república del sur parece que sacan fuerzas de flaqueza"). Pero la campaña de desprestigio era tan fuerte que llegó a silenciar hasta los artículos del *Aurora*, que por un tiempo no volvió a dar noticias de la expedición.

Uno de los principales responsables de esa campaña era el ministro español en Filadelfia, don Luis de Onís, a quien tuvimos ocasión de conocer cuando viajamos a esa ciudad por indicación del cónsul interino español en Baltimore. Don Pedro estaba preocupado de que el diplomático le pidiese detalles sobre el viaje en el *Caledonian*, que había prometido a Mina no desvelar; pero no tuvo que incumplir su promesa, pues el embajador estaba perfectamente al corriente tanto de los movimientos del guerrillero como de los nuestros, desde que habíamos puesto pie en aquel continente.

—Don Pedro, celebro conocerlo —le dijo al abuelo el ministro Onís—, sobre todo cuando he sido informado de que es usted un hombre de bien y muy leal a la Corona. Le confieso que mi primera impresión cuando vi su nombre en la lista de pasajeros del *Caledonian* no fue favorable, pero después he sabido que su presencia en ese buque era puramente accidental.

Don Luis tenía sobre la mesa de su despacho un informe que estaba a punto de mandar al ministro Lardizábal en Madrid y, sabiendo que don Pedro estaba perfectamente al corriente de la situación, no tuvo inconveniente en leerlo en voz alta:

"La fragata inglesa *Caledonian*, que salió de Liverpool cargada de municiones de guerra y conduciendo a su bordo a un sobrino de Espoz y Mina, ha recibido a su bordo ya multitud de norteamericanos y otros aventureros. [...] El gobierno se goza al ver inflamado este espíritu en sus pueblos, porque corresponde a sus dos grandes designios, enriquecerse con los despojos del comercio español y coadyuvar a la separación de la América española."

El embajador interrumpió la lectura del escrito para comentar:

—Imagine, don Pedro, el papelón que me toca asumir cuando deba concurrir en Washington a diversas funciones oficiales y repartir sonrisas ante un gobierno que continuamente insulta a nuestra monarquía y a sus representantes. Pero quizás esté yo excesivamente obsesionado con estas intrigas y seguramente usted tiene cosas más interesantes que contarme. Espero no ser imprudente si le pregunto por qué ha desembarcado en la costa de Nueva Inglaterra, que queda tan lejos de su Nuevo México natal.

Don Pedro le explicó al embajador la gestión con el naviero de Boston para recuperar la deuda contraída con un comerciante de Bilbao y le comentó que, gracias a la intervención de varias personas en Bilbao y Londres, estaba a punto de recuperar ese dinero. El abuelo también le informó sobre nuestro encuentro en el Consulado de Bilbao con el nieto de Gardoqui, antecesor de Onís en esa misma embajada, y de los datos que habíamos extraído de su correspondencia, incluyendo las cifras de la deuda que el Congreso de los Estados Unidos seguía teniendo con España como consecuencia de la ayuda a los rebeldes de Nueva Inglaterra.

—He traído conmigo copia de las cifras que nos facilitó el nieto del embajador Gardoqui, que ya le mostré a su colega en Londres y que tendré mucho gusto en poner a su disposición.

Don Luis de Onís dudó unos instantes antes de tomar en sus manos los documentos que le ofrecía el abuelo, pero cuando finalmente lo hizo, los leyó con interés, antes de comentarle a don Pedro:

—Le agradezco que haya tenido la gentileza de poner a mi disposición estos interesantísimos datos, aunque si he de serle sincero, de momento no sabría qué hacer con ellos.

—La misma respuesta me dio su colega en Londres. Pero en su caso imaginé que quizás usted pudiera usar esa información en sus negociaciones con el gobierno de Washington.

—¿Está sugiriendo que podría intentar presionar a este gobierno con una deuda de más de treinta años? —el embajador se encogió de hombros, con un gesto muy parecido al que había hecho el conde de Fernán-Núñez en su despacho de Londres, y también procedió a devolverle los papeles a don Pedro.

—Le aseguro que nada me gustaría más que darles un buen susto a los norteamericanos echando este hurón en su madriguera; pero conozco a mis interlocutores, que siempre tienen la habilidad de retorcer un argumento para tomarlo por el extremo que más les conviene. Y no me sorprendería que fuesen capaces de decir que no debe extrañarnos que los Estados Unidos quieran ayudar a sus vecinos del sur para independizarse, pues en definitiva es lo mismo que hizo España al ayudarlos en su Guerra de Independencia.

El Conde de Survilliers

Pocos días después de haber sido recibidos por el ministro español, una mañana tocaron a la puerta del hotel y al abrir me encontré con la ya familiar silueta del fraile rebelde envuelto en su descomunal capote. Casi con lágrimas en los ojos, fray Servando me contó los apuros que estaban pasando para recomponer la expedición, pues aun con la ayuda de esa persona filantrópica y desinteresada que era Dennis Smith estaban encontrando graves problemas para hacer frente a los pagos ya comprometidos de barcos, armas y municiones y salarios de los oficiales enrolados en la expedición.

Aunque tardó bastante en desembuchar el motivo de esa inesperada visita, finalmente el fraile me confesó que el general tenía que hacer una visita a un personaje muy importante que vivía bastante lejos de Baltimore y, por la estrechez de fondos que sufrían, fray Servando me pedía que yo intercediese ante don Pedro para que Mina pudiera realizar ese viaje a bordo del carruaje del diputado.

Tuve que insistir bastante para que el astuto fraile me dijese quién era el personaje al que Mina quería visitar, y tras hacerse mucho de rogar el cura rebelde confesó que el general había concertado una cita en su residencia de Point Breeze, situada a veinticinco millas de Filadelfia, con el conde de Survilliers, que era el título que tras escapar de Francia había adoptado José Bonaparte, en un tiempo conocido como José I, rey de España e Indias.

Me costó bastante convencer al abuelo, que se negaba a realizar ningún gesto que pudiera ser interpretado como una muestra de pleitesía al rey intruso, y tampoco Leiba quería conducir el carruaje hasta la residencia del conde de Survilliers, ya que desde su estancia en Cádiz había tomado una tirria tremenda a los franceses. Finalmente logré convencer al abuelo, que puso como única condición que yo debía acompañar al general en esa visita —quizá por pensar que yo era el único de su compañía que entendía y chapurreaba algo de la lengua francesa—; y también el veterano aceptó llevar el carruaje, siempre que no tuviera que bajarse de él y rendir pleitesía al gabacho.

En la ciudad todo el mundo comentaba —y no sin un cierto tono de orgullo, a pesar que sus convicciones republicanas— que el antiguo rey de España, tras haber llegado a Nueva York de incógnito, había comprado una bella finca de unas setecientas cincuenta hectáreas en un rincón bellísimo, donde había hecho construir una lujosa mansión llamada Point Breeze, al borde del río Delaware. Los que la habían visitado decían que la mansión del hermano mayor de Napoleón podía competir con las mejores casas del país, incluyendo la residencia del general Washington en Monticello.

En las varias horas que tardamos en llegar a aquel lugar iba pensando en las ironías del destino: tras haber vivido en la casa embarcada, expuesto en primera línea a los bombazos que disparaban las baterías de aquel mismo conde de Survilliers, iba a conocer en carne y hueso al monarca que había producido tantas incomodidades y tristezas a mis amigos de Cádiz. Y si yo sentía eso, ¿qué sentiría el general Mina, tras haber padecido muchos años de cautiverio y escapado de milagro de haber sido fusilado por las tropas que mandaban los Bonaparte?

La sala donde nos recibió José Bonaparte tenía una mullida alfombra que amortiguaba los pasos, y las paredes estaban adornadas con cuadros de grandes pintores —¿procedentes de España?— y lujosos tapices. Aunque yo me había quedado con la imagen del rey José vestido de gala, en uno de los cuadros que no se había llevado en su famoso equipaje, cuando apareció en el salón el conde de Survilliers llevaba sólo una casaca de caza y unos calzones de algodón. Y pensándolo bien, José Bonaparte no era más que un campesino corso aupado al trono de España. Pero al verlo entrar el general Mina hizo una profunda reverencia y se dirigió al propietario de Point Breeze con gran solemnidad:

—Majestad, estamos aquí para reconoceros como rey de las Indias. ¡Nosotros estamos dispuestos a ganar la Corona de México para vos!

Pero la contestación del ex rey, en tono también solemne, me tranquilizó:

—*Je ne saurais trouver de plus belle recompense a ma vie publique que de voir des hommes, n'ayant voulu reconnnaitre mon autoricé a Madrid, venir a moi maintenaant que se juis en exile. Mais chaque jour que je pase dans cette contrée hospitaliere me prove plus clairemente l'excelelnce de la forme republicaine pour l'Amérique. Conservez-la (au Mexique) comme un don precieux du ciel.* (Dificilmente podría imaginar una recompensa más bella de mi vida pública que el ver a estos hombres, que no quisieron reconocer mi autoridad en Madrid, vengan a buscarme ahora que estoy en el exilio. Pero cada día que paso en este país hospitalario me demuestra con más claridad la excelencia de la forma republicana para América. Deben conservarla [en México] como un don precioso del cielo.)

Cuando salimos del palacio se me ocurrió pensar que, de haber conocido don Pedro el objeto de la visita a Point Breeze, seguramente no le hubiera prestado a Mina su carruaje. Pero, curiosamente, aquel gesto del guerrillero de ofrecerle México casi servilmente a quien había querido adueñarse de la Corona de España y de América, en vez de suscitar una reacción de desprecio por mi parte me hizo pensar que el joven guerrillero debía de estar muy desesperado y muy convencido de la bondad de su causa para estar dispuesto a venderse al mismo diablo. Y durante el viaje de regreso en vano quise analizar la expresión del guerrillero, porque se había reclinado en su asiento tapándose la cara con las manos, con el pretexto de poder descansar, pero más bien creo que quería ocultar sus sollozos.

La bahía de Galveston

Habían pasado apenas unas semanas después de la visita a Point Breeze, cuando me encontré embarcado en el bergantín *General Jackson* frente a la isla de San Luis, que cierra la bahía de Galveston, esperando mi turno para desembarcar en una playa muy abierta donde los botes que estaban ya transportando las armas y otros pertrechos corrían peligro de zozobrar.

A un lado tenía a fray Servando, que se había vestido para aquella importante ocasión con un elegante conjunto: solideo, levita, pantalones, medias y zapatos, todo ello de color morado, y lucía en el dedo anular un enorme tumbagón engarzado con un topacio del mismo color. Y del otro lado estaba Joseph Bangs, encargado de la imprenta de la expedición, a quien yo servía de ayudante. Y coreando las órdenes del contramaestre y los oficiales que organizaban el desembarco, se levantaba un coro de voces en distintos idiomas y dialectos —eran los gritos de españoles, mexicanos, ingleses, angloamericanos, franceses e italianos—, por lo que más que maniobra militar aquella operación tenía el ambiente de una feria fronteriza.

Dejo para más adelante el explicar qué hacía yo en el barco de los insurrectos y dónde había dejado a don Pedro y al veterano Leiba, pues me temo que una explicación apresurada no sea suficiente y, por otra parte, no debo distraerme de lo que en ese momento era mi más urgente ocupación: evitar que cayesen al mar las cajas con las formas, tipos y prensa que el general Mina quería utilizar, en cuanto desembarcara, para imprimir y distribuir una proclama en la que se definiesen los motivos y objetivos de su expedición.

Desde el mismo momento en que me enrolé en la expedición había podido presenciar algunos rasgos de heroísmo —como la entereza con que el general Mina había sido capaz de sobreponerse a la adversidad— y bastantes otros gestos de mezquindad —tanto entre los enemigos del general como entre los que se consideraban sus amigos y defensores—. Pero principalmente había sido testigo de la confusión y el caos más absolutos.

Confusión cuando, tras haber ido a visitar al general Bolívar en Puerto Príncipe y no haber conseguido enrolarlo en su proyecto, apareció Mina en Nueva Orleans para entrevistarse con el ministro José Manuel de Herrera para pedirle permiso para desembarcar en territorio mexicano, y le dijeron que el ministro había regresado a la Nueva España, donde se encontraba en paradero desconocido.

Confusión cuando, tras haber estado en un tris de zozobrar frente a la costa de Florida, fray Servando había intentado desembarcar fusiles y municiones primero en Piedra Boquillas y luego en Nautla, pero los barcos tuvieron que regresar a puerto sin entregar el armamento a los insurgentes, ya que ambos puntos de la costa habían vuelto a caer en manos de los realistas.

Confusión sobre la participación en la expedición de Mina por parte del comodoro Aury, que dominaba las islas de la desembocadura del Misisipi y que, cuando fue informado de la intención de realizar una incursión en México, se negó a que sus hombres apoyasen los planes del guerrillero, pretextando que las órdenes que tenía de los líderes insurgentes mexicanos eran apoderarse de Texas.

Esta última confusión sobre la ayuda de los corsarios de aquellas islas a la expedición en tierra firme estuvo a punto de acabar a tiros, pues el comodoro norteamericano Perry, que hasta entonces había estado a las órdenes de Aury, decidió que él sí quería participar en la expedición de Mina, a lo que Aury se negó. Los partidarios de ambos cabecillas estuvieron a punto de enzarzarse en un duelo de artillería, pues aquellos filibusteros no se andaban con chiquitas, pero en el último minuto prevaleció la cordura y el jefe pirata Aury consintió en que Perry y sus hombres se unieran a nuestra expedición.

En cambio, sí se hizo presente en Galveston el licenciado Cornelio Ortiz de Zárate, a quien el ministro Herrera había delegado para que recibiese a Mina, y le diese las más expresivas gracias por su valiosa ayuda para la emancipación de la Nueva España, aceptando las armas, municiones y pertrechos que ofrecía el general a la insurgencia. A partir de ese momento, la expedición podía considerarse autorizada por los líderes rebeldes y el título que se daría a las tropas que mandaba Mina sería División Auxiliar de la República Mexicana.

El desembarco se realizó sin novedad bajo la atenta supervisión de fray Servando, que recorría de arriba abajo la playa vestido de morado de los pies a la cabeza, protegiéndose del sol con una sombrilla verde; como vicario general de la expedición, iba repartiendo bendiciones a aquella asamblea de blasfemos y maleantes. Y una vez que conseguimos bajar a tierra la imprenta y nos encontramos a salvo en la orilla, contaré lo que ocurrió en Baltimore antes de mi partida.

El ayudante del impresor

En las últimas semanas había visto crecer en torno a Mina una tupida red de intrigas y calumnias, tejida no sólo por los representantes de España, sino por otros que se habían pasado al bando enemigo, como el ex diputado Álvarez de Toledo, que utilizó su experiencia en otros conatos de insurrección para convencer al círculo de comerciantes y financieros que la debacle de la intentona capitaneada por Morelos hacía inviable el plan de Mina de desembarcar en México. Toledo no necesitó mentir a sus interlocutores al decir que la mayor parte de los integrantes de la insurgencia se había acogido a las medidas de indulto ofrecidas por el virrey o andaba dispersa por montes y desiertos, sobreviviendo como alimañas.

Una mañana, fray Servando me abordó a la salida del hotel y me enseñó un billete anónimo que acababa de recibir el general Mina, cuyo texto decía:

"Descúbrete al norteamericano; di que eres un falsario; o prepara tu cuello a recibir el cordel. Jódete, estudiantón, pirata, indecente. Fernando. Ya me conoces."

El cura rebelde sabía que yo había tomado mucho aprecio al general y que me indignaban aquellos gestos de cobardía. Y creo que con toda la intención fray Servando me pidió que lo acompañase a un galpón donde habían instalado la imprenta que Mina había comprado en Londres y para cuyo funcionamiento habían contratado los servicios de un cajista de Boston, Samuel Bangs, al que me presentó. Una vez allí, con la astucia que lo caracterizaba y sin que lo oyera el encargado de la imprenta, fray Servando me hizo notar lo importante que sería que una persona de cierta cultura y educación, y sobre todo que dominase la lengua española —lo que no era el caso de Bangs—, pudiera ayudar al cajista estadounidense a componer los textos de las proclamas.

—Sé que tienes cierta experiencia en manejar una imprenta, pues me consta que colaboraste con los cajistas de la Imprenta del Estado Mayor cuando don Pedro Pino publicó su "Exposición", aunque después el tunante de Cancelada se haya atribuido la autoría de ese trabajo.

En ese momento no tenía el menor propósito de defender a aquel enemigo del cura, pero por respeto a la verdad le contesté que no era cierto que Cancelada hubiese pretendido ser el autor de la "Exposición".

—Veo que eres más ingenuo de lo que a veces pareces, pues evidentemente Cancelada no lo hizo a las claras, sino con un subterfugio, como corresponde a su mente enrevesada. ¿Acaso no has leído el apéndice dedicado a los regalos que se hacen a los jefes indios? Pues podrás ver al principio de ese apartado que si se juntan las letras mayúsculas de la primera palabra de cada párrafo, aparece el nombre completo de J-U-A-N L-Ó-P-E-Z C-A-N-C-E-L-A-D-A. Se trata de un simple acróstico, y quizá nadie repararía en ello hasta el momento en que a Cancelada le interesara reivindicar la autoría del libro, pues constituye una prueba evidente de que intervino en su composición.

Aunque de momento no le hice mucho caso, sabiendo lo que el cura era capaz de inventar para desprestigiar a su enemigo, me quedé con la comezón de saber en qué consistía aquel truco. Y nada más volver al hotel, abrí la "Exposición" por donde decía el cura rebelde y, en efecto, en el apéndice dedicado a los regalos que se hacen a los gentiles aparecía el nombre completo del periodista si se leían por separado las iniciales mayúsculas con que empezaba cada frase: *J*amás... *U*na... *A*l principio... *N*o dejaron... (JUAN), y así sucesivamente hasta completar nombre y apellidos.

Me dio tanta rabia el enterarme de esta forma de aquella trapisonda del gacetista berciano, que esa noche no pude conciliar el sueño y en el duermevela lucharon en mi interior mil sentimientos encontrados, pero con el resultado de que, al llegar la madrugada, decidí aceptar la propuesta del cura rebelde de enrolarme en la expedición en calidad de ayudante del cajista Samuel Bangs.

El soto de la marina

Tras meses de riguroso entrenamiento en la isla de San Luis, el variopinto contingente que se había ido enrolado en la División Auxiliar a bordo de los barcos fletados por Mina y algunos otros que proporcionó finalmente el comodoro Aury, zarpamos en dirección al Soto de la Marina, que era el lugar elegido por el general para penetrar en el interior de México desde la costa.

Los fuertes vientos contrarios y la escasez en la dotación de agua de algunas embarcaciones obligaron a nuestra flota a recalar frente a la desembocadura del río Grande o Bravo del Norte, en un punto propicio para hacer aguada. En aquella ocasión, la confusión a que antes me había referido favoreció nuestra empresa: como los botes de desembarco enarbolaban la bandera española, la pequeña guarnición realista que vigilaba la desembocadura para evitar que se proveyeran de agua corsarios e insurrectos nos tomó por barcos de vigilancia costera. Y no sólo no dispararon sobre nosotros, sino que nos ayudaron a hacer la aguada.

Mientras tanto, el cajista Bangs y yo nos dedicamos a componer en la imprenta la primera proclama que Mina haría pública al llegar a Soto de la Marina, que había sido ya redactada entre el general y fray Servando, y estaba fechada en "Río Bravo del Norte, a 12 de abril de 1817". En esa proclama se recogían las líneas fundamentales del pensamiento de Mina y de su plan de acción en el continente americano:

"El grito de todos los españoles capaces de raciocinio y de los innumerables que han emigrado, es que en América ha de conquistarse la libertad de España. La esclavitud de ésta coincidió con la conquista de aquélla, porque los reyes tuvieron que asalariar bayonetas; sepárese la América y ya está abismado el coloso del despotismo, porque independiente de ella, el rey no será independiente de la nación. México es el corazón del coloso, y es de quien debemos procurar con más ahínco la independencia. He jurado morir o conseguirla: vengo a realizar, en cuanto esté de mi parte, el voto de los buenos españoles, así como el de los americanos."

Cuando llegamos a nuestro punto de destino, que quedaba al norte de Tampico en la desembocadura del río Santander, resultó que la fuerza de la marea había acumulado una barra de arena donde estuvieron a punto de zozobrar varias de la lanchas, incluyendo la mía. Pero una vez superado ese escollo los barcos tuvieron acceso a una ría navegable hasta la aldea del Soto de la Marina, unas quince leguas río arriba.

Cando acabó de desembarcar la División Auxiliar, el general Mina se puso al frente de la columna; marchando a pie por la playa del Soto de la Marina, entre vítores y aclamaciones del personal de tierra. Y desde el mar, la flota de Aury, que había acabado en ese punto su cometido, lanzaba salvas de despedida que nos sonaron como un augurio del triunfo de la expedición.

La estructura de la División Auxiliar, que constaba en total de unos trescientos efectivos, había quedado organizada como sigue:

Guardia de Honor, al mando del coronel Young.
Artillería, al mando del coronel Myers.
Caballería, al mando del coronel conde de Ruuth.
Primer regimiento de línea, al mando del mayor Sardá.
Regimiento de la Unión, al mando del coronel Perry.

Cuerpos de ingenieros, comisaría y medicina.

Departamento de herreros, carpinteros, sastres e impresores (entre los que yo me encontraba).

Ante la amenaza de un posible ataque de las fuerzas realistas, Mina decidió construir en aquel lugar un fuerte provisional, que utilizaría para mantener abiertos los cauces de correspondencia con el exterior —y de posible ayuda—, mientras el general y el grueso del ejército se adentraban en el interior del Bajío para entrar en combate con las tropas del virrey Apodaca, que hacía unos meses había sustituido al brigadier Calleja.

Antes de partir del fuerte, Mina escribió cartas al general Guadalupe Victoria, que se suponía dominaba la zona de Veracruz y el oriente mexicano, sin saber que estaba escondido en las montañas al sur de Tampico. También le dirigió una larga misiva al brigadier Joaquín Arredondo, gobernador de las Provincias Internas de Oriente, con sede en Monterrey, amparándose en "la confianza de paisanos como militares de honor". En ese manifiesto Mina ponía en tela de juicio los supuestos beneficios que había recibido España de América: "Sepárense las Américas y sucederá en España lo mismo que a la Inglaterra, será más poderosa". Pero, que yo sepa, ni la carta dirigida a quien hubiera debido ser su principal aliado ni la dirigida a su más encarnizado enemigo tuvieron ninguna contestación.

Aunque pudiera parecer un gesto ingenuo, al dar a conocer sus cartas y proclamas, tanto a amigos como a enemigos, su presencia en la zona, Mina no obedecía tan sólo a su sentido de la caballerosidad: el general sabía que muchos oficiales de los cuerpos expedicionarios que servían en la Nueva España habían participado, como él mismo, en logias masónicas y pensaba que los adictos a esas sociedades secretas podrían pronunciarse en su favor, desertando del ejército realista. Por esa razón en sus proclamas siempre mencionaba la restauración de la Constitución de Cádiz, cuyas ideas se habían gestado en parte en las sociedades secretas gaditanas.

Pero algunos militares con experiencia en empresas semejantes pronto comprendieron las escasas posibilidades de vencer a un ejército abastecido desde España, y con una fuerza muy superior, mientras que el contingente de Mina tenía que adentrarse en un territorio desconocido, sin poder esperar ayuda exterior. Otro elemento a tener en cuenta era que la política del nuevo virrey de un indulto generalizado había dado resultados y eran muchos los jefes insurgentes que se habían acogido al perdón real, por lo que en el tiempo que Mina llegó a la costa oriental de México sólo quedaban en la zona núcleos aislados de resistencia.

Conociendo esas circunstancias, el coronel Perry aprovechó la ausencia de Mina en el campamento para manifestar a los hombres que lo habían seguido desde Galveston los peligros que los aguardaban, y les propuso llevarlos hasta la frontera de los Estados Unidos viajando por tierra. Aunque Perry consiguió que se le unieran unos cincuenta soldados, nunca llegaría a los Estados Unidos, pues un destacamento español rodeó y exterminó a su pelotón, incluyendo a su jefe, que se pegó un tiro en la cabeza al verse rodeado. Pero la deserción y muerte de un oficial valiente y experimentado constituyó una gran pérdida para la expedición.

La despedida de Don Pedro Pino

Una vez que se hubo marchado del Soto de la Marina el general Mina, me quedé más tranquilo y volví a recordar mi última conversación con don Pedro, la víspera de mi partida hacia Nueva Orleans con fray Servando.

Había considerado la posibilidad de dejarle escrita una nota al abuelo, pero pensé que hubiera sido un gesto indigno y cobarde hacia quien me había rescatado de la cautividad de los apaches y me había tratado desde entonces como a un hijo.

—Don Pedro, mañana sale hacia Nueva York fray Servando, para embarcarse después hacia Nueva Orleans, donde se reunirá con el general Mina, y mi propósito es unirme a su expedición en México.

Don Pedro necesitó unos instantes para reponerse de aquel golpe inesperado y tuvo que agarrarse al respaldo de una silla porque le temblaban las piernas. Aproveché su silencio para explicarle cómo había surgido ese viaje:

—Me han ofrecido un puesto y un sueldo como ayudante del impresor, pues en la expedición necesitaban alguien que conociese el español para publicar las proclamas que piensan dirigir al pueblo cuando desembarquemos en la costa de México. Pero, por si con ello lo dejo más tranquilo, le diré que no pienso participar en ningún enfrentamiento armado, sino que sólo les ayudaré a redactar e imprimir las proclamas.

Don Pedro había recuperado la voz y me comentó en un tono que quería ser natural:

—Hay muchas maneras de hacer la guerra, y el difundir manifiestos y proclamas es una forma de combatir que por lo general precede o complementa la acción armada.

Como no tenía respuesta a ese argumento, don Pedro aprovechó mi silencio para preguntarme:

—¿No crees que hubieras debido consultarme esta decisión con alguna antelación? ¿Acaso no te he dado suficiente cariño o has echado algo de menos en el tiempo que llevas en mi familia?

—Don Pedro, le aseguro que esta decisión no tiene nada que ver con el trato que he recibido por su parte, por el que le estoy muy agradecido. Pero hace algún tiempo que algo ha cambiado en mí, y traicionaría un sentimiento muy profundo si no acompañase a Mina a la expedición.

—Aunque no te oculto que tu partida me causa un profundo dolor y preocupación, creo que eres suficientemente maduro para escoger el camino que quieras seguir, y para eso te he educado. Yo no te liberé de los apaches para darte otro tipo de esclavitud: quiero que sepas que por mí puedes ir a donde más te plazca.

La nobleza de aquella respuesta me dejó momentáneamente sin palabras, pero antes de irme me atreví a pedirle al abuelo un último favor:

—Don Pedro, como me han pedido que lleve el mínimo de equipaje en el bergantín, le pediría, si no le causa muchas molestias, que transporte en el carruaje el baúl donde don Bartolomé guardaba sus libros y otros objetos de valor, para poderlos recuperar a mi regreso.

Con la sutileza que lo caracterizaba, el abuelo aprovechó mi alusión al carruaje para decirme lo que más podía dolerme.

—Por supuesto que guardaré el arcón, hasta que volvamos a vernos, pero por lo que más siento que no nos acompañes en el viaje de vuelta hacia Nuevo México es porque no tendremos la posibilidad de viajar juntos en el carruaje que compramos en Londres, sabiendo que siempre habías soñado con algo semejante.

En ese momento hubiera podido derrumbarme en brazos del abuelo y humedecer su barba con mis sollozos, como lo había hecho en tantas ocasiones. Pero no lo hice.

El cerro del sombrero

Había dejado en el arcón, aparte de los libros y otros cachivaches, la bolsa de polen sagrado, las flechas relampagueantes y el machete de piedra lumbre, pues al emprender aquel viaje quería desligarme de cualquier atadura anterior, incluida la de la senda de los Gemelos Guerreros, y trazar mi propio camino. Pero pronto iba a comprobar lo que me había advertido el indio Padilla, que una vez que había emprendido el viaje bajo la protección de aquellos héroes tutelares, nada ni nadie podría ya apartarme de esa senda.

Al principio de mi viaje estaba demasiado arrebatado con la euforia de la libertad, pero pronto recibiría signos muy claros de que a los Gemelos Guerreros no les había complacido el nuevo derrotero que había tomado. El primer aviso fue cuando la goleta *Coronel Jackson*, en la que viajaba con fray Servando hacia Nueva Orleans, estuvo a punto de naufragar ante las costas de la Florida. Y recibí otro toque de atención cuando, al intentar desembarcar las cajas de la imprenta en la playa del Soto de la Marina, nuestra chalupa sufrió un envite del oleaje que estuvo a punto de mandar a la imprenta, proclamas e impresores al fondo del mar; y se me ocurrió pensar que si las corrientes submarinas hubieran llevado aquellos impresos hasta la bahía de Cádiz, seguro que a los náufragos que habitaban aquellos fondos marinos les hubiera interesado mucho su lectura.

Pero el signo más importante de que la sombra de los Gemelos Guerreros seguía proyectándose sobre mi destino me llegó cuando se recibieron en Soto de la Marina instrucciones del general de que el cajero Bangs y yo nos desplazásemos al fuerte del cerro del Sombrero, adonde unos días antes había llegado el general Mina para unirse a los líderes rebeldes que se habían refugiado en aquella fortaleza para resistir a las tropas del virrey.

Tardamos varios días en llegar a nuestro destino, cruzando un altiplano semidesértico, pero me quedé como petrificado al ver que el famoso cerro del Sombrero —destacando como un gigantesco mojón sobre la planicie del Bajío— era una réplica casi exacta del cerro Cabezón que se erguía en Nuevo México al pie del monte San Mateo.

La dificultad de acceso a aquella fortaleza natural por el borde de un estrecho precipicio hacía que los insurgentes considerasen aquel bastión inexpugnable. Pero en el caso de un asedio prolongado el fuerte sólo contaba con un aljibe de agua de lluvia, y para el suministro de agua era preciso descender a un arroyo que quedaba al fondo de la barranca que dominaba el promontorio, como a un media milla de distancia. Precisamente cuando nos acercamos al fuerte estaban rellenando sus cubos un grupo de mujeres que nos saludaros con gritos y vítores al vernos llegar.

Tras haber instalado la imprenta y mientras Bangs hacía su peregrinación habitual a la cantina, tuve ocasión de ponerme al corriente de lo que había ocurrido con la División Auxiliar desde que había salido del Soto de la Marina escuchando lo que contaban a los recién llegados los oficiales que ya estaban en el fuerte. Por lo visto, en pequeñas batallas y escaramuzas con pequeños destacamentos del ejército realista, Mina había ya demostrado su proverbial capacidad de dominar el campo con rápidos movimientos de sus tropas, habiendo conseguido derrotar —en el Valle del Maíz, en Peotillos y en el Real de los Pinos— a contingentes muy superiores en número y armamento.

Según contaban los oficiales que habían participado en esas acciones, en ninguna de ellas, Mina había conseguido una victoria aplastante sobre el enemigo, pero había podido retirarse sin perder muchos efectivos. Esos descalabros habían hecho que el virrey Apodaca diese instrucciones de reforzar las tropas que se encontraban en el Bajío, enviando al batallón de Extremadura bajo las órdenes de don Benito de Armiñán, y desplazando desde Durango una sección de caballería de Frontera al mando del teniente coronel don Facundo Melgares. Cuando oí mencionar el nombre del militar que había conocido, primero como alférez y más tarde, ya en Chihuahua, como teniente coronel, me pregunté si nuestros destinos volverían a cruzarse en aquellas circunstancias tan distintas.

Pero también escuché que, en tono más reservado, uno de los oficiales contaba que la colaboración que había recibido el general de la insurgencia estaba siendo menos generosa que lo que éste hubiera anticipado. Y, ya en un susurro, el oficial le confió a su amigo que Mina estaba desilusionado por la falta de idealismo de algunos de los cabecillas rebeldes, que en ciertos casos se guiaban sobre todo por su deseo de protagonismo y de beneficios personales, por lo que se resentían de que un soldado prestigioso y desinteresado como Mina les pudiera quitar algo de reconocimiento por parte de sus conciudadanos.

La batalla de San Felipe

A los pocos días de llegar al fuerte tuvimos noticias de que el nuevo comandante general de Guanajuato, el coronel Ordóñez, junto con la división volante del coronel Castañón, se dirigía hacia el cerro del Sombrero para ponerle sitio. Al saberlo, el general Mina decidió salir a su encuentro para darles batalla en campo abierto. Como el día de la partida el impresor principal, Samuel Bangs, había tenido una conversación demasiado prolongada con una botella de tequila, Mina me indicó que lo acompañase, pensando que posiblemente durante la campaña tendría que imprimir alguna proclama.

Al llegar a la hacienda de Palo Alto, cerca del lugar donde esperaba encontrarse con las fuerzas realistas, vimos venir en nuestra dirección a un contingente de caballería rebelde, y poco tiempo después se presentó en nuestro campamento su jefe, cuyo nombre era don Cristóbal Nava. El cabecilla venía montado en un brioso potro alazán con la crin enjaezada con lazos de seda de distintos colores; también el jinete iba pertrechado con un vistoso traje de ranchero —con botonadura de plata en el chaleco y los calzones; zahones y botas de cuero repujado, y un inmenso sombrero adornado con una toquilla bordada en oro— y un cuadro de la Virgen de Guadalupe, por lo que pensé que más que un guerrillero dispuesto a la lucha, Nava parecía un santuario ambulante.

Pero la caballería de Nava era la primera partida de la insurgencia bien montada y relativamente bien armada que se unía a la división de Mina, por lo que el general los recibió con grandes muestras de reconocimiento y alegría. Esa misma tarde se presentó en nuestro campamento otro grupo de rebeldes, éste de infantería y más numeroso que el de Nava aunque mucho peor armado: sus fusiles eran de chispa en su mayoría y su atuendo de combate se reducía a unos calzoncillos de hilo y una frazada, andando algunos de ellos con alpargatas e incluso descalzos.

Y cuando, al día siguiente, Mina quiso probar en un ejercicio en campo abierto la capacidad de maniobra y coordinación de las fuerzas rebeldes, se quedó anonadado al constatar que ni los jinetes ni la infantería tenían la más leve noción de instrucción militar ni de disciplina.

En cambio, las tropas realistas que al día siguiente vimos avanzar por el Camino Real en dirección a San Felipe venían en impecable formación, y en cuanto detectaron nuestra presencia se desplegaron en el llano con marcial precisión. Con increíble destreza Mina consiguió ocultar parte de la división en un pequeño sabinal, mientras dejaba que los jinetes de Nava y el cuerpo de infantería de la insurgencia atacasen la vanguardia del ejército realista.

Los jinetes del ranchero se lanzaron a galope tendido, con la lanza en ristre, y momentáneamente las filas realistas se replegaron ante el ímpetu de la galopada; pero en cuanto sus escuadrones se repusieron de la primera embestida y presentaron de nuevo sus filas cerradas y caladas las bayonetas, los atacantes se detuvieron y volvieron grupas a la misma velocidad con que habían arremetido.

Algo semejante ocurrió con el cuerpo de infantería insurgente, que cargó contra las filas enemigas con un griterío capaz de helarle la sangre en las venas al más pintado; pero en cuanto los cañones empezaron a hacer oír también sus voces, produciendo grandes estragos en aquellas hordas indisciplinadas, los sobrevivientes pusieron pies en polvorosa, y era tan grande su pánico y desconcierto que en su retirada iban a clavarse en las lanzas de la caballería que Mina había colocado en medio del llano para contener la debacle.

Pero su sacrificio tampoco había sido en balde, pues el general aprovechó que el ejército realista estaba persiguiendo a las mesnadas rebeldes para dar la orden de ataque desde el flanco. La Guardia de Honor del coronel Young atacó a los realistas primero con un fuego muy vivo y después cargó a la bayoneta, mientras que el mayor Mayfeler con sus noventa jinetes cortaba en dos el contingente realista en el llano.

Como detalle pintoresco de la jornada se contaba que cuando una de las baterías de los realistas se había quedado sin munición en medio del combate, el oficial artillero echó mano de un cofre con onzas de plata para pagar los sueldos de la tropa y cargó la boca del cañón con esas monedas, lo que quizás hubiera complacido a los que recibían esa metralla si hubieran sabido que se iban al otro mundo cargados de plata.

Pero cuando se disiparon la polvareda de la galopada y el humo de las descargas, contamos trescientos treinta y nueve cadáveres de los realistas que yacían por tierra o ensartados por las lanzas en los troncos de las sabinas. Las bajas realistas incluían al comandante general de Guanajuato, coronel Ordóñez, y al jefe de la división volante, coronel Castañón; por nuestra parte las bajas habían sido escasas, pero Mina tuvo que lamentar la muerte del mayor Mayfeler, que con tanta gallardía había luchado por la causa rebelde.

Esa misma noche, cuando los oficiales de Mina comentaban las incidencias del combate en torno al fuego del campamento, lejos del lugar donde pernoctaban las fuerzas insurgentes, los oí decir que, a pesar de la victoria obtenida, los refuerzos que habían enviado los cabecillas de la insurrección a la hora del combate constituían más una carga que una ayuda, pues por su absoluta falta de disciplina sus reacciones no eran de fiar. El propio general comentaba con el resto de los oficiales:

—Tras el impulso del primer ataque, son incapaces de aguantar su posición cuando la formación enemiga se reagrupa para ofrecer resistencia. —Y añadió—: Esa forma de luchar de la caballería rebelde me recuerda lo que se decía de los antiguos jinetes escitas, que acometían como una tormenta y se disipaban como el humo.

No dejó de impresionarles a los otros oficiales que Mina tuviera conocimiento de las tácticas guerreras de la Antigüedad, pero no en vano como guerrillero le habían dado el apodo de "el Estudiante", porque había tenido que abandonar la universidad para responder a la llamada de la patria en peligro. Sin embargo, era triste reconocer que su alto nivel cultural constituía un obstáculo más para la relación del general con los cabecillas insurgentes, que se resentían de su superioridad intelectual.

Hasta el sello que usaba para sus cartas había despertado suspicacias entre aquella gente primitiva, pues su membrete incluía la efigie de un león, y por ser el león símbolo de la monarquía aquellas mentes desconfiadas pensaban que el sello podía simbolizar el designio oculto de restaurar la autoridad de la Corona española en el territorio mexicano. Y, como todo acaba por saberse, había circulado ya por México la noticia de que, a su paso por los Estados Unidos, Mina había ofrecido la Corona de la Nueva España a José Bonaparte.

Precisamente para vencer toda desconfianza, Mina pensó que era imprescindible conseguir una victoria decisiva sobre los realistas que borrase toda sombra de sospecha de las mentes tortuosas de los cabecillas.

—Sólo podremos convencerlos de nuestra buena fe y eficacia en la lucha por la independencia de México si tomamos un lugar estratégico, como sería Guanajuato, que es el núcleo del aprovisionamiento y de las comunicaciones del ejército realista de toda esta región.

Excuso decir que sólo con oír pronunciar la palabra Guanajuato yo sentía escalofríos, pues la visión de las cabezas de los jefes rebeldes colgadas de la Alhóndiga se había quedado como grabada a fuego en mi memoria, y a veces me preguntaba si los Gemelos Guerreros, en castigo a mi deslealtad, me habían condenado a recorrer de nuevo el penoso derrotero que había hecho ya en el viaje hacia Veracruz.

Pero Mina no hacía promesas que no pensara cumplir, y al día siguiente de esa conversación mandó de vuelta hacia al cerro del Sombrero —para reforzar a las tropas que allí se habían quedado— a la mayor parte de la División Auxiliar, mientras que él emprendía, con un grupo reducido de jinetes y el carromato con la imprenta, el camino hacia la isla de Xauxilla, sede del Gobierno Provisional de la República, con la intención de explicar a los vocales de esa junta su estrategia para tomar Guanajuato y pedirles ayuda en aquella difícil empresa.

La novia de Mina

De camino hacia el lago de Chapala, en cuyo centro estaba la isla de Xuaxilla, paramos a pernoctar en el rancho de don Manuel Roa, que había sido demolido y su hato dispersado por ser su propietario partidario de la independencia y haber ayudado con dinero y provisiones a las tropas rebeldes. Pero don Manuel conservaba su tesoro más preciado, que era su hija Rita, que hizo los honores de la casa a Mina y sus oficiales, aunque aquellos militares estaban más interesados en la conversación que se producía en torno a la mesa, sobre estrategias bélicas y movimientos de tropas, que en el movimiento de Rita, que revoloteaba como un colibrí detrás del general, intentando atraer su atención.

Aunque al principio Mina no prestó atención a la bella doncella que, desde detrás del lugar en el que estaba sentado le servía su copa, le rellenaba el plato de deliciosas viandas y le preguntaba solícita que si se le ofrecía alguna cosa más, finalmente no pudo sustraerse al intenso aleteo de aquellas pestañas que apenas disimulaban el interés de su dueña por el flamante general. Pero una vez que reparó en ella, se quedó electrizado por la intensidad de aquellos ojos que lo miraban como si fuese el único varón que existiese sobre la faz de la tierra. Y a partir de aquel momento, el general no quiso atender a más batallas que la que se libraba en ese momento en su interior, pues por un lado quería respetar la hospitalidad que le había ofrecido don Manuel y por otro su sangre bullía por responder al fuego que brotaba de los ojos de la muchacha.

Al día siguiente Mina y Rita salieron a cabalgar juntos cuando todavía una capa de rocío cubría los pajotes de los rastrojos incendiados por los realistas; no volvieron hasta la hora del almuerzo, y supuse que los rosetones de las mejillas de la muchacha y los arañazos en el cuello del general no eran sólo consecuencia de la galopada entre la maleza del borde del río. Al notar que se había consumado el idilio entre aquella joven trigueña y el guerrillero, por un lado sentí envidia de que otra persona hubiera disfrutado de una flor que yo había deseado, pero por otro me alegraba de que aquella posesión sirviera para endulzar aunque fuera sólo un rato los sinsabores de general.

Pero Mina tuvo poco tiempo para celebrar las mieles de su romance con Rita, pues al día siguiente llegaron dos jinetes procedentes del Soto de la Marina que le contaron que, tras haber soportado durante una semana el asedio de las fuerzas de Arredondo, el mayor Sardá había capitulado con sus hombres y había rendido el fuerte que con tanto esfuerzo habían construido. Para poner cerco a aquella pequeña guarnición el gobernador Arredondo había desplazado una fuerza de seiscientos infantes, ochocientos cincuenta caballos y ciento nueve artilleros, mientras que Sardá sólo contaba con ciento trece hombres y un par de cañones.

Fue tal el coraje con el que lo defendieron y su determinación de no ceder que, a pesar de la abrumadora superioridad de fuerzas de los realistas, Arredondo aceptó los términos de una capitulación honrosa que le ofreció Sardá antes de rendirse. Y cuando los mermados efectivos que quedaban en la guarnición desfilaron ante el gobernador, éste no podía creer que aquel puñado de soldados hubiera tenido en jaque a todo un ejército. Entonces le preguntó a Sardá:

—¿Es ésa toda la guarnición?

—Toda —contestó Sardá.

—¡¿Es posible?! —exclamó el gobernador.

Los pocos soldados que aprovechando la confusión del último ataque se habían escapado nos dijeron que la mayor parte de los prisioneros del fuerte habían sido encerrados en los calabozos de San Juan de Ulúa, en contra de lo acordado expresamente en las capitulaciones de la rendición. En cambio, fray Servando había sido mandado a México y encerrado en secreto en las cárceles de la Inquisición, para ser interrogado. Cuando supe esa noticia, no me preocupé demasiado por el futuro del cura rebelde, sabiendo que se había escapado ya de otros cautiverios; y conociendo la labia y la capacidad de persuasión del fray Servando, pensé que si los inquisidores lo acosaban a preguntas, era más probable que hubiese convertido a la revolución a sus guardianes que ellos lo hubieran convencido de sus ideas.

Pero lo ocurrido en el Soto de la Marina era una pésima noticia para la expedición, pues el haber perdido ese punto de abastecimiento y de comunicación con el mundo exterior hacía también imposible pensar en la retirada, lo que reafirmó a Mina en su idea de conseguir una victoria espectacular en Guanajuato. El general hizo alusión a los barcos que había quemado Hernán Cortés en esa misma costa para asegurar la victoria sobre el Imperio azteca.

La junta de Xauxilla

Pero el intento de vencer las reservas de la junta de Xauxilla no iba a ser una empresa fácil. En esa isla del lago de Chapala, que se consideraba como un reducto inexpugnable y adonde sólo se tenía acceso por barco, se habían atrincherado los principales vocales de la Junta del Gobierno Provisional, el doctor José de San Martín y el padre José Antonio Torres, como señores feudales protegidos por su foso y su puente levadizo.

Tras varios días de marcha por los secarrales del Bajío, escurriéndonos por trochas y cañadas para no ser detectados por las fuerzas realistas, llegamos una tarde a la orilla frente a la isla, desde donde los cabecillas nos mandaron un barco. Desde el primer momento me dio mala espina que aquellos hombres nos recibiesen con tantas muestras de afecto y arrumacos zalameros; me costaba que desde su santuario habían contribuido bien poco a reforzar la posición del general Mina, y era ya un secreto a voces que el padre Torres, que había sido nombrado teniente general de la junta, tenía celos de su prestigio y de su conocimiento de la táctica militar, cuando el cura no sabía distinguir un fusil de una espingarda.

Y cuando Mina propuso celebrar un consejo de guerra, nuestros anfitriones intentaron endulzar lo que sabían que iba a ser una reunión tormentosa ofreciendo chocolate caliente y dulces de hojaldre. El guerrillero se topó con un muro de desconfianza, especialmente del padre Torres, pero también por parte de otros vocales de la junta de Xauxilla, pues aquellas mentes mezquinas no estaban dispuestas a reconocer el planteamiento visionario de quien, si conseguía una victoria señalada sobre las fuerzas realistas, consideraban que podía quitarles protagonismo en la revolución.

En vano —usando toda su elocuencia y capacidad de persuasión— el general intentó convencerlos de la importancia estratégica de tomar una gran ciudad del interior, tanto para interrumpir las comunicaciones y el avituallamiento de las guarniciones de la costa como por el efecto que tendría sobre la moral de las tropas realistas, los vocales estaban convencidos de las ventajas de la resistencia pasiva y eran reacios a dar un paso que podía suponer una victoria brillante pero también podía saldarse con un rotundo fracaso.

Los miembros de la junta justificaban su negativa a atacar Guanajuato diciendo que aunque la guarnición no era muy grande su poder defensivo se fortalecía por las desigualdades del terreno, por lo que hubiera sido necesario concentrar allí una fuerza numerosa para atacar en varios puntos simultáneamente, fuerza que ellos no estaba dispuestos a poner a disposición de Mina.

—La ciudad de Guanajuato está configurada como un fortín, pues debió construirse en un promontorio para poder explotar el mineral —dijo el padre Torres, dándoselas de gran conocedor de la topografía del lugar—. Lo cierto es que las irregularidades del terreno la hacen prácticamente inexpugnable.

—Pienso que no puede calificarse de inexpugnable una ciudad que fue tomada por la insurgencia y recuperada por los realistas al menos en dos ocasiones durante la revolución del padre Hidalgo —replicó Mina, que empezaba a perder la paciencia.

Para evitar un enfrentamiento violento entre Mina y el padre Torres, el doctor San Martín acudió a un argumento que creyó que podría ayudar a convencer al general, pensando en satisfacer su vanidad:

—A mi modesto entender, deberíamos utilizar para luchar contra España la misma táctica que usted utilizó exitosamente como guerrillero en la lucha contra Napoleón. Creo que antes de intentar un golpe decisivo en una ciudad importante, convendría organizar un cuerpo de tropas que hostigase a los realistas en todo el país que media entre aquí y el océano, donde los realistas tienen menos guarniciones.

Aquel conciliábulo degeneró en un diálogo de sordos, pues sus interlocutores sabían usar las armas de la hipocresía y de la doblez para marear a Mina, que era más directo en sus argumentos. Y pensé que en esa conversación hubiéramos necesitado la presencia de fray Servando, para poder combatir con las mismas armas que utilizaban los vocales de la junta, mucho más listos que Mina, aunque el general fuese más inteligente.

La declaración de Mina

Pero aunque no hubiera conseguido el respaldo de los cabecillas de la junta de Xuaxilla, Mina estaba resuelto a tomar Guanajuato, aunque fuera sólo con los restos de la División Auxiliar y las partidas de desarrapados que pudiera reunir en el Bajío. Lo primero que hizo cuando desembarcamos en la orilla del lago fue pedirme que imprimiese una proclama que iba en este caso dirigida a los españoles de la Nueva España, invitándolos a que participasen en la empresa de liberar América, para después poder salvar a España de la tiranía.

Aunque sabía que las posibilidades de difusión de ese manifiesto entre las tropas realistas sería limitado, el virrey Apodaca hizo publicar en respuesta un bando en el que declaraba a Mina "sacrílego malvado, enemigo de la religión, traidor a su rey y a su patria, que había venido a alterar la tranquilidad de un país que estaba tocando al término de su entera pacificación". Para reforzar sus argumentos, Apodaca ofreció una gratificación de quinientos pesos al que entregase a Mina y de cien por cada uno de los aventureros que lo seguían. Al pensar que mi modesta persona estaba incluida en esa generosa recompensa me sentí muy orgulloso, pues esa cifra era muy superior a la que don Pedro había pagado a los apaches por mi rescate.

Mientras cruzábamos de nuevo los inhóspitos secarrales del Bajío, a través de los espías de la insurgencia pudimos saber que el coronel Armiñán, nuevo comandante general de Guanajuato que había sustituido a Ordóñez, le había encargado al brigadier bajo su mando, Negrete Orrantía, la especial comisión de perseguir encarnizadamente a Mina, donde quiera que estuviese. Y pensando que el general se dirigía al fuerte del Sombrero para socorrer a los sitiados por las fuerzas realistas, se dirigió hacia allí aquel sabueso, con refuerzos de la caballería de la Frontera y las tropas de Facundo Melgares. Como estábamos demasiado lejos para ayudar a los sitiados, Mina prefirió continuar hacia Guanajuato, pensando que si conseguía tomar esa ciudad los realistas levantarían el cerco al cerro del Sombrero para acudir al interior del país.

Pero cuando nos acercábamos a alguna población que no estuviera tomada por los realistas, nos llegaban noticias preocupantes sobre el asedio al Sombrero, adonde Mina había enviado a los mejores oficiales de la División Auxiliar. Una noche, mientras los otros descansaban, me picó tanto la curiosidad por saber la suerte de nuestros compañeros que, sin que nadie me viera, me alejé del campamento y sacando la piedra de cuarzo, intenté captar la luz de una estrella aprovechando la claridad de la noche. Aunque, por lo que pude ver después, quizás hubiera sido mejor que el cielo no hubiera estado despejado.

Cuando la piedra me ofreció la visión del cerro del Sombrero apenas si pude reconocer el promontorio, pero luego me di cuenta de que las continuas descargas de artillería habían desgajado grandes lajas de piedra de los flancos, desdibujando el perfil cónico; incluso, los escombros arrancados de las fortificaciones habían colmado el foso del fuerte, cambiando la configuración del terreno.

En el momento en que la piedra me mostró los alrededores del cerro, a la luz de los resplandores de las descargas, observé que un pelotón del ejército realista intentaba un asalto trepando sobre las montañas de escombros, pero el ataque fue rechazado por un fuego muy vivo de los oficiales, entre los que reconocí a algunos de los que Mina había mandado de vuelta al fuerte. Contribuían a la resistencia los niños y las mujeres, que hacían rodar desde el parapeto del fuerte una avalancha de piedras hacia los atacantes.

Después me pareció que el cuarzo me estaba mostrando la misma visión que tuve en La Bajada, cuando había visto el enjambre de niños y mujeres andrajosos correr por la abrupta pendiente; pero no era así: aprovechando la niebla que se mezclaba con el humo de las descargas, un grupo de mujeres y de niños estaban huyendo del cerro corriendo por el acantilado, intentando llegar al agua; pero desafortunadamente el tropel había alertado a los centinelas del bando opuesto, que dirigían un fuego mortífero sobre aquellos desgraciados.

Después reconocí la silueta del coronel Young, que estaba dando órdenes a sus hombres desde lo más alto del parapeto. Pero el fogonazo de un cañón me deslumbró, y al momento siguiente me pareció ver la cabeza del coronel rodando por la pendiente del acantilado. Pensé que mi fantasía me estaba jugando una mala pasada, pero después comprendí que una bala de cañón había segado la cabeza del coronel, arrancándola de sus hombros, y aquel siniestro despojo había rodado hasta el arroyo, como la cabeza de Yeit-só por la ladera del monte San Mateo.

Volví hacia el campamento con el corazón en un puño, intentando que los oficiales reunidos en torno al fuego no se dieran cuenta de mi estado de ánimo. Pero al día siguiente, cuando ya se vislumbraba en el horizonte la sierra de Guanajuato, nos encontramos un puñado de hombres, que era todo lo que quedaba de la División con que Mina había querido reforzar el cerro del Sombrero.

Al reconocer desde lejos a algunos de sus hombres, Mina picó espuelas y corrió a abrazarlos; pero quedaban tan pocos, que echó una vista alrededor y, con el semblante pálido, preguntó: "¿Dónde están los demás?" La respuesta fue: "Todos han muerto". Por un momento pensé que Mina iba a caer del caballo; pero haciendo un gran esfuerzo se sobrepuso y se inclinó sobre el arzón para que sus soldados no lo vieran llorar.

Una vez que hubieron descansado de su penoso vía crucis, los sobrevivientes del fuerte nos contaron que, una vez que vencieron la última resistencia, las tropas realistas no habían tenido misericordia ni con los heridos ni los enfermos, que fueron pasados por las armas, ni con los doscientos prisioneros que habían caído en sus manos, que fueron obligados a destruir las fortificaciones y después fusilados. Aparte del coronel Young y otros importantes oficiales, en esa acción Mina había perdido a amigos personales, como el navarro Lázaro Goñi, que lo había seguido desde el principio de la expedición. Pero además tuvo que soportar que algunos de los sobrevivientes lo acusasen de haberlos abandonado a su suerte, por no haber acudido a socorrerlos. El coronel Bradburn le echó en cara que ni siquiera hubiera mandado una pequeña fuerza de caballería para cubrir la retirada de los fugitivos e impedir que fueran masacrados por los realistas.

El general tuvo que reprimir sus sollozos, y sólo alcanzó a contestar:

—Usted no sabe la pena que yo siento por el destino de esos valientes, que han peleado a mi lado y me han seguido por todos los peligros, ni aprecia las dificultades de mi posición, que han impedido mis esfuerzos para rescatarlos. Algún día, con más calma, explicaré a usted la causa de este fracaso, que me causa una inexpresable angustia.

La caída del cerro del Sombrero hizo enloquecer a Mina, y por primera vez vi en él a un guerrero sanguinario, que deseaba resarcirse de la pérdida de sus seres queridos con una terrible venganza. Un par de días después, en una rápida marcha nocturna, llegamos a la pequeña guarnición situada en la hacienda del Bizcocho, que las tropas de Mina asaltaron y capturaron sin la menor dificultad. Tras matar en combate a un gran número de enemigos, y quemar la hacienda y dispersar el ganado, Mina mandó fusilar a treinta y un prisioneros, lo que era muy contrario a la conducta generosa y humanitaria que le había granjeado el respeto de sus enemigos hasta en su lucha contra Napoleón.

Aunque yo no estaba presente en la ejecución, cuando me lo contaron sentí tanta pena por los desgraciados que habían sido pasados por las armas como por el propio Mina, pues debía de estar loco de dolor para perpetrar ese acto de crueldad y de cobardía.

La entrada en Guanajuato

La terrible angustia provocada por ese fracaso acentuó la determinación de Mina de tomarse la revancha con la toma de la ciudad de Guanajuato. Al ver que el destino me empujaba de forma inexorable a volver a recorrer las calles de un lugar ensangrentado por distintos fanatismos —recordé que el significado de ese nombre era "Lago de Sangre", por los sacrificios rituales de los chichimecas—, por un lado me sentía aterrado, pero por otro me creía incapaz de sustraerme a un destino que quizá venía dictado por las mismas fuerzas que me habían llevado a Guanajuato por primera vez.

Aunque a cada paso recibíamos advertencias de que las fuerzas de Orrantía nos venían a la zaga con la misma obstinación que un perro que ha encontrado el rastro fresco de un venado, en ningún momento el general se replanteó la oportunidad de atacar una ciudad que podría convertirse en una ratonera si nuestros seguidores nos sorprendían durante el ataque, bloqueando la retirada. De camino hacia Guanajuato, en la hacienda de La Caja, se nos unió una partida de insurrectos bastante numerosa, tanto de a pie como de a caballo; ni los infantes iban tan desarrapados como los que habían combatido en la batalla de San Felipe ni los jinetes vestidos tan estrafalariamente como los de Nava, pero adolecían de la misma falta de entrenamiento y disciplina militar.

Con la misma astucia y dominio de las técnicas guerrilleras que lo habían hecho famoso en España, Mina fue capaz de despistar a sus perseguidores dando rodeos entre sembrados y plantíos, por lo que en un amanecer grisáceo llegamos a la mina de la Luz, que estaba en las inmediaciones de nuestra meta. Esperamos a que anocheciera para entrar en Guanajuato y las tropas enfilaron por las calles desiertas en columna de a dos, llegando muy cerca de la plaza sin que nadie hubiera dado la alarma.

Pero la fatalidad quiso que al llegar frente a la Alhóndiga de Granaditas, donde estaban acuartelados dos regimientos de infantería, un centinela pidiera el santo y seña, y un oficial francés que estaba con nosotros, en vez de responder "¡España!", que era la contraseña de los realistas, contestara "¡América!", que era el grito de la insurrección. El soldado dio la voz de alarma y en el silencio de la noche se oyó el clarín tocar a generala. Me estremecí al pensar que aquel percance hubiera sucedido precisamente al pie de la Alhóndiga de Granaditas, de tan siniestros recuerdos.

Casi inmediatamente el cielo estrellado se iluminó con los fogonazos de las descargas de artillería. Los defensores de la ciudad habían colocado en esa misma plaza un cañón que empezó a hacer fuego sobre la columna principal de los insurgentes, y pronto pudimos comprobar que la desigualdad de los niveles en que estaban construidas las casas permitía que, desde cualquier azotea, los realistas pudieran hacer un fuego mortífero al dominar desde arriba la columna atacante.

Entre las tropas insurgentes, que demostraron nuevamente su falta de disciplina, cundió el pánico, y Mina, que no conocía el trazado de la ciudad, fue desbordado por el torrente de la retirada. Aumentando la sensación de caos, en su huida uno de los pelotones insurrectos prendió fuego al tiro principal de la mina La Valenciana, y como gran parte de la estructura era de madera, pronto brotaron de allí grandes llamaradas, iluminando la noche con un fuerte resplandor que competía con los fogonazos de la artillería.

En cuanto pudo apartarse del fragor de los cañonazos, Mina convocó a los jefes de la insurgencia que no habían huido hacia los montes y se dirigió a ellos en términos de duro reproche:

—Si ustedes hubieran cumplido con su deber, sus soldados hubieran cumplido con el suyo y Guanajuato sería nuestro. Ustedes son gentes sin valor para cualquier hombre que lucha por su causa.

El general también les echó en cara que no hubieran aprendido de los españoles más que sus vicios, y añadió que no tenía nada que hacer con una formación tan indisciplinada. Aunque hubiera querido conservar a los soldados de infantería que lo habían seguido fielmente en otras acciones, los vio tan derrengados que decidió licenciarlos, y resolvió que él mismo se retiraría unos días a descansar. No lejos de allí estaba la hacienda de don Mariano Herrera, que vivía en un rancho llamado El Venadito, sobreviviendo con lo poco que le habían dejado los realistas cuando entraron a saco en sus propiedades como castigo a sus simpatías por la revolución.

Pero cuando nos dirigíamos hacia aquel rancho, por alguna jugarreta del destino, al acercarnos a la aldea de Silao nos encontramos en el mismo camino al cura del lugar, don Anselmo Dóriga, al que habíamos conocido cuando íbamos de Guanajuato hacia Veracruz. Yo evité que el cura pudiera reconocerme, escondiéndome tras los bultos que llevaban las cajas de la imprenta. Si hubiera tenido la ocasión, le hubiera recomendado al general que no entablase conversación con un individuo tan chismoso y lenguaraz; para mí resultaba evidente que si el cura era amigo de Cancelada —enemigo acérrimo de la independencia—, no podía serlo también de Mina.

Para estrechar el contacto de la revolución con el pueblo, el general tenía por costumbre hablar con la gente que se encontraba en el camino, y no pude impedir que estuviese un buen rato hablando con el párroco, que de forma solapada debió de sacarle información sobre su itinerario. Como luego pudimos saber, tan pronto como nuestra columna desapareció en un recodo del camino, don Anselmo volvió grupas hacia Siloé y le contó a don Mariano Reinoso, jefe de la guarnición realista, lo que había hablado con Mina. El soldado no perdió ni un minuto en montar a caballo e ir a avisar a Orrantía, cuya columna, al haber visto desde lejos el incendio de la mina La Valenciana, estaba ya de camino hacia Guanajuato.

La hacienda de El Venadito

Lo que iba a ocurrir a continuación resulta inexplicable si no se toman en consideración ciertos factores, como fueron el cansancio del general y la amargura de la derrota que lo hacía buscar compensación en un olvido momentáneo del peligro que corría. También ocurrió que los aldeanos, que siempre alertaban a los insurrectos cuando se acercaba el ejército realista, aquella noche pensaron que quienes iban al rancho de El Venadito eran los remanentes de las tropas rebeldes que iban a reunirse con su jefe.

Aquélla era una noche perfecta para el descanso y la disipación; en el rancho de don Mariano Herrera, Mina y sus oficiales fueron tratados con todas las atenciones que permitían las circunstancias. La hermana de Herrera, una mujer relativamente joven y de buen ver, obsequió a los distinguidos huéspedes con una cena abundante, con distintos platillos típicos de la región, acompañados de vinos de la tierra y licor de mezcal. Al final de la cena, algunos de los asistentes amenizaron la velada con música de baile y el general, totalmente distendido, se puso a valsar con sus oficiales.

Cuando el cansancio fue venciendo a los participantes en el jolgorio, todos se fueron retirando y nos quedamos en la veranda del rancho el general Mina y yo, aspirando en silencio la brisa nocturna que traía suaves aromas del campo mezclados con el olor punzante de la mina La Valenciana, cuyo incendio aún iluminaba la ceja de la cordillera. Mina se fijó en que, para dominar mi nerviosismo, manoseaba la piedra de cuarzo que me había sacado del bolsillo.

—¡Qué brillo más intenso tiene esa piedra! ¿Aparte de su belleza tiene alguna utilidad?

—Los sabios de mi tribu dicen que si uno sabe captar la luz de una estrella esa piedra puede proporcionar la visión del presente, del futuro y del pasado.

Mina, que posiblemente flotaba aún en los efluvios del mezcal, se permitió una broma:

—¡Pues quizá convendría enrolar en la División Auxiliar a uno de esos sabios para que nos diga en qué acabará nuestra expedición!

Pero instantes después vi que su cara se ensombrecía, y añadió:

—La verdad es que no necesito una piedra de cuarzo para adivinar el destino que me aguarda, cuando los jefes del Gobierno Provisional que se negaron a ayudarme en la toma de Guanajuato me retiren definitivamente su apoyo tras haber fracasado en mi propósito.

A continuación aquel hombre, que por lo general evitaba manifestar sus sentimientos, abrió las compuertas de su conciencia y me habló de todo lo que había experimentado desde que salió del calabozo de Vincennes. De su paso por Madrid, de su desencuentro con Lardizábal —que por casualidad yo había presenciado—, de su intentona de hacerse fuerte en Pamplona y su huida a Londres, donde había encontrado personas que lo ayudaron cuando su empresa parecía viable y productiva, pero que cuando las cosas se complicaron guardaron un silencio culpable, como el banquero Taster o el propio Lord Holland, que le había dicho que no contestaba a Mina sus cartas con la excusa de no comprometerlo.

En realidad no era que Mina estuviese sincerándose conmigo, sino que había aprovechado la oportunidad de que yo estaba allí para no tener que estar hablando solo. Pero una vez que se hubo desahogado, se quitó el uniforme y se fue a dormir al aposento que le había preparado la hermana de don Mariano Herrera. Que yo sepa, aquélla fue la primera noche en toda la campaña que no durmió con sus compañeros, con las armas en la cabecera de la cama, y la primera vez que mandó a su ordenanza desensillar a su caballo y dejarlo pastar en libertad.

Aquel descuido le costaría muy caro, pues cuando Orrantía se acercó al rancho y supo que Mina se encontraba allí, sin esperar a que se reuniesen todas sus fuerzas mandó a los dragones del cuerpo de Frontera atacar a galope tendido. El oficial que lo mandaba, don Facundo Melgares, irrumpió en la hacienda a todo galope, sin dar tiempo a que los rebeldes empuñasen sus armas. Aunque el criado favorito de Mina, un joven mulato de Nueva Orleans que me recordaba algo a mi amigo François, tardó escasos minutos en presentarse en la casa de Herrera con su caballo ensillado, ya era demasiado tarde. Un dragón de la Frontera llamado José Miguel Cervantes había reconocido a Mina y, al encontrarlo desarmado, lo había obligado a rendirse.

Mina fue inmediatamente encadenado y llevado en presencia de Orrantía, que lo increpó llamándolo traidor y le echó en cara haber hecho armas contra el rey; Mina le respondió con tales expresiones de indignación y desprecio que Orrantía perdió los papeles y le pegó con el sable de plano, a lo que el general respondió: "Siento haber caído prisionero, pero este infortunio es mucho más amargo por estar en manos de un hombre que no respeta el nombre español ni el carácter de soldado". Y cuando después de ese incidente le echaron los grillos a los pies, al verlos dijo: "¡Bárbara costumbre española: ninguna otra nación usa ya este género de prisiones: más horror me da verlas que cargarlas!"

Yo sabía que salir corriendo en aquel momento hubiera supuesto un suicidio, pues los dragones perseguían a los fugitivos que salían al descubierto y los alanceaban sin compasión. Cuando la caballería realista había pasado en tromba por el rancho yo había conseguido aplastarme bajo una mata del patio. Sin embargo, desde mi escondite pude ver cómo intentaba huir del rancho la hermana de Herrera, cruzando un erial cuyos pajotes y cardos iban sacando tiras del vuelo de su camisola de gasa.

Aquella escena me recordó lo que había contado el posadero de Vitoria sobre otra mujer de porte distinguido, que corría por un rastrojo con un vestido de muselina y calzada con zapatillas de satén, mirando de trecho en trecho hacia atrás con el terror pintado en sus bellas facciones. Me estremecí al ver que un lancero había detectado a la hermana del ranchero y estaba a punto de alcanzarla con la lanza en ristre. Iba a gritar, pero en ese mismo momento un lazo de crin de potro me ciñó el abdomen cortándome el resuello.

Uno de los atacantes había detectado mi escondite y me había sacado de allí de un tirón; yo sabía que no pasarían siquiera unos instantes antes de recibir en la espalda un lanzazo y cerré los ojos esperando el golpe mortal. Pero volví a abrirlos al escuchar una voz —que me resultaba familiar— decir, en tono de burla:

—Mira por dónde hemos sacado de su encame a un lebrato escondido en su madriguera. Parece mismamente uno de esos matacanes que consiguen escapar de los galgos haciendo muchos regates; pero esta vez lo hemos pillado.

El jinete no era otro, era don Facundo Melgares, y cuando nuestras miradas se cruzaron supe que también él me había reconocido; tirando la cuerda del lazo me levantó hasta la cruz de su montura y, en un susurro, me espetó:

—Me gustaría saber qué hace el hijo de don Pedro Pino con este hatajo de maleantes, pero quizá más me vale no saberlo. Hasta que decidamos qué hacemos contigo te voy a mandar a un lugar donde se te va a enfriar toda la calentura revolucionaria.

Y tras soltar el nudo que me oprimía el abdomen, me dejó caer de golpe al suelo, al tiempo que llamaba a uno de sus ayudantes.

—Jacinto, vente para acá. He hecho un prisionero que no quiero que se junte con los demás. Quiero que lo pongas en la grupa de tu caballo y lo entregues a la cuerda de rebeldes que están llevando hacia el fuerte de San Juan de Ulúa.

El jinete asintió con la cabeza y me ayudó a subir en las ancas de su caballo, pero antes de que pudiera hincar espuelas Melgares volvió a llamarlo y le dijo:

—Espero que hayas entendido lo que te he dicho, Jacinto, tienes que llevarlo vivo con los otros prisioneros que van a Ulúa, no degollarlo y echar su cuerpo a un barranco; si cumples mis órdenes, cuando vuelvas te daré una onza de plata; pero si me desobedeces te ensartaré con mi lanza a la corteza de un abedul. ¿Entendido?

Nayénézgani sabe por fin quién era su padre

Tras haber visto en distintas ocasiones el presidio de San Juan de Ulúa desde fuera y encontrado que el edificio tenía cierta nobleza y dignidad, cambié de opinión cuando me vi encerrado en uno de los calabozos de esa misma prisión, que tenía una sola claraboya en lo alto por donde de día entraba algo de luz y por la noche el sonido del oleaje.

Por entonces yo no sabía si el haberme dejado solo en un calabozo era algo bueno o malo, pero por lo menos me dejaba todo el tiempo necesario para pensar. A veces me despertaba con el ruido que hacían los reos que, acompañados de sus guardianes, iban hacia el paredón cargando sus grillos. Entonces, tras escuchar la salmodia del capellán, al romper el primer resplandor del día una descarga segaba la vida de un desgraciado que seguramente no era más culpable ante los ojos del alcaide de la prisión que yo mismo.

En el calabozo sólo recibía la visita del carcelero, que era un grandullón huraño vestido siempre con una túnica que por lo muy deshilachada y andrajosa más bien parecía la pelambrera de un oso. El oso humano se limitaba a abrir la puerta sólo lo suficiente para pasar la escudilla con un rancho repugnante, un recipiente con agua y, sin decir una palabra, volvía a cerrarla con sus múltiples cerrojos y candados. Tantas precauciones inútiles para un prisionero tan poco valioso me hicieron sospechar que quizá los carceleros se habían enterado de mi relación con fray Servando y, sabiendo que se había escapado varias veces de sus prisiones, pensaban que yo había aprendido del cura rebelde sus artes de evasión.

Mi única posibilidad de saber lo que pasaba fuera del presidio era la famosa piedra de cuarzo, que no me habían quitado cuando me privaron de todas mis otras posesiones, incluyendo unas monedas de plata que me había dado don Pedro antes de partir de Boston y el reloj que había heredado del escribano; pero seguramente mis carceleros habían pensado que aquel guijarro transparente no tenía valor alguno. En muchas ocasiones me lo había sacado del bolsillo y me lo había vuelto a guardar, sabiendo que lo que iba a mostrarme la piedra me iba a entristecer. Pero una noche que sentía especialmente la tenaza de la soledad, cuando por el pequeño rectángulo de la tronera asomó un lucero muy brillante orienté la piedra para que recibiese de lleno la luz de la estrella.

La piedra me mostró un paisaje que al principio confundí con el del cerro del Sombrero, pero luego supuse que podía ser el fuerte de Los Remedios, que aún no había capitulado ante los realistas aunque yo sabía que estaba siendo sitiado. Estaba amaneciendo y los rayos de sol oblicuos teñían de rojo las almenas de un fuerte rodeado por un nutrido cerco de tropas realistas. Vi que sobre las almenas, desmochadas por los impactos de la artillería, se agolpaba una muchedumbre de soldados, mujeres y niños, y por la expresión de ansiedad en las caras demacradas por la sed y el hambre noté que algo se avecinaba.

De las trincheras de los realistas salió al centro de la explanada que las separaba de las murallas del fuerte un pelotón que, al ritmo cadencioso de un tambor —cuyo eco retumbaba en todos los rincones del valle—, acompañaba a un hombre con las manos atadas a la espalda y la camisa medio desabrochada. Al verlo avanzar con paso firme, casi arrogante, de la muchedumbre de los sitiados arrancó un clamor atronador: "¡Mina, Mina!", decían, y también: "¡Fernando VII, asesino!" Pero según el pelotón iba avanzando hacia el lugar de la ejecución, en todo el valle se hizo de nuevo un profundo silencio y vi que algunas de las mujeres se arrodillaban y el murmullo de una oración resonó en lo alto de las almenas. Aquellas desgraciadas estaban dedicando a Mina una letanía: *"¡Mater salvatorum, ora pro nobis!"*, *"¡Refugium peccatorum, ora pro nobis!"*, *"¡Consolatrix aflictorum...!"*

El eco de aquella oración paralizó momentáneamente el paso marcial del pelotón y ahogó el redoble del tambor, hasta que, sable en mano, el oficial que mandaba el pelotón hizo un gesto imperioso. Uno de los soldados se acercó a Mina y lo obligó a arrodillarse, de espaldas al pelotón, que era como se fusilaba a los traidores, y Mina hizo un gesto como para resistirse a esa ignominia. Pero al ver que ya todo estaba perdido, se volvió, ya hincado en el suelo, a los fusileros, y la voz varonil del general suplicó: "No me hagáis sufrir".

El estampido de los mosquetes se fundió en mis oídos con la explosión de la piedra de cuarzo al romperse en mil pedazos cuando la arrojé con todas mis fuerzas contra el muro del calabozo. Aquella sería la última visión que me ofrecería aquella piedra maldita, pero no dudé de la autenticidad de aqeulla escena, pues yo sabía que ella no mentía.

Para no enloquecer, empecé a contarme en voz alta las historias sobre los Gemelos Guerreros que me había narrado Padilla al borde de la hoguera; pensé que aquellas historias tenían partes incomprensibles, posiblemente para crear en la imaginación del oyente el halo de misterio que rodeaba a aquellos seres excepcionales. Por ejemplo, no se llegaba a saber quién había sido el padre de los Gemelos Guerreros, el misterioso personaje que había fecundado a la Mujer del Blanco Abalorio y que más tarde les había dado a los muchachos las armas mágicas para que pudieran enfrentarse con el gigante Yeit-só. Quizás había una clave secreta en aquellas respuestas enigmáticas con las que la madre contestaba a sus hijos cuando le preguntaban por su padre:

"Madre, nunca nos hablaste de nuestro padre. ¿Puedes ahora decirnos quién es nuestro padre?" La Mujer del Blanco Abalorio se quedó tan sorprendida por aquella pregunta que no supo responder, y los niños insistieron: "Madre, ¿podrías decirnos quién es nuestro padre?" "¿Queréis saber quién es vuestro padre?", dijo finalmente la Mujer. "Pues más vale que sepáis que no tenéis padre y que ¡nunca conoceréis a vuestro padre!" Cuando los niños volvieron a insistir, la Mujer se puso aún más nerviosa y contestó lo primero que le pasó por la cabeza: "Está bien, queréis saber quién es vuestro padre: ¡el cactus redondo y el cactus alargado, ésos son vuestros padres!" Todo ello resultaba muy confuso, y allí encerrado, en vez de tranquilizarme, aquellas historias me ponían más nervioso.

Era tal mi desesperación que había decidido dejarme morir de inanición, por lo que cuando el oso carcelero entreabría la puerta para pasarme la escudilla con la bazofia cotidiana, daba una patada al cuenco y estaba dispuesto incluso a enfrentarme a aquella mole hirsuta y maloliente, que hubiera podido asfixiarme entre sus brazos, como hizo el oso de Pecos con el indio Guichí. Pero una mañana se me heló la sangre en las venas cuando el carcelero abrió la puerta a una hora desacostumbrada, lo que podía ser indicio de mi inmediata ejecución; y más cuando el oso humano masculló en su jerigonza casi incompresible:

—Muchacho, tienes una visita, es un religioso que viene a confesarte. Dice que se llama el padre Pino.

"¡Ya está —pensé—, vienen a darme los últimos sacramentos antes de fusilarme!" Aunque desde el principio me intrigó la coincidencia de que el padre se llamase Pino, no tardé mucho en salir de dudas, pues entró en el calabozo un hombre cuyo ademán y silueta eran absolutamente familiares, a pesar del grueso hábito que lo cubría de la cabeza a los pies. Y cuando el fraile se apartó el capuchón que le ocultaba los rasgos apareció la cara redonda y la barba florida del abuelo. ¡Conque de verdad era el padre Pino!

De momento me quedé como paralizado, temiendo que las cosas podían complicarse si el carcelero averiguaba que conocía a aquel falso fraile, y no fui capaz de reaccionar. Pero luego vi que el carcelero había desaparecido dejando la puerta abierta. ¿Qué demonios estaba sucediendo allí? Corrí a abrazarme al pecho abultado que tanto había echado de menos y a sumergirme en las barbas sedosas que tantas veces habían enjugado mi llanto.

Pero no pude dejar de preguntarle:

—¿Pero qué es lo que hace usted aquí? ¿Y cómo lo han dejado entrar? —Yo estaba tan nervioso que lloraba y reía al mismo tiempo—. ¿Sabe que el carcelero me ha dicho que venía a visitarme el padre Pino?

—Y no se equivocaba: aunque no es cierto que sea un fraile, en cambio sí es verdad que soy tu padre.

Mi expresión debió de ser de tal perplejidad, que don Pedro se apresuró a explicar:

—En otro momento te contaré cómo conocí a tu madre, durante la ceremonia de la pubertad de las doncellas, y cómo pude escaparme de los guerreros navajos que querían matarme por haber profanado a "la-que-no-había-sido-aún-tocada-por-la-luz-del-Sol". Lo que puedo decirte es que cuando me enteré de que los apaches te habían raptado recorrí todas las rancherías y todas las ferias fronterizas hasta que te encontré. Pero ahora debemos salir de aquí.

Y, viendo que me había quedado como petrificado, don Pedro quiso vencer mi incredulidad.

—Sé que eres tan obstinado como un mulo y tan desconfiado como un tejón, pero no debes dudar que soy tu padre, porque llevas mi huella pintada en el azul de tus ojos —y tras pequeña pausa añadió—: De otra forma no habría arriesgado mi viejo pellejo para venir a sacarte de aquí.

Yo seguía sin poder moverme, pues me había quedado como aturdido por la impresión, y don Pedro dijo entonces:

—Además, vas a comprender que digo la verdad por un simple detalle. Ya sabes que soy comerciante de profesión, y aunque me esté mal en decirlo soy un buen comerciante. Quizá recordarás que cuando te compré en la feria de Taos les di a los apaches dos belduques y dos mantas navajo por un muchacho esmirriado, que apenas si había llegado a la pubertad. ¿Crees que hubiera pagado ese precio si no hubieras sido hijo mío?

EPÍLOGO

Había pasado un tiempo desde que don Pedro me rescató de las mazmorras de San Juan de Ulúa y yo estaba en la plaza principal de Santa Fe, sentado en el pretil de la misma fuente donde, unos años atrás, me habían arrojado mis compañeros de juegos, celosos de que el diputado a Cortes me hubiera nombrado su ayudante. Aunque en el entorno del palacio del gobernador no se habían producido muchos cambios, y tras los tejados de las casas de adobe la cordillera Sangre de Cristo seguía mostrando su perfil salpicado de nieve, quizás el cambio más notable era que sobre el mástil central de la plaza ya no ondeaba la cruz de San Andrés de la monarquía borbónica, sino una bandera tricolor, roja, verde y blanca, en cuyo centro se veía un águila con una serpiente en el pico.

A mí no me sorprendió que cuando finalmente se cansaron de guerrear los realistas y los partidarios de la Independencia éstos llegaran a gobernar en México, y aunque en otros lugares el traspaso de poderes había sido traumático, en aquella remota provincia, cuando llegó la hora de la Independencia en 1821, los guardianes del presidio cambiaron de uniforme y de bandera sin disparar un solo tiro.

Don Facundo Melgares, quien había sido gobernador al final de la administración española, seguía ocupando el mismo cargo y el mismo despacho donde se habían reunido los notables de Santa Fe cuando se recibió la convocatoria a las Cortes. Debo decir que lo que sí me sorprendió fue que eligieran presidente constitucional de la nueva nación a don Manuel Félix Fernández, más conocido por su pseudónimo, Guadalupe Victoria, que cuando el general Mina intentó entrevistarse con él durante su expedición al Bajío parecía haberse escondido en un agujero del que nunca quiso salir.

El cambio de poder en México supuso el encumbramiento de algunos personajes que yo había conocido en Cádiz, como el reverendo Miguel Ramos Arizpe, que había estado quince años madurando sus ideas sobre el nuevo Estado en la cárcel de Valencia donde lo confinó Fernando VII. Y también reconocieron los servicios a la causa de la independencia de fray Servando Teresa de Mier, que había pasado de las cárceles de la Inquisición a un escaño en la nueva Asamblea de la República Mexicana.

Con todo, no dejó de parecerme algo extraño que el día que se celebró la fiesta de la independencia en Santa Fe, los mismos soldados que hacía unos meses estaban dispuestos a fusilar a quien no reconociese la autoridad del rey de España, estuvieran disparando salvas en honor de la nueva república. Pero un pueblo que había sufrido tantas dificultades y miserias como el de Nuevo México estaba siempre dispuesto a una celebración, y de todos los rincones de la provincia acudieron aldeanos, campesinos, ganaderos y hasta los indios del contorno que siguieron la procesión religiosa, encabezada por fray Francisco de Hocio, que parecía más orondo al haber recuperado para su familia una cantidad importante gracias a las gestiones de don Pedro.

Aunque las crestas rosadas de los montes Sangre de Cristo siguieran cubriéndose en el crepúsculo con un manto rosado, y el aire fino que bajaba de la sierra quizá tenía la virtud de congelar el tiempo en ese remoto paradero del Camino Real, no todo continuaba exactamente igual que la tarde en que un pelotón de alabarderos irrumpió en la plaza de Santa Fe con la noticia de la convocatoria a Cortes.

El galpón de la sabiduría se había convertido en una escuela que ahora ocupo yo con los libros que me regaló don Bartolomé, tras haber sido nombrado maestro del municipio; todavía echaba de menos la erudición y la cultura de don Bartolomé, que fue quien me inició en la senda del conocimiento. En las noches frías de invierno también recuerdo las historias que me contaba al borde del fuego el indio navajo, Padilla, que hace tiempo pasó a formar parte de la Corte de los Naufragios. Cuando regresaba hacia su territorio ancestral, del que sólo salió para poder acompañarme en mi viaje hacia Chihuahua, Padilla fue sorprendido en la Jornada del Muerto por una banda de apaches que lo crucificaron en los brazos de un cactus gigante y lo dejaron contemplando el sol con las cuencas de sus ojos vacías. Biké Hozoní. ¡Descanse en paz!

Don Pedro no bajaba con mucha frecuencia a Santa Fe, con el pretexto de que estaba demasiado ocupado en su hacienda de Galisteo, pero yo sabía que a mi padre le molestaba sobremanera que los tratantes angloamericanos se hubieran adueñado del comercio de la ciudad, después de que el nuevo gobierno mexicano permitiese el paso de los comerciantes forasteros por la frontera.

Por la misma frontera por donde ahora llegaban los tratantes angloamericanos, por la a ruta de Santa Fe regresamos don Pedro y yo, tras haber viajado en el majestuoso río Misisipi desde nueva Orleans con el lujoso carruaje que habíamos comprado en Londres. Fue una experiencia maravillosa el poder cruzar las grandes praderas, donde los tallos de hierba crujían bajo las ruedas del carruaje, emitiendo un olor a savia y a tierra fresca. En medio del despoblado de pronto nos vimos rodeados por un enjambre de indios comanches, que nos amenazaban con sus hachas de guerra y sus arcos tendidos. Pero cuando su jefe, llamado Po-cha-na-quar-hip —(nombre que tenía un significado algo obsceno, algo así como "El que siempre lleva la verga erecta")—, reconoció al abuelo, en vez de acribillarnos a flechazos se pusieron a nuestra disposición y nos dieron escolta parte del camino. Esa noche, junto al fuego del campamento, don Pedro le hizo entrega al cacique con gran solemnidad del obsequio que le había mandado el Capitán Grande de los blancos, un botijo de cerámica con la poco agraciada imagen del rey Fernando VII, que había sobrevivido milagrosamente sin quebrarse un periplo tan largo y accidentado.

Don Pedro sigue utilizando el mismo carruaje cuando alguna gestión lo obliga a bajar a Santa Fe desde el rancho de Galisteo. Cuando los muchachos que juegan a las tabas en los soportales del palacio ven pasar el coche, se quedan extasiados y boquiabiertos por el brillo de los remaches de cuero y la suavidad con la que se deslizan las ruedas sobre el piso desigual de la plaza.

Pero como el vulgo suele manifestar escasa gratitud hacia quienes se han sacrificado por el bien del país, los niños canturrean en tono de voz burlón una coplilla que inventó algún vecino, aunque seguramente ignoran el origen del pareado:

Don Pedro Pino fue,
Don Pedro Pino vino.

Nota del autor y la novela

Al ser nombrado cónsul de España en Los Ángeles, Eduardo Garrigues fijó su segunda residencia cerca del pueblecito indio de Nambé, al norte de Santa Fe, e intensificó su contacto con las tribus Indias del sudoeste, cuyas leyendas forman parte esencial de *Las Cortes de los Naufragios*. En el año 1992, mientras arreciaba la polémica sobre las consecuencias del Descubrimiento-Encuentro entre los dos mundos, Garrigues propició un diálogo directo con los principales representantes de las naciones Indias del Sudoeste (navajo, pueblo, apache, zuñi, papago, yaqui, hopi) que acudieron a un seminario celebrado en el marco de la Universidad Complutense en el Escorial, analizando y debatiendo "*La presencia española entre las naciones indias del Sudoeste de EEUU*".

Al profundizar en el legado espiritual y material que tanto México como España dejaron en esos vastos territorios, Garrigues encontró una rara edición del informe que presentó Pedro Pino, diputado de Nuevo México, a las Cortes de Cádiz en 1812, que constituye la base documental histórica de esta ficción.

"*La exposición sucinta y sencilla de Nuevo México*" ha sido considerada por historiadores de la talla de Hubert H. Bancroft como una de las fuentes más valiosas para conocer la situación de una remota provincia mexicana en la época virreinal, como destacaba el Príncipe de Asturias en una carta de presentación para la edición facsimilar, publicada en 1995 por la University of New Mexico Press:

"El memorial que el diputado Pedro Pino presentó a las Cortes resulta doblemente interesante, primero por la copiosa información contenida en su exposición sobre el Nuevo México del siglo XIX, y también por cuanto no revela de las preocupaciones cotidianas de la población de una remota provincia que todavía formaba parte de los territorios (españoles) de ultramar."

Con ocasión de un foro España-Estados Unidos celebrado en New Jersey (2012), don Felipe de Borbón —hoy Felipe VI— regaló este mismo libro a la entonces secretaria de Estado Hillary Clinton, como testimonio de la importante huella que España y México dejaron en parte de los Estados Unidos.

Índice

III. EL CAMINO REAL DE TIERRA ADENTRO

IV. EL DIPUTADO DE CÍBOLA

v. EL TORNAVIAJE

VI. LA EXPEDICIÓN DE XAVIER MINA

Las cortes de los naufragios, de Eduardo Garrigues
se terminó de imprimir en agosto de 2015
en los talleres de Litográfica Ingramex, S.A. de C.V.
Centeno 162-1, Col. Granjas Esmeralda,
C.P. 09810 México, D.F.